길에서
길을 찾다

지리산
둘레길

걸으면서 마주친 따뜻한 세상

길에서
길을 찾다
지리산
둘레길

김천수

밥북
B·OO·K

둘레길에 들어서며

등산은 오래된 취미생활이다. 자연스레 지리산도 자주 찾았다. 대개는 천왕봉이나 반야봉 같은 봉우리를 올랐는데 가끔은 종주라는 이름으로 주능선을 비롯한 능선 길도 걸었다.

언제부턴가 지리산을 옆으로 걷는 이들이 눈에 띄기 시작했다. 지리산 둘레길이 열린 것이다. 오를 봉우리도, 걷고 싶은 능선도 많을 텐데 저들은 왜 옆길을 걷는 걸까. 막연히 언젠가 내게도 한 바퀴 돌 기회가 있으려니 생각했다. 하지만 그 언젠가는 생각만큼 쉬이 오지 않았다.

다니던 직장은 늘 인력난에 허덕였다. 쉬는 날에도 비번 근무라는 명분으로 수시로 직장에 불려 나갔다. 관리자가 된 이후로는 직무의 특성상 자리를 비우기가 어려웠다. 평직원일 때는 시간이 문제였고 관리자가 되어서는 자리가 문제였다. 이래저래 34년여 근무하는 동안 몸이 불편해도 단 하루 병가를 낸 적이 없었다.

상황이 그래선지 지리산을 찾게 되면 발길이 절로 위를 향했다. 아까운 시간을 내서 예까지 온 마당에 능선 위로 올라서지 않으면 왠지 시간을 허비한다는 생각이 들었기 때문이다. 둘레길은 그저 여유로운 이들의 나들이쯤으로 여겼다. 꽤 긴 시간이 흐르도록 둘레길은 그렇게 저만치 마음 밖에 있었다.

2022년 들어 지리산 둘레길 개통 10주년을 알리는 언론보도가 잇따랐다. 이제 퇴직도 한 데다 마침맞게 코로나 19 또한 소강상태로 접어들고 있었다. 거리 두기 제한이 풀리며 민박집이 문을 열기 시작했다는 소식도 들려왔다. 드디어 지리산 둘레길에 들어설 여건이 조성된 것이다. 그래, 한 바퀴 돌자.

지리산 둘레길은 전북 남원을 시작으로 경남 함양과 산청, 하동, 그리고 전남 구례를 거쳐 다시 남원으로 이어지는 환상형 도보 길이다. 이미 사라졌거나 명맥만 유지되던 옛길을 따라 지리산 자락에 자리 잡은 120여 개 마을을 지나도록 설계되었다.

둘레길은 지리산권의 생태를 보존하고 소멸 위기에 내몰린 지역공동체에 희망과 활기를 불어넣자는 취지에서 출발했다. 10여 년 세월이 흐르는 동안 둘레길은 산천 자연과 거기에 터 잡고 살아가는 뭇 생명체 간의 공존과 평화를 통해, 무한경쟁과 물질 만능에 매몰된 우리네 삶을 되돌아보자는 묵직한 메시지를 이 사회에 던져왔다.

2008년 남원시 산내면 매동마을과 함양군 마천면 창원마을을 잇는 시범 구간 개통을 시작으로 2012년 지금의 환상형 전 구간이 완성되었다. 총 길이는 287㎞ 정도이고, 구간을 일주할 경우 긴 코스 기준으로 273.0㎞, 짧은 코스 기준으로 261.8㎞에 달한다.

지리산 둘레길 구간별 거리 및 소요 시간

구간	거리(km)	소요 시간	지역
주천-운봉	14.7	6시간	남원
운봉-인월	9.9	4시간	남원
인월-금계	20.6 (20.5)	8시간	남원, 함양
금계-동강	12.7 (11.0)	5시간	함양
동강-수철	12.1	5시간	함양, 산청
수철-성심원	15.9 (12.0)	6시간	산청
성심원-운리	16.2 (13.4)	6시간	산청
운리-덕산	13.9	5시간 30분	산청
덕산-위태	9.7	4시간	산청, 하동
위태-하동호	11.5	5시간	하동
하동호-삼화실	9.4	4시간	하동
삼화실-대축	16.7 (15.7)	7시간	하동
하동읍-서당	7.0	2시간 30분	하동
대축-원부춘	10.2 (8.5)	5시간	하동
원부춘-가탄	11.4	7시간	하동
가탄-송정	10.6	6시간	하동, 구례
송정-오미	10.4	5시간	구례
오미-난동	18.9	7시간	구례
오미-방광	12.3	5시간	구례
방광-산동	13.0	5시간 30분	구례
산동-주천	15.9	7시간	구례, 남원
21개 구간	273.0 (261.8)		

(괄호 안은 동일 구간 내 선택 노선이 있는 경우 짧은 거리를 의미함)

길에서 길을 찾다 지리산 둘레길

장거리 여정인 만큼 개략적이나마 얼개가 필요했다. 매주 5~6일을 돌고 나서 하루 이틀은 쉬기로 했다. 퇴직했다 해서 세상사와의 고리를 온전히 끊어낼 수는 없는 노릇이었다. 특히 요양병원에 장기 입원 중인 어머니의 경우가 그랬다. 어머니는 주 1회 허용되는 면회를 통해서만 병원 바깥의 사람과 접촉이 가능했다. 그 유일한 소통 통로를 어찌 외면한단 말인가. 겸사겸사 그때를 이용해서 휴식도 취하기로 했다.

민박집이 문을 열기 시작했다지만 숙소는 신경이 쓰이는 문제였다. 만일에 대비해서 백패킹을 혼용하는 방식으로 짐을 꾸렸다. 다만 취사도구는 챙기지 않았다. 취사 금지는 내 오랜 산행 원칙 중의 하나이기 때문이었다. 먹는 일은 그때그때 알아서 대처하기로 했다.

그리고 나름 몇 가지 수칙도 세웠다.

첫째, 지리산 둘레길은 걷기 위한 길임을 명심한다. 둘레길 순례의 취지에 맞게끔 어지간하면 걷고, 불가피한 경우 대중교통을 이용하되 이도 저도 곤란할 때만 택시를 이용하기로 했다.

둘째, 길을 내준 마을과 주민들의 마음을 유념한다. 가능하면 마을 공동체가 운영하는 '마을 민박'과 민박집을 이용하고 음식 등 물품도 현지에서 구입하기로 했다. 하지만 '마을 민박'은 한 곳도 이용하지 못했다. 코로나 19로 닫은 문을 채 열지 못했기 때문이다.

셋째, 풀 한 포기, 나뭇가지 하나도 손대지 않는다.

넷째, 시간의 흐름과 거리에 얽매이지 않는다. 마음 가는 곳이면 언제 어디서건 둘레길에서 자유로이 벗어나기로 했다. 그럴지라도 원위치로 다시 돌아와 둘레길은 한 뼘 한 걸음도 빠뜨리지 않기로 했다.

다섯째, 세상과의 소통은 가능한 한 접어둔다. 휴대전화는 사진 촬영이나 교통·숙박 등 둘레길 관련 사항을 검색하는 용도 외엔 최대한 사용을 자제하기로 했다. 아예 사용 가능한 데이터 용량을 제한해두었다.

2022년 9월 27일, 지리산 둘레길에 들어섰다. 그리고는 22일간 21개 전 구간을 순례했다. 그 과정에서 둘레길만 계속 걷지는 않았다. 마음이 내키면 발길 닿는 대로 수시로 옆길로 샜다. 도중에 4일간은 아예 둘레길과 직접 관련이 없는 마을과 계곡을 돌아다니거나 지리산 능선 위로 향했다.

둘레길 위에서는 18일을 보냈다. 각 구간 시·종점 기준으로 372.2㎞를 걸었고 591,700보의 발품을 들였다. 둘레길 외의 길 위에서 보낸 4일간은 93.2㎞를 걸었고 153,100보의 발품이 들었다. 그렇게 465.4㎞를 걸으며 744,800보의 발품을 팔았다.

산천은 변함없이 아름답고 말 그대로 자연스러웠다. 그 안에서 꿋꿋이 삶을 이어가는 다람쥐와 뱀, 흰뺨검둥오리, 사마귀, 그리고 이름 모를 뭇 생명체의 생명력이 경이로웠다.

마을마다 남아 있는 고유한 전통과 문화, 이야깃거리가 순례자의 눈과 마음을 사로잡고 발길을 이끌었다. 주민들은 한결같이 따뜻하고 친절했다. 몸은 굽고 다리가 불편해서 유모차나 전동차가 없으면 거동조차도 못하던 어머님, 아버님들. 그런 몸을 이끌고서 길손에게 감 한 개, 물 한잔을 기어이 내어놓으셨지. 도란도란 이야기를 나누다 보면 지난 삶의 편린들이 둑 터진 강물처럼 앞뒤 없이 쏟아져 나왔다. 그럴 때면 지리산의 속살은 깊은 계곡 어디메가 아니라 산자락에 자리한 마을과 주민들의 삶 자체라는 생각이 들곤 했다.

길에서 길을 찾다 지리산 둘레길

그렇게 두 발로 써내려간 기록과 단상이 이 책 안에 담겼다.

지리산 둘레길을 열고 관리하는 모든 관계자 여러분의 노고에 고맙다는 말씀을 드린다. 길을 걷고 글을 쓰는데 (사)숲길에서 펴낸 『지리산 둘레길』에 여러 차례 신세를 졌다. 무엇보다도 산천 자연과 거기에 터 잡은 마을 공동체의 따뜻함을 결코 잊을 수 없다. 이 모두의 안녕과 평화를 두 손 모아 기원한다.

세상은 우리에게 더 높이 오르고 더 많이 가지도록 유혹하며 더 빨리 달릴 것을 강요한다. 그렇게 정신없이 앞을 향해 달리다 보면 어느 순간 문득 드는 의문이 있다. 나는 지금 내 걸음으로 내 길을 가고 있는가. 남들 따라 허겁지겁 쓸려가고 있는 것은 아닌가.

그럴 때는 잠시 멈추거나 비켜서서 걸어온 길을 뒤돌아볼 일이다. 지리산 둘레길은 느리다고 게으른 게 아니고 빠르다고 꼭 치열한 게 삶이 아님을 돌아보게 하는 길이다. 그 길에 들어선다는 것은 바로 자신의 삶을 향한 성찰과 순례의 여정에 몸을 싣는 일이다.

이 책이 누군가로 하여금 둘레길로 들어서게 하는데 불쏘시개 역할을 한다면, 그리하여 삶을 돌아보는데 작으나마 도움이 된다면 필자로서는 더없는 기쁨이고 보람이겠다. 독자 여러분의 삶에 평화가 함께 하길 빈다.

2023년 6월
김천수

지리산
둘레길

운봉-인월
9.9km/4시간

운봉

남원시

주천-운봉
14.7km/6시간

주천

남원 주천 센터

산동-주천
15.9km/7시간

산동

지 리 산

방광-산동
13.0km/5시간 30분

▲노고단

삼도봉

난동

방광

오미-난동
18.9km/7시간

오미-방광
12.3km/5시간

구례 센터

오미

송정

송정-오미
10.4km/5시간

구례군

☎ 남원 주천 센터/063-625-8952
☎ 남원 인월 센터/063-635-0850
☎ 함양 센터/055-964-8200
☎ 산청 센터/055-974-0898
☎ 중태 안내소/055-973-9850
☎ 삼화실 안내소/055-883-0858
☎ 하동 센터/055-884-0854
☎ 구례 센터/061-781-0850

순천시

전라남도

♠ 일주 기준으로 21개 구간 273km
♠ 괄호 안은 동일 구간 내 선택 노선이 있는 경우 짧은 거리를 의미함

남원 인월 센터

인월-금계
20.6(20.5)km/8시간

함양군

금계-동강
12.7(11.0)km/5시간

동강

동강-수철
12.1km/5시간

수철

수철-성심원
15.9(12.0)km/6시간

도마마을

함양 센터

금계

벽송사

밤머리재

산청 센터

성심원

비선담

웅석봉

성심원-운리
16.2(13.4)km/6시간

국 벽소령 립 공 원

▲천왕봉

운리

산청군

의신마을

덕산

운리-덕산
13.9km/5시간 30분

덕산-위태
9.7km/4시간

중태 안내소

탄-송정
km/6시간

원부춘-가탄
11.4km/7시간

가탄

위태

위태-하동호
11.5km/5시간

하동군

원부춘

대축-원부춘
10.2(8.5)km/5시간

하동호

진주시

대축

하동호-삼화실
9.4km/4시간

사천시

삼화실-대축
16.7(15.7)km/7시간

삼화실

서당

삼화실 안내소

하동읍-서당
7.0km/2시간 30분

광양시

하동읍

하동 센터

둘레길을
왜 도느냐고 묻거들랑

오전 10시, 지리산 둘레길 주천→운봉 구간 시작점에 섰다. 첫발을 떼려는데 이런저런 상념이 발길을 붙잡았다. 새벽 현관문을 나설 때 복잡한 표정으로 배웅하던 아내의 모습도 떠올랐다.

지리산 둘레길 순례를 준비하는 동안 아내는 후원자이자 훼방꾼이었다. 때론 나보다 더한 열성으로 준비물을 챙겨주다 느닷없이 상반된 감정을 여과 없이 드러내기도 했다.

"거길 왜 도는데, 돌면 뭐가 나오는데?"

'왜 돌긴, 그냥 도는 거지.'

물론 나는 이 말을 입 밖으로 꺼내진 못했다. 영국의 위대한 산악인 조지 맬러리는 '거기 산이 있으니까' 이 한 마디로 충분했다지만 나는 맬러리가 아니잖은가.

물론 걱정되고 서운함도 있었을 테지. 무작정 떠나려는 남편이. 떠나기에 몰두한 나머지 뒤에 남은 아내의 기분을 너무 헤아리지 못한 것은 아닌가도 싶었다. 그러면서 한편으로는 이런 생각도 들었다. 남편 없는 한 달이 얼마나 자유롭단 말인가. 삼식이 끼니 신경 쓰지 않아도 되고, 문 앞에 택배 상자가 산처럼 쌓여도 눈치 볼 일 없고. 생각이 거기에 미치자 기분이 새로워지며 주변 풍경이 눈에 들어오기 시작했다.

어머님이 혼자 자투리 밭에 쪼그리고 앉아 호미로 무언가를 심고 있었다. 그 모습이 마치 정지된 화면과도 같아 보였다. 밭 아래 개울에는 징검다리 돌들이 총총총 놓여있었다. 가뭄으로 밭아버린 개울물은 돌 사이를 졸졸졸 숨죽여 흐르고 초가을 매운 햇살 아래 들녘의 벼들은 고개를 숙였다. 그 너머 숲은 아득히 고요했다. 그래, 산천 자연의 풍경을 보고 느끼며 뭇 생명과 호흡하려고 도는 거야! 미망과도 같은 독백을 읊조리며 아내가 새로 사준 신발 끈을 조여 맸다.

길은 징검다리 개울을 건너 지리산 둘레권역 홍보관을 지났다. 안에서는 체험 행사가 진행 중이었다. 살짝 문을 여니 10여 명 수강생의 시선이 일제히 내게 쏠렸다. 이크, 고개를 숙이고는 얼른 물러섰다. 코로나 19가 정말 끝이 보이나 싶어 사람이 모여 있는 모습만으로도 콧날이 시큰할 만큼 감격스러웠다. 다시 개천을 건넜다. 무명의 앞 개울과 달리 자기 이름을 확보한 원천천이다.

천 너머로 비부정이란 상호의 간판이 눈에 들어왔다. 식당인가, 민박인가. 노포(老鋪)의 분위기에 이끌려 기웃거렸다. 한때 손님으로 북적거렸을 법도 하건만 손님은 고사하고 주인장의 기척도 없었다. 이번에는 슬며시 물러났다.

길은 들판을 가로지르며 내송마을과 저수지 사잇길을 통해 숲으로 연결되었다. 지금까지의 짧은 느낌으로는 둘레길 순례 과정에서 길을 잃고 헤맬 일은 없어 보였다. 꺾어지고 갈라지며 방향을 틀 때마다 벅수가 까꿍, 하며 모습을 드러냈기 때문이다. (사)숲길은 2021년부터 이정목 대신 우리에게 친근한 벅수라는 명칭을 사용하고 있다. 벅수의 날개를 잡았다.

"이보게 친구, 앞으로의 여정을 잘 부탁하이."

벅수가 날개를 까닥거렸다. 헤벌려 웃어도 주었다.

숲에 들어섰나 싶을 무렵 늙은 서어나무 몇 그루로 둘러싸인 개미정지 쉼터가 나타났다. 남원장을 오가던 이들은 이곳에서 보따리를 내려놓고 주먹밥을 먹거나 쉬어갔을 것이다. 한 줌 그늘을 위해 억겁의 세월을 견뎌온 서어나무는 가슴이 뻥 뚫린 몸으로도 여전히 잎을 피워내고 있었다.

길에서 길을 찾다 지리산 둘레길

이곳 출신의 20대 청년 장군 조경남도 서어나무 그늘의 유혹만은 피해 갈 수 없었나 보다. 고단한 몸을 나무에 기대고는 깜빡 잠이 들었다. 하나 전황이 얼마나 급박하고 긴장되었으면 좁쌀만 한 개미가 무는 자극에도 벌떡 깨어났을까. 개미 덕분에 장군은 임진왜란, 정유재란의 전장을 누비며 누란의 위기에서 국가를 구하고 당대의 57년 역사를 담은 방대한 저서 난중잡록을 남길 수 있었다.

길은 본격적으로 오르막이다. 추분이 지났건만 햇볕은 아직 한여름. 한 겹 옷인데도 땀은 등줄기를 타고 내리고 이마엔 진한 땀이 배어 나왔다. 가던 길 잠시 멈추고 걸어온 길 돌아보니 저 아래 펼쳐진 주천면 소재지의 풍경이 참으로 고요하고 아늑했다.

구룡치 오르는 길에서 내려다본 주천면 소재지의 풍경

그렇게 구룡치에 올라섰다. 목을 축이면서 숙소를 예약했다. 둘레길 주천센터에서 구한 운봉읍 내 민박집 명부 중 한 곳에 전화를 넣었다. 숙박과 식사 모두 가능하다고 했다. 좀 늦을지도 모른다 했더니 아무 때나 와도 된다고 했다. '좀 늦은 때'는 언제고 '아무 때나'는 또 몇 시쯤인가. 우린 그렇게 선문답을 주고받았다.

평탄한 내리막길이 시작되었다. 숲은 온통 소나무 천지였다. 장성한 소나무의 청량한 기운이 온몸을 감싸며 흘린 땀마저도 상쾌한 기분이 들었다. 발길은 마치 경공술을 펼치듯 스르르 미끄러져 나아갔다.

사랑은 지나쳐도 되는 것일까. 소나무 연리목이 눈에 들어왔다. 한쪽이 다른 쪽을 옴짝달싹 못 하게 얽어맨 기이한 형태였다. 이를 두고 안내판엔 '…일심동체로 남녀 이성 간의 화목은 물론 깊은 애정도 그려주고 있으며…'라고 쓰여 있었다. 저 모습에서 저런 사랑을 읽어 낸 안목이 놀라웠다. 내 눈에는 마치 '너는 가만있어, 내가 사랑해줄게' 하는 과도한 집착, 사랑을 가장한 폭력으로밖에 보이지 않건만. 저런 사랑 받고 싶은 사람이 세상에 어디 있을까 싶었다.

길은 여전히 순했다. 길 왼편으로 돌무더기가 자리하고 있었다. 사무락다무락이라 불리는 돌탑이다. 여느 돌무더기처럼 별 특별해 보일 것 없는데도 눈길을 끈 이유는 조금은 낯설고 독특한 명칭 때문일 터였다. 사무락다무락은 소망을 뜻하는 사무락과 담, 담벼락을 뜻하는 다무락이 결합된 지방말이다.

이 길을 오가는 사람들은 돌 하나를 얹으며 여정이 무사하기를, 재수 보기를 빌었겠지. 엄마 따라 장 구경을 나선 후남(後男)이는 아들을 간절히 소망하는 엄마 뒤에서 괜한 죄책감에 고개를 숙였을지도. 구구절절 갖가지 사연을 들어주느라 서낭 소나무는 진이 빠져버렸나 보다. 낙엽수보다 먼저 잎을 떨구며 주저앉은 모습에서 평생 일에 매여 살며 허리 한번 제대로 펴지 못한 내 어머니의 모습이 어른거렸다.

숲을 벗어나며 작은 개울을 건너 도로로 올라섰다. 구룡치 고갯길이 마무리되는 순간이었다. 둘레길 남원 54번 벅수는 왼쪽으로 가라 하는데 오른쪽을 가리키는 구룡폭포 안내판이 눈에 들어왔다. 1.5km로 왕복 한 시간 남짓한 거리. '어떡할래' 눈이 마음에게 물었다. 수고할 발에게 마음이 답을 넘겼다. 발은 이미 오른쪽으로 방향을 틀며 답을 대신했다. '마음대로지 뭐!

그렇게 도로 따라 600여 미터를 걷다 보니 구룡교가 나오고 그 앞에서 우측으로 꺾어 들며 구룡계곡으로 들어섰다.

구룡계곡은 지리산 만복대와 고리봉 사이의 정령치계곡에서 흘러내린 물줄기다. 그런데 정령치 계곡에 건설된 고기댐으로 인해 물줄기가 약해지며 정화기능에도 문제가 생기면서 남원 8경 중 제1경이라는 명성이 무색해졌다. 궁여지책으로 2021년 폭포 위쪽에 정화시설을 설치했으나 지리산 청정수를 기대한 마음까지는 정화되지 않았다. 김이 좀 샜다.

구룡폭포를 돌아 나와 다시 회덕마을 쪽으로 향했다. 마을 초입에 다다르니 도로 건너편에 초가집이 우선 눈에 들어오는데 앞 밭에서는 어머님 셋이서 때 이른 마늘 파종을 하고 있었다. 이게 웬 정겨운 풍경인가 싶어 휴대전화 셔터를 두어 컷 누르고는,

"어머니, 저기 사람 살아요?"

"……."

못 알아들으셨나 싶어 다시 목청을 가다듬는데 뒤쪽에서 누군가가 힘힘, 헛기침했다. 초가집 주인의 남동생인 이준복, 양영애 부부였다. 때마침 마을에 일이 있어 지나던 길이라는데 집 안내를 해주겠노라 자청했다. 난데없는 호사였다. 집은 비어있었다. 지금은 자형 부부가 휴식 등 필요할 때만 일종의 별장처럼 활용한다고 했다.

어머님 셋이서 마늘 파종을 하고 있다. 뒤로 초가집이 보인다.

입구에 설치된 안내자료에 따르면 억새로 지붕을 이은 샛집으로 조선시대 이 지역의 일반 가옥의 모습을 그대로 간직하고 있어 전라북도 민속문화재로 등록되어있다고 한다. 아마도 눈이 많은 지역의 특성상 볏짚보다는 견디는 힘이 강하면서도 산간 지역에 널린 억새가 서민들에게 선호되었을 것이다.

길에서 길을 찾다 지리산 둘레길

초가집의 정겨운 모습

그런데 안채와 사랑채, 헛간 채로 이루어졌다는 자료와는 달리 실제로는 입구에 한 채가 더 있었다. 원래는 세 채였으나 피서, 행사 등으로 가족들이 모이면 좁고 불편해서 안채를 확장 보수하려 했다고 한다. 그러자 원형 보존 차원에서 남원시에서 예산을 들여 입구 쪽에 한 채를 더 지어 생활토록 배려해준 것이라고. 이준복 씨의 설명이다. 일종의 행랑채인 셈인데 지은 지 5년밖에 되지 않았는데도 70년 역사의 안채 등과 영 구별이 되지 않을 정도로 교묘했다. 운 좋은 사람만 안다.

마을 앞 들판에서는 벼 수확이 한창이었다. 아니 끝물이었다. 바리캉에 밀린 머리처럼 콤바인이 지나간 곳마다 빈자리가 드러났다. 구룡치 너머 주천에서 설익었던 가을이 이곳 들녘에선 제 역할을 다한 듯 동면의 세계로 들어설 채비를 하고 있었다. 평균 500여 미터 고원 지대인 운봉의 9월 말 풍경이었다.

고원 지대의 가을은 짧다. 회덕마을 앞 들녘의 벼 수확 장면.

길은 노치마을로 이어졌다. 이 마을은 고리봉에서 흘러내린 백두대간이 마을 한복판을 관통하는 지리적 특성 탓에 관심도 수난도 함께 받았다. 마을 앞뜰은 백두대간의 목에 해당하는 곳으로 일제강점기 일제는 이곳에 목 조임돌을 묻어 대간의 맥을 끊고자 했다. 그간 방치되어있던 목 조임돌이 일제의 만행과 악행에 대한 경각심을 주는 표본으로 삼고자 마을회관 앞에 모아 전시되고 있었다.

걸음을 마을 위쪽으로 옮기니 당산 소나무 4형제가 반겼다. 범접할 수 없는 기품과 위엄 앞에 절로 손이 모아졌다. 거기 서서 지리산을 바라보니 만복대와 고리봉으로 이어지는 서북능선이 파노라마처럼 펼쳐졌다.

길에서 길을 찾다 지리산 둘레길

　고리봉에서 노치마을로 연결되는 백두대간을 따라가는 일은 생각만큼 쉽지 않을듯싶었다. 도로로 끊기고 농지로 평탄화된 흔적을 그저 눈으로 어림해볼 뿐이었다. 내려다보는 기준으로 마을에 비가 내려 오른쪽으로 흐르면 섬진강이 되고 왼쪽으로 흐르면 낙동강이 되니 마을이 곧 산자분수령인 셈이었다.

　당산에서 내려오는데 약수터에서 어머님이 빨래를 하고 있었다.
"어머니, 그 물 마실 수 있어요?"
"약수이고 성수인디요."
"그런데 그렇게 귀한 물로 빨래를 해요?"

"빨래가 호강하는 거이지요."

올해 여든셋인 유원월 어머니는 10년 이상은 젊어 보였다. 어머니라기 보다는 형수라고 불러도 될 성싶었다. 피부가 뽀얀 데다 차양 달린 모자와 연보라 블라우스를 잘 차려입은 덕인지도 모른다. 빨래와는 거리가 먼 영 락없는 봄나들이 패션이었다.

노치마을의 멋쟁이 유원월 어머님

어머님은 이 마을 출신으 로 스무 살에 이웃 회덕마을 남편과 결혼하여 노치와 회 덕을 오가며 눌러살았다. 그 러다가 쉰 살 무렵 남편과 사 별하고 나서 시골살이를 접 고 상경했다. 그렇게 객지에 서 30여 년 살다 보니 고향 생각이 간절하더란다. 그래 고향에 태를 묻겠다는 심정 으로 내려와서 방치된 옛집 을 밀고 새로 지어 산 지 이제 5년째 되었다고 했다.

잘한 선택이냐 물으니 당연하다 하면서도 도시살이에 대한 미련을 온 전히 떨쳐버리진 못했노라 고백하셨다. 외롭고 심심하다는 것이었다. 한 동네에 동생 부부가 살고 있어 의지가 된다니 그나마 큰 복인 셈이었다. 말을 걸어줘서 너무나 고맙다는 어머니, 집까지 알려주며 나중에 꼭 들르 라 당부하셨다. 꼭 찾아뵙겠다는 무언의 약속을 하고서 자리를 떴다.

길에서 길을 찾다 지리산 둘레길

노치마을을 나서니 눈 아래로 덕산저수지 전경이 시원스레 펼쳐졌다. 덕산저수지는 지리산 계곡물이 유입되지 않으면서도 운봉 지대의 여러 저수지 중 규모가 가장 크다. 이 저수지를 시원지로 하는 주촌천에 지리산 서북능선의 세걸산 등지에서 흘러내린 공안천이 합류하면서 지리산 북부권을 흐르는 람천이 본격 형성된다.

길은 다시 질매재를 지나 짧은 숲길로 접어들었다. 길섶에는 구절초와 쑥부쟁이가 한데 어울려 피어나며 가을을 알리는데 저 앞 운봉 들녘은 벌써 자신을 완전히 비웠다. 덜컥 깨달음이 온 것인가. 빈들이 쓸쓸하거나 공허하지 않고 포근하게 와 닿았다. 텅 비어서 충만하다는 법정 스님의 법문이 어렴풋이나마 이해되는 듯싶었다.

둘레길은 숲길 내리막 지점의 박제된 가족묘지와 무인 매점을 끝으로 숲을 벗어나며 주촌천 둑길로 이어졌다. 벚나무길이다. 꽃가루 흩날리는 춘삼월, 막걸리라도 한잔 걸치노라면 풍경에 취해 길 한참 헤맬 수도 있겠다. 해 그림자 슬슬 길어지며 개천 실바람에 벚나무 잎새가 살랑이는데 저만치 앞서가는 두 아가씨의 걸음걸이가 나비처럼 사뿐했다. 둘레길을 걷는 데는 계절이 따로 있지 않아도 되었다.

길은 행정마을을 지나 개서어나무숲으로 향했다. 이 숲은 벌판에 터를 잡은 마을의 허한 기운을 보호하기 위해 조성된 비보림(裨補林)이다. 개서어나무는 내한성이 강해 건조하고 척박한 이곳 환경에 잘 적응했다. 덕분에 2,000년 산림청 주관 제1회 전국 아름다운 마을 숲에 선정되었으며 둘레길 순례자들이 꼭 들러야 할 명소로 자리를 잡았다. 시간의 흐름을 잊었는지 중년의 두 여인은 저녁 어스름이 내려앉는데도 두 다리를 길게 뻗고 나무에 등을 기댄 채 숲멍에 빠져 있었다.

행정마을의 비보림 개서어나무숲

다시 천변길로 나왔다. 길은 이제 람천 본류를 따라 양묘사업소까지 이어졌다. 스프링클러가 묘목의 머리 위로 물을 쉭쉭 뿌려댔다. 석양의 붉은 기운이 물줄기를 따라 화염처럼 흘러내렸다. 불길 아래서 묘목은 오히려 푸르고 싱그러웠다. 양묘장을 벗어나 운봉읍 소재지로 들어섰다. 구경삼아 노을이 진 거리를 방향 없이 거닐었다. 굳이 서둘지도 않았는데 발은 이미 운봉초등학교를 지나 서림공원으로 들어서고 있었다.

이쯤이면 '아무 때나' 되었을 테지. 민박집 식당을 찾아 들어갔다. 김치찌개와 막걸리 한 병을 주문했다. 연세 지긋한 어머님이 홀에서 서빙을 했다. 바람 불면 훅 날아가 버릴 듯 깡마른 데다 비척비척 걸음마저 위태로워 보였다. 글쎄, 저 몸으로 식당 일이 가능할까 싶은데 주방에서 상차림

길에서 길을 찾다 지리산 둘레길

쟁반이 나왔다. 얼른 가서 대신 들고 왔다. 내 밥은 내가 지킨다는 마음으로.

숙소는 식당 뒤편에 있었다. 철제 패널로 지은 2층 구조물이었다. 방안 풍경은 스산했다. 족히 열 명은 사용 가능할 침구가 두서없이 쌓여있고 전기 열선이 지나간 방바닥은 늦게 꺼낸 군고구마처럼 선 따라 검게 탔다. 한쪽에는 용도를 짐작할 수 없는 천막이 쳐져 있었다. 샤워기가 달린 화장실이 붙어 있다는 것은 사치, 아니 기적이었다. 방문과 창문을 죄다 열고 쓸만한 침구를 골라 철제 난간에 걸쳐 널어 냄새를 뺐다. 빈방을 돌아다니며 슬리퍼와 걸레를 집어왔다.

숙박료는 단돈 삼만 원. 삼만 원의 의미를 짚어봤다. 삼만 원을 받으니 그 정도 서비스로 만족하라는 의미인지, 그 정도 서비스밖에 할 수 없는 형편이니 삼만 원만 받는다는 것인지. 아무래도 후자로 이해해야 할 성싶었다. 시골의 심각한 인력 사정이 우선 그렇고, 좀 전 식당의 어머님도 그렇고. 그러자 마음이 누그러졌다. 나도 방 수준에 맞추어 대충 정리한 뒤 기적의 샤워실에서 씻고 속옷을 빨았다. 방바닥은 따끈해서 몸은 풀어졌고 열선 따라 납죽 널어놓은 속옷과 수건, 양말은 뽀송뽀송 말랐다.

　지리산 둘레길 일주를 꿈꾸는 사람들 대부분이 이곳에서 첫발을 내디딘다. 섬진강 지류인 람천 둑길을 따라 걸으며 지리산 서북능선을 조망하는 구간이다.

　둘레길 주천센터-내송마을 입구(1.1㎞)-구룡치(2.5㎞)-회덕마을(2.4㎞)-노치마을(1.2㎞)-가장마을(2.2㎞)-행정마을(2.2㎞)-양묘사업소(1.7㎞)-운봉읍(1.4㎞)으로 연결된다. 총 거리는 14.7㎞로 소요 시간은 6시간 정도.

　시점에서 종점까지 23.5㎞를 걸었고 34,500보의 발품을 팔았다. 소요 시간은 몸 상태나 걷는 속도에 따라 다르고 순례 목적이나 방식에도 크게 영향을 받는다. 앞으로는 따로 언급하지 않는다.

　새벽 5시경 군산의 집을 나섰다. 승용차를 운전해 남원으로 이동했다. 남원에서 아침밥을 먹고 점심용 김밥 등을 구입했다. 버스터미널 앞에서 9시 15분에 출발하는 주천행 시내버스를 타고 지리산 둘레길 주천센터 앞에서 내렸다.

노치마을에 전시된 백두대간 목 조임돌

피바위에 서면 전설과 신화도
역사적 사실이 된다

8시 반, 숙소를 나섰다. 운봉-인월 구간 시작점인 서림공원을 향해 가는데 어머님이 버스정류장을 왔다 갔다 하고 있었다. 기사는 간데없고 문이 열린 버스가 하릴없이 대기 중이건만 정작 고대하는 버스는 기별이 없다. 애타는 어머니의 마음이 몸짓에서 그대로 묻어났다. 대체 내 버스는 언제 온다냐!

편의점에 들렀다. 엊저녁 생수 사러 들렀을 때 근무하던 청년이 퇴근 준비를 하고 있었다. 본인과 주인이 밤과 낮을 교대로 근무하는데 이렇게 야근을 전담한 지가 일 년 반이 되어간다고 했다.

초임 시절의 추억이 아련히 떠올랐다. 당시 나는 교대 근무조에 속해 있었다. 근무방식은 오전 9시에 출근하여 24시간 근무하고 다음 날 쉬는 식이었다. 그런데 '비번 근무'라는 명목으로 쉬는 날 낮에도 근무가 이어지곤 했다. 밤샘 근무하느라 늘어진 몸으로 맞이하는 비번 근무는 육체적, 정신적으로 견디기 힘들었다. 퇴근하면 동료들과 함께 자연스레 술집으로 몰려갔다. 술자리는 밤늦게까지 이어졌다. 다음 날엔 술에 늘어진 몸으로 출근했다. 나는 아직 팔팔한 20대였지만 50대 후반의 아버지뻘 직원들도 같은 패턴을 반복했다. 그러다 보니 퇴직한 지 얼마 되지 않은 직원들의 사망 소식이 들려오곤 했다. 그땐 그랬다.

아니다. 장시간 노동, 올빼미의 삶은 현재도 우리 사회 곳곳에서 여전히 진행형이다. 문득 둘레길을 돌고 있는 내 모습이 사치스럽다는 생각이 들며 왠지 조심스러워졌다. 점심용 김밥 두 줄과 생수 한 병을 사 들고 편의점을 나왔다. 청년에게 묵례를 표하고서.

서림공원에 들어섰다. 입구 양옆에 마주 보고 서 있는 한 쌍의 석장승이 먼저 눈에 들어왔다. 오른쪽에는 방어대장군(防禦大將軍)이 음각된 남신상이, 왼쪽에는 진서대장군(鎭西大將軍)이라 새겨진 여신상이다. 마을 사람들은 이들을 부부로 부른다 했다. 설치된 위치와 진서·방어의 표기로 보아 마을의 허한 기를 보완하고 액과 재앙으로부터 마을을 수호한다는 풍수신앙을 바탕으로 세워진 장승이었다.

남신상 방어대장군

여신상 진서대장군

이 외에도 운봉에는 북천리를 비롯하여 유난히도 석장승이 많은데, 이는 운봉의 열악한 자연환경과 밀접한 관련이 있을 것이다.

전해오는 이야기에 따르면 장승이 부부 싸움을 하다 진서대장군의 목이 부러져 마을 사람들이 붙여 놓았다고 한다. 세상에, 얼마나 감정의 골이 깊었으면 목이 부러질 만큼 대판 싸웠을까. 방어대장군의 비쩍 마른 몸을 보면 평소 아내에게 바가지깨나 긁히며 살았나 보다. 어느 날 참다 못해 마음먹고 휘두른 돌주먹에 진서대장군의 목이 날아간 걸 보면. 그나저나 저렇게 마른 몰골로, 목에 깁스한 몸으로 수호신의 역할을 제대로 들 수행할 수 있을는지. 우락부락하면서도 멀뚱멀뚱한 표정에 구전이 덧씌워지면서 나도 모르게 웃음이 배어 나왔다.

진서대장군 뒤편으로는 여러 비석이 도열이라도 하듯 서 있었다. 운봉 곳곳에 있던 공덕비 등을 한데 모아 놓은 것이다. 그중 맨 앞쪽에 유난히도 큰 비가 있었다. 동학농민혁명 당시 운봉 출신인 민보군(民堡軍)의 수장 박봉양이 동학농민군을 물리친 사실을 기리는 갑오토비 사적비다. 기단부의 '박봉양(일목) 장군비' 문구는 근래 그의 후손들이 새겨넣었다고 한다.

박봉양은 향리 출신으로 부와 권세가 막강했다. 토호로서 원성의 대상이면서도 한편으로는 교육사업에 앞장서는 등 이중적인 모습을 보였던 인물이다. 공원 옆 운봉초등학교는 1907년 박봉양이 세운 학교다.

그는 동학농민군이 각 고을에 집강소를 설치하고 폐정개혁활동을 시작하는 등 세상이 바뀌는 것을 보고 신변과 재산을 보호하고자 한때 동학에 몸을 담기도 했다. 그러나 기득권을 포기하지 못해 결국은 족친과 하인들을 규합한 민보군을 결성하여 동학군과 맞서게 된다. 그렇게 대립하던 양측은 1894년 10월 동학군의 김개남 장군이 주력을 이끌고 북진하며 남원성을 비운 틈을 이용하여 일대 격전을 치르는데 이게 바로 남원 지역에서 가장 큰 전투로 기록된 방아치와 관음치 전투다. 이 싸움은 관군의 지원을 받은 민보군의 승리로 끝나며 동학군의 사기는 크게 꺾이고 만다.

깨지고 훼손된 기득권 세력의 비석 앞에 서서, 새로운 세상을 꿈꾸다 스러져 간 이름 없는 수많은 농민군의 넋을 추모했다.

느티나무 숲은 잠든 듯 고요했다. 아침 햇살이 레이저 광선처럼 나무 사이를 비집고 들어와 숲을 깨웠다. 앞으로 뚝방 길을 걷는 동안 모기처럼 따라붙을 햇살이 연상되어 몸이 미리 진저리쳤다.

서림공원을 나서면 람천 따라 걷는 길이다. 둑길은 신기, 비전, 군화동 마을까지 5km 남짓 이어졌다. 잠시 걷다 신기교를 건너 신기마을로 향했다. 마을에 들어서니 노부부가 댑싸리로 빗자루를 만들고 있었다. 동갑내기 차판순, 배병옥 부부는(81세) 댑싸리를 자르고 모으고 묶는 과정 내내 한 몸처럼 움직였다. 마치 부부간 일심동체란 이런 거야, 하고 보여주려는 듯이.

한 몸인 듯 움직이는 차판순, 배병옥 부부

"두 분이 꼭 한 사람처럼 움직이네요?"

"영감이 꼭 나를 따라 댕기요."

어머님의 말씀에 아버님은 달마의 해탈한 미소를 지어 보였다. 부부의 노년이 달고 평화롭게 익어가고 있었다.

내 어릴 적 아버지도 이맘때면 빗자루를 맸다. 종류는 다양해서 댑싸리를 비롯하여 수수, 싸리, 대나무가 뚝딱 빗자루로 변신하는 과정은 신기했다. 집에서 쓰고 남는 것은 이웃집에 나눠 주고 더러는 인근 오일장에 내다 팔기도 했다. 하지만 추억의 시간은 짧았다. 아버지가 일찍 돌아가셨기 때문이다. 향년 45세였다.

마을에 볼거리가 있냐 하니 두 분이 한목소리로 마을 위로 올라가라 했다. 마을 뒤편을 울창한 느티나무숲이 둘러싸고 있었다. 이 숲은 마을의 허한 지맥을 보완하기 위해 1748년 조성된 비보림으로 당시 토성도 함께 축성되었는데 조성 시기와 목적이 새겨진 표석이 새로이 발견되었다. 비보림과 축성, 표석은 풍수와 역사, 생태적 측면에서 사료적 가치가 높아 산림문화자산으로 지정되었으니 주민들의 자부심이 높을 수밖에. 비보림이 제 역할을 제대로 한 덕분인지 일심동체 노부부의 모습처럼 마을 또한 평화롭고 안온해 보였다.

마을 앞 사반교를 건너 다시 람천을 따라 걷기 시작했다. 뚝방길은 농로로도 이용된다. 두툼하게 깔린 잡석 탓에 걸음은 타박거리는데 그늘은 시원찮고 길은 멀다. 탁 트인 벌판과 서북능선 끝자락의 바래봉이 조망되지 않는다면 때에 따라 낭만은 사치일 수도 있겠다는 생각이 들었다.

전촌마을에 도착하니 잘 조성된 아름드리 소나무 숲길이 반겼다. 농로에서 열 받은 몸과 마음이 보상을 받는 순간이다. 숲에는 동편제의 고장

답게 '소리솔숲'이라는 멋들어진 이름이 붙었다. 떡 본 김에 제사 지낸다고 솔숲 안 정자 계단에 걸터앉아 이른 점심을 먹었다. 풍경이 반찬이고 그늘이 후식이었다.

다리를 건너면 비전(碑前)마을이다. 마을이 황산대첩비의 앞에 있다 하여 얻은 이름이다. 조선은 왜구 토벌의 일대 전기를 마련한 태조 이성계의 황산대첩을 기념하기 위해 1577년 이곳에 비를 세우고 마을을 조성하여 관리토록 했으니 비가 곧 마을의 정체성인 셈이다.

그러나 현재의 비는 1957년 다시 세운 것이다. 일제강점기 때 일제가 비문을 쪼고 비신을 파괴해버렸기 때문이다. 파괴된 초기의 비석 조각들을 대첩비 우측에 따로 모아 안치하고 파비각(破碑閣)을 세워 보호하고 있다.

파비각

이성계는 황산대첩을 혼자만의 전공으로 삼지 않았다. 대첩비 좌측 석벽에 전투에 참여한 휘하 장수들의 명단을 같이 새겨 전공을 그들의 것으로 돌렸다. 당연히 이 석벽 또한 일제의 만행을 피해갈 수 없었다. 폭파하고 쪼아버린 것이다. 이로 인해 잔영만 남아 있던 것을 1973년 어휘각을 건립하여 보호하고 있다.

어휘각

비전마을은 동편제마을로도 불린다. 판소리 동편제의 시조인 가왕 송흥록이 태어난 곳이자 국창 박초월이 판소리를 배우며 성장한 곳이라서다. 스피커를 통해 은은히 들려오는 판소리를 들으며 초가로 복원된 두 사람의 생가를 돌아보았다.

다시 길을 나섰다. 군화마을 앞 도로를 따라 길게 늘어선 색색의 코스모스가 마을 공동체의 정원인 양 마을과 조화를 잘 이루고 있었다. 실바람에 살랑이는 꽃의 모습이 가을 속으로 어서 들어오라고 손짓하는 것만 같았다.

길에서 길을 찾다 지리산 둘레길

둘레길은 원명당 종범대선사(원명대선사)의 부도탑으로 알려진 부층탑
앞에서 화수교를 건너 옥계호 쪽으로 연결된다. 하지만 그렇게 나아가면
황산대첩과 관련된 역사의 현장 피바위를 놓치게 된다.

피바위를 찾아 나섰다. 둘레길 포켓북을 참고하여 부층탑에서 인월 방
향으로 24번 국도를 타고 걸으며 시선은 람천에 두었다. 그러기를 700여
미터, 람천 건너편에 연한 널따란 암반이 눈에 들어왔다. 핏빛이 선명한
피바위였다.

이제 피바위에 닿으려면 반대편으로 건너가면 되는데 천으로 내려설
축대 높이가 족히 3m는 되어 보였다. 난감했다. 어찌할 바를 모르는데

축대 아래로 늘어진 밧줄이 눈에 띄었다. 축대를 오르내릴 수 있도록 누군가가 밧줄을 매어놓은 것이다. 구명줄을 얻은 이상으로 기뻤다. 망설임 없이 '클리프 행어'로 변신했다.

어로를 겸한 보를 건너 반대편 둑으로 올랐다. 조금 거슬러 올라가서 피바위로 내려섰다. 피바위는 640년 시간의 경계를 순식간에 뛰어넘어 황산대첩 당시의 현장으로 나를 데려갔다.

이성계와 이지란이 합작하여 적장 아지발도를 활로 쏘아 죽이고, 그믐날 이성계가 보름달을 떠오르게 하여 전장을 밝혀 남은 적을 섬멸했다는 무협지 같은 무용담도, 신화 같은 이야기도 피바위에 서니 사실이 되었다.

피바위는 그만큼 금방이라도 싸움 당시의 선혈이 흘러내릴 것처럼 섬뜩하리만치 사실적이다. 글이나 상상이 아닌 바로 눈 앞에 펼쳐지는 역사의 현장이었다.

이제 다시 둘레길에 합류할 차례. 왔던 길을 되짚어가려니 번잡하다는 생각이 들었다. 이쪽 둑길을 거슬러 올라가면 화수교 근처에서 만날 수 있을듯해 그냥 걸어보기로 했다. 희미한 옛길의 흔적을 따라가다 보니 옥계호 아래 양봉 농가를 통해 지금은 문 닫은 GNKC 리조트 앞에서 둘레길로 연결되었다.

개인적으로, 피바위는 지리산 둘레길 운봉-인월 구간에서 꼭 둘러봐야 할 곳이라 여긴다. 현장감이 뛰어나기 때문이다. 하지만 둘레길을 걸으며 이곳을 둘러보는 과정은 연결로가 좀 마땅치 않았다. 24번 국도는 걷기에 불편하고 때론 위험했다. 누구나 밧줄을 탈 수도 없는 노릇이었다.

현재 피바위를 찾는 공식적인 루트는 '클리프 행어' 지점에서 국도를 타고 인월 쪽으로 800여 미터를 더 내려가면 오른쪽으로 달오름마을로 빠지는 샛길이 나온다. 거기에서 용계교를 건너 바로 유턴한 뒤 둑길을 따라 왔던 만큼 다시 거슬러 오르면 피바위에 닿는다. 들를까 말까, 갈등이 생길 만도 할 것이었다.

폐 리조트를 지나 옥계호 쪽으로 발길을 옮겼다. 저수지 둑길에 서니 황산과 그 앞을 흐르는 람천이 한눈에 들어오고 양봉 농가 앞쪽으로 피바위에서 방금 지나온 옛길의 흔적도 어렴풋이나마 조망되었다. 무심한 듯 고요한 풍경 앞에서 황산대첩은 다시 역사 속으로 사라졌다.

흥부골 자연휴양림까지는 임도로 이어졌다. 숲길은 아니라도 흙길이고 길옆 나무가 그런대로 그늘이 되어주었다. 쉬엄쉬엄 가다 보면 흥부골이다.

가을은 길옆에서 꽃으로 피어났다. 눈은 자꾸만 옆으로 향하는데 무리진 구절초와 쑥부쟁이의 모습이 기어이 발길을 멈추게 했다. 쑥부쟁이 군락 한가운데를 구절초 한두 송이가 떡하니 차지하고 활짝 피었다. 소수가 변방으로 밀려나지 않고 다수로부터 배려와 보호를 받는 듯한 느낌이다.

식물도 이러한데 작금의 우리 사회는 어떠한가. 지난 3년간의 코로나 19 팬데믹은 그러잖아도 살벌한 경쟁과 능력주의, 개인과 집단 이기주의로 극심한 피로감을 겪는 이 사회에 공동체 의식과 가치의 실종이라는 중대한 문제를 남겼다. 연대감이 약해지며 우리 사회의 또 다른 가치인 사회적 약자와 소수자에 대한 공감과 배려 또한 더욱 약해지고 관심의 대상 밖으로 밀려났다.

쑥부쟁이와 구절초

함께 하는 세상, 특히 약자와 소수자가 더불어 사는 삶은 거저 오지 않는다. 다수의 양보와 배려, 연대의식 없이는 불가능하다. 코로나 19는 여전히 현재 진행형이지만 종식 이후의 연대 및 관계의 회복을 잘 준비해 나가야 할 일이다. 아니, 현 상황 속에서 바로 행동으로 옮겨야 할 가치다. 자연은 늘 삶의 교육장임을 무리 지어 핀 꽃에서 배운다.

흥부골 자연휴양림에 도착했다. 흥부골이란 명칭은 이곳 인월면 성산이 고향인 흥부전의 흥부에서 따왔다. 휴양림은 지리산 서북능선이 마지막으로 솟구쳐 오른 덕두산(1,150m) 자락에 자리를 잡았다. 조성된 잣

길에서 길을 찾다 지리산 둘레길

나무숲이 피톤치드 산림욕에 최고라는 명성을 얻었음에도 평일이라 그런지 한적했다.

이곳은 근래 방영된 TV 드라마 〈지리산〉 촬영지이기도 하다. 내친김에 촬영 세트를 둘러보는데 관리인으로 보이는 아저씨가 졸졸 따라다녔다. 찾는 이가 없다 보니 어지간히 심심한 모양이었다.

도로와 소나무 숲길을 넘나들다 보니 발길은 어느덧 월평마을에 내려서고 있었다. 달오름마을로도 불리는 월평마을에는 지리산 둘레길 권역에서 가장 많은 민박집이 들어서 있다. 마을 전체가 민박촌이라 해도 과언이 아니다. 2008년 지리산 둘레길이 처음 열린 역사적 상징성이 있는 곳으로 지금도 둘레길을 찾는 많은 이들이 이곳에서 하룻밤을 쉬어가는 까닭이다.

마을의 정겨운 벽화 골목을 지나 구인월교를 건너 둘레길 인월센터에 닿으면서 구간 일정이 마무리되었다. 센터에 들렀다. 다음날 뱀사골 탐방에 필요한 버스 시간표 등 몇 가지 사항에 대한 도움을 받을 수 있을까 싶어서였다.

센터에는 중년 남성이 근무하고 있었는데 50대 중, 후반쯤으로 보였다. 적어도 나이를 확인하기 전까지는.

실제 나이보다 10년은 젊어 보이는 정일(68세) 선생은 산 사나이의 범상치 않은 외모에 말투까지 진중해서 괜히 조심스러웠다. 그런데 이런 반전이 있나. 뱀사골 버스 편을 묻는 말에 비치된 시간표를 보여주고는 직접 터미널에 전화를 넣어 확인까지 해주었다. 그 정도만으로도 고맙기 그지없는데 이번에는 메모지에 시간표는 물론이고 노선도까지 그려서 건네주는 것이 아닌가. 참으로 보기 드문 친절이요 몸에 밴 배려였다.

때마침 오일장이었다. 하나 해는 슬슬 서녁으로 기울고 시골장은 이미 파했다. 장터의 식당에서는 장사를 끝낸 장꾼들의 목소리가 와자했다. 여기는 흥부의 고장. 명창이 따로 없고 고수 또한 따로 없다. 앞뒤 없이 내뱉는 듯한 말들이 옆 사람의 장단에 힘입어 창이 되었다. 노을이 진 람천으로 창이 운율을 타고 흘러들었다.

흑돼지 김치찌개를 뚝딱 해치우고는 소재지를 벗어나 함양 방면 도로를 타고 걸었다. 백패킹 장소를 찾아 나선 것이다. 일종의 백패킹 테스트인 셈이었다. 30여 분쯤 걸으니 이름 모를 마을 입구의 정자가 눈에 들어왔다. 그래, 오늘의 숙소는 여기다. 정자 뒤켠에 배낭을 내려놓고는 밤이 이슥해질 때까지 기다렸다. 야밤이지만 혹여 누가 볼세라 랜턴도 켜지 않은 채 텐트를 설치하고 잠자리를 마련했다.

오랜만에 사용하는 머미형 침낭은 답답했고 씻지 않은 몸은 꿉꿉했다. 그런 데다 죄지은 사람처럼 밖이 신경 쓰여 밤새 뒤척거렸다. 문득 운봉 민박집이 떠올랐다. 잠자리는 넓고 방바닥은 후끈하며 샤워기에서는 뜨끈한 물이 폭포수처럼 쏟아졌었지. 그래, 거기가 호텔이었구나.

새벽 무렵 몸은 이미 솜처럼 늘어졌다. 안 봐도 눈은 퀭하고 귀신을 만난 듯한 몰골이었을 것이다. 하고 많은 월평마을 민박집을 놔두고 이게 무슨 생고생인가 싶었다. 역시 누가 볼세라 동트기 전 일찍 자리를 정리하고 나오면서 나도 모르게 중얼거렸다. 아이고, 오늘 밤은 무조건 민박이다, 민박.

  오른쪽으로는 고리봉에서 바래봉으로 이어지는 지리산 서북능선을, 왼쪽으로는 수정봉과 고남산으로 이어지는 백두대간을 바라보며 걷는 길이다. 초반부의 람천 둑길이 잡석과 콘크리트로 되어있어 걷기에 불편하다. '이성계 구간'이라 칭해도 될 정도로 이성계와 관련된 유적과 이야기가 둘레길 곳곳에 남아 있다.

  서림공원-신기마을(1.9㎞)-비전마을(2.0㎞)-군화동마을-(0.8㎞)-흥부골자연휴양림(2.9㎞)-월평마을(1.5㎞)-둘레길 인월센터(0.6㎞)로 연결된다. 총 거리는 9.7㎞로 소요 시간은 4시간 정도. 시점에서 종점까지 19.0㎞를 걸었고 26,800보의 발품을 팔았다.

눈으로만 보아 주세요. 지리산 둘레길을 돌다 보면 비슷한 유형의 농작물 보호 안내 표지판을 수시로 만나게 된다.

45

와운마을 천년송과
뱀사골 청류

밤새 잠을 설친 탓에 입맛은 없어도 오늘 일정을 감안해서 아침밥을 든든히 먹어 둬야 했다. 기억을 더듬어 이전에 들렀던 식당을 찾아갔다. 정확히 3개월 전의 일이었다. 정년을 하루 앞둔 옛 직장 동료가 퇴임 기념으로 아내와 함께 천왕봉을 오르고 싶다며 안내를 부탁해왔다. 그때 백무동계곡으로 가는 길에 이곳에서 아침밥을 해결한 것이다.

당시 우리는 수십 가지는 족히 되어 보이는 메뉴를 보지도 않은 채 지금 뭐가 되느냐고 물었다. 그러자 즉각 대답이 돌아왔다.

"다 돼요."

다양한 메뉴에 놀랐다가 '다 돼요'에 한 번 더 놀랐었다.

이번에는 혼자인데도 여전히 찬의 가짓수가 다양하고 푸짐했다. 이러고도 남는 게 있으려나 싶어 미안한 마음에 혼자 오면 찬을 좀 줄여 내면 어떻겠냐 말을 건넸다. 그랬더니 이 상차림을 보고 찾은 이가 다시 찾고 입소문이 나서 다른 이가 찾아오는데 그리할 수는 없는 일이라고 했다.

인월 어느 기사식당의 혼자 밥상

그럼 가격을 천 원이라도 올려받으면 어떻겠냐 했더니 이번에는 정색하고 말했다. 코로나 19 이전에는 연 매출이 수억대를 기록할 정도로 많은 손님이 찾아주셨는데 혼자 왔다 해서 가격을 올려받는 일은 양심상 도저히 할 수 없는 일이라 했다. 음식만도 감동인데 주인의 영업 마인드에 더 큰 감동을 받았다.

8시 반경, 인월 터미널에서 뱀사골계곡행 버스에 몸을 실었다. 둘레길 일정을 하루 늦춘 것이다. 딱히 이유는 없고 그저 지나는 길에 산내면 와운마을과 뱀사골계곡을 둘러보고 싶었다. 일종의 해찰인 셈이었다.

승객은 나를 포함 단둘이었다. 버스는 60번 도로를 따라 람천을 우로 끼고 달렸다. 개천 너머로 내일 지나게 될 중군마을이 고즈넉이 자리하고 있었다. 시골 마을 곳곳과 산내면 소재지를 들른 버스는 861번 도로로 갈아타고는 만수천을 거슬러 뱀사골계곡을 향해 가다 30분쯤 지나서 반선 상가 앞에 나를 내려놓았다. 도중에 한 명도 타지 않아서 버스는 남은 한 사람의 전용차가 되어 정령치 쪽으로 떠나갔다.

만수천은 달궁계곡과 뱀사골계곡이 합류하여 형성된 천이다. 그 합류 지점이 방금 버스에서 내린 반선이다. 만수천(萬水川)이란 이름은 반야봉 주변의 지리산 주능선과 고리봉 등 서북능선의 수많은 물길이 모여든다는 데서 유래했다. 만수천은 실상사 전방 1km 지점인 산내면 입석리에서 람천과 합류한다.

버스에서 내려 배낭을 둘러매고 신발 끈을 조이는데 머리 쪽에 뭔가 좀 허전했다. 모자를 두고 내린 것이다. 하늘은 맑고 좀 있으면 햇볕은 소나기처럼 쏟아질 것이었다. 햇볕도 문제지만 모자로 가려졌던 떡이 진 머리와 세수조차 하지 않은 몰골이 그대로 드러날 것이었다. 난감했다.

오늘이야 어찌 때운다 치더라도 내일도 모자 없이 지낼 수는 없는 노릇. 혹시나 하는 마음으로 운송회사에 전화를 넣었다. 좀 애절한 목소리로 여차저차 사정을 설명했다. 고맙게도 전화기 너머 목소리가 무척이나 친절하고 적극적이어서 이미 모자를 찾은듯한 기분마저 들었다. 나도 모르게 전화기에 대고 꾸벅 머리를 숙였다. 그러고는 지난 이틀간 사용치 않았던 선크림을 꺼내 덕지덕지 발랐다. 거울이 없어 보지 않았기 망정이지 아마 백인 사촌쯤은 되어 보였을 것이다.

반선교를 건너 '뱀사골 신선길'로 명명된 덱 로드를 따라 계곡 안으로 들어섰다. 뱀사골계곡은 지리산의 여러 골짜기 중에서도 계곡미가 가장 뛰어난 곳으로 평가된다. 계곡이 길고 깊어 수량이 넉넉한 데다 숲도 우거져서 탐방로 거의 전 구간에 걸쳐 시원한 그늘이 드리워져서다.

뱀사골의 유래와 관련해서는 여러 이야기가 전해져 내려온다. 그중 우리에게 가장 익숙한 이야기를 대충 요약하면 이러하다. 옛날 반선 근처에 송림사라는 절이 있었다. 송림사에는 매년 칠월 백중날 불심이 가장 두터운 스님 한 명이 신선대에 올라 기도를 하면 실제로 신선이 된다는 이야기가 전해오고 있었다. 어느 날 송림사에 들렀던 한 고승이 이를 기이하게 여겨 기도하던 스님의 장삼에 몰래 독을 매달아 두었더니 다음날 이무기가 죽어 있었다. 사라진 스님들은 이무기의 먹이가 되었던 것이다.

그동안 신선이 되지 못하고 목숨을 잃은 스님들의 넋을 기리기 위하여 절이 있던 곳을 절반의 신선이란 의미의 반선(半仙)으로, 계곡은 뱀이 죽은 골짜기라는 의미의 뱀사골이라 했다. 이는 계곡 탐방로 입구 안내판에도 소개된 내용으로 그야말로 전설 따라 삼천리 같은 이야기로 들렸다.

이 외에도 골짜기가 뱀이 구불구불 기어가는 모습 같다거나 뱀이 많은 골짜기여서 그랬다는 설도 있다. 공통점이 있다면 모두 뱀과 관련되었다는 점이라고나 할까.

이와는 조금 결이 다른 이야기도 있다. 골짜기에 배암사(背巖寺)라는 절이 있어 애초에는 배암사골로 불리다가 뱀사골로 변이되었다는 것이다. 듣기에는 언뜻 뱀과 관련된 듯하면서도 뱀과 전혀 무관한 독특한 유래라 할 수 있다.

기대한 만큼 숲은 우거져서 아침의 햇살을 가리기에 충분했다. 지레 겁먹고 선크림을 발랐나 하는 변덕마저 일었다. 뱀사골의 유래 따윈 한적하고 고요한 계곡의 풍광에 스르르 묻혀버렸다. 계곡에서는 그저 몸과 마음을 힐링하면 될 일이었다.

빨치산의 작은 생활 공간이었다는 석실과 용이 머리를 흔들며 승천하는 모습을 닮았다는 요룡대를 지나 와운교에 닿았다. 반선교에서 2km 지점, 출발한 지 40분쯤 지난 시점이었다. 와운교는 와운마을과 화개재의 갈림길이다. 먼저 와운마을을 둘러보기로 했다.

와운(臥雲)이란 이름은 구름도 누워 갈 정도로 높고 험한 800m 고지대에 마을이 자리한 데서 유래했다. 국립공원공단이 지정 관리하는 전국 17개의 '명품 마을' 중 한 곳으로 지리산권에서는 유일하다.

와운교를 지나 10여 분 비탈길을 오르니 마을 입구의 암반 위에 자리한 '부부송'이 맞이했다. 흙 한 줌 없는 척박한 환경 속에서도 지난한 삶의 무게를 꿋꿋하게 견디며 서로를 향해 뿌리를 뻗어가는 두 그루 소나

길에서 길을 찾다 지리산 둘레길

무의 모습에서 부부간의 진한 사랑이 읽혔다.

와운마을 입구의 부부송

　햇볕을 피해 계곡 옆 덱 로드로 내려섰다. 하지만 와운마을을 '명품 마을'로 가능케 한 노송을 보기 위해서는 다시 포장도로로 올라서야 했다. 노송은 마을 뒤편 언덕에 자리했다. 햇볕은 머리 위로 벌떼처럼 달려들었다. 새삼 모자가 절실해졌고 주의력이 부족한 자신을 거듭 탓해야 했다.

　노송은 두 그루다. 그 중 '천년송'으로 불리는 아래쪽 풍채가 좋은 나무는 천연기념물로 지정됐다. 사람들은 아래를 할머니 소나무, 위쪽을 할아버지 소나무로 불렀다. 이들 소나무에 대한 마을 사람들의 자부심과 애정은 각별했다.

와운마을 할아버지 소나무

와운마을 천년송(할머니 소나무)

"천년송은 마을의 보물이요, 보물."

박금모(74세) 명품 마을 이사장은 천년송에 대한 마음을 이 한 마디로 압축해 표현했다. 소나무가 천연기념물로 지정되면서 마을에 진입로가 생기고 탐방객이 급증하며 펜션, 식당 등을 통한 주민들의 소득이 눈에 띄게 늘었기 때문이다.

마을 입구에서 통나무산장을 운영하는 박 이사장 또한 수혜자가 되었다. 그런 박 이사장은 천년송에 대한 고마움을 마음에만 담아두지 않았다. 마을 토박이인 아내(양순자)와 함께 2022년 문화재청으로부터 '천년송 지킴이'로 공식 위촉된 것이다. 부부에게 있어 천년송은 자식과도 같은 존재였다.

마을이 개발되어 돈벌이가 되겠다 싶으면 원주민은 떠나가고 그 자리를 외지인이 차지한다. 대체로 그렇다. 여기도 온 동네가 펜션, 식당, 카페로 구성되어있는데 관광화가 되기 전 산비탈과 계곡에서 농산물, 임산물로 생계를 꾸려가던 사람들은 어떻게 되었을까. 외지인에게 터전을 넘겨주고 죄다 마을을 떠난 것일까.

길에서 길을 찾다 지리산 둘레길

"여기는요, 한두 집을 빼고는 거의 다 이 마을 출신입니다."

전혀 예상 밖의 말이었다. 옛터를 지키던 사람들이 대부분 가계를 운영하고 있다는 것이었다. 그러니 마을의 정체성을 유지하고 보호하는 데 더 각별할 수밖에 없을 터였다.

마을에는 천년송과 부부송만 있는 게 아니었다. 마을 가운데 도로를 따라 내려오는데 길옆 공터에 쭉 뻗은 전나무 두 그루가 자리하고 있었다. 원래 초등학교가 있던 자리로 학교가 폐교되어 헐린 뒤로도 전나무는 그대로 두었다고 한다. 엉뚱하게도 마을이 지속 가능할 것 같다는 생각이 들었다. 부부애를 상징하는 부부 나무가 마을의 앞과 뒤를 감싸고 가운데서 지켜주고 있으니 주민들의 금슬 또한 좋지 않겠나 싶어서.

와운마을 가운데에 자리 잡은 부부 전나무

마을을 내려와 다시 와운교 앞에 섰다. 화개재까지는 7.2km. 왕복으로 대략 5~6시간 정도가 소요될 것이었다.

탐방로는 화개재에 올라설 때까지 계곡에 연해 이어졌다. 물길에서 멀어질 법한 지점에서는 반대편으로 건너 다시 물길에 닿을 수 있도록 어김없이 다리가 놓였다. 어림잡아 세어 본 다리만도 20여 개에 달했다. 계곡 탐방의 맛을 가능한 한 길게 이어주려는 공단 측의 배려가 아닌가 싶었다. 실제로 그런 의도였는지는 모를 일이지만 나는 무턱대고 그렇게 감동하기로 했다.

탁용소와 병소, 병풍소와 제승대 등 계곡의 명소들이 연이어 나타나며 눈과 마음을 시원하게 해주었다. 계곡의 숲은 푸르렀고 햇살은 계곡에 닿지 못했다. 청량한 기운에 발걸음마저 평지인 양 가벼워졌다. 밤잠 설친 느낌은 몸 어디에도 남아 있지 않았다.

간장소에 닿았다. 간장소란 이름은 남원 운봉에 사는 소금장수가 화개에서 지고 오던 소금을 못에 빠트린 데서 유래했다고 한다. 빠트린 게 어찌 소금만이었을까. 소금장수의 애간장 또한 함께 녹아내렸을 것이다. 멀고 험한 산길을 넘어와 목적지를 앞에 두고서 소금을 빠트린 소금장수의 애절한 마음을 어찌 다 헤아릴 수 있을까 싶었다. 검푸른 못의 물이 더욱 서늘하게 느껴졌다.

계곡이 좁아지며 물소리도 끊어질 듯 약해졌다. 화개재 1.2km 아래 지점 막차에 도착했다. 막차, 무슨 뜻일까. 여길 그냥 지나치면 앞으로 물에 손 담글 기회 없다는 마지막 쉼터의 의미쯤 되지 않을까 하고 내 편한 대로 이해했다. 그렇다면 쉬어야지. 배낭을 내려놓았다. 점심 대용으로 떡을 먹었다.

길에서 길을 찾다 지리산 둘레길

용이 목욕하고 승천하였다는 탁용소

바위들이 병풍처럼 둘러싸고 있다 하여 이름 지어진 병풍소

소금장수의 애간장이 함께 녹아내린 간장소.
계곡의 여러 못 중 유달리 물이 검푸르러서 보는 이의 애간장이 서늘해지는 느낌마저 받는다.

길에서 길을 찾다 지리산 둘레길

옛 뱀사골대피소를 지났다. 바로 저 위가 화개재다. 대피소는 문을 닫고 사람의 흔적 또한 사라졌으나 대피소 앞 약수는 여전히 오가는 이들의 목을 축여 주고 있었다. 생수병 두 개의 생수를 비우고 약수로 채웠다. 생수는 약수를 당하지 못한다는 내 지론에 따라서.

화개재(1,316m)에 올라섰다. 화개재는 하동의 화개천과 방금 올라온 뱀사골을 이어주는 고개다. 예전에 소금을 비롯한 하동 남해지역의 해산물은 화개천을 거슬러 이 고개에 오른 뒤 뱀사골계곡을 타고 내려가 지리산 북부 운봉, 인월 등 남원 지역으로 넘어갔다. 남원 지역의 임산물, 농산물 역시 화개재를 통해 남해지역으로 전해졌다.

화개 방면으로 끝도 없이 흘러내린 계곡

그런데 지금은 이렇게 고개 이름만 남긴 채 화개 쪽으로 내려가는 길은 출입이 금지되어있다. 해당 지역이 반달곰의 주 서식지이자 화개천 상부 지계곡인 목통골의 자연 생태계를 보존하기 위함이다.

옛적 아득한 저 계곡을 거슬러 소금을 지어 날랐을 소금장수가 이 상황을 바라본다면 어떤 감회에 빠져들 것인가. 이제 소금 질 일 없어져 다행이라는 안도의 한숨을 내쉴까, 일거리 걱정으로 진한 한숨을 내뱉을까. 소금장수의 마음을 다시 한 번 헤아려보았다.

시간에 좀 여유가 있었다. 그런데도 삼도봉을 오를까 말까 잠시 갈등이 일었다. 삼도봉에 올라서기 위해서는 551개의 무지막지한 계단을 올라야 하기 때문이었다. 지리산 주능선을 종주할 때마다 화개재를 사이에 두고 삼도봉과 토끼봉을 오르내리는 과정에서 매번 한숨을 내쉬곤 했었다. 명분을 애써 만들었다. 삼도 지리산 둘레길을 순례하는 마당에 삼도의 상징인 삼도봉에 적어도 신고 정도는 해야 하지 않겠나 하는.

중간 계단에서 가쁜 숨 한번 고른 뒤에야 삼도봉(1,550m) 표지석에 올라섰다. 지리산을 대표하는 삼봉(노고단, 반야봉, 천왕봉) 중의 중심 봉우리인 반야봉(1,732m)이 손에 잡힐 듯 가까웠다. 늘 포근하고 아늑한 봉우리 위로 초가을 햇살과 함께 애기 단풍이 수줍게 내려앉고 있었다.

반야봉에서 몸을 풀기 시작한 단풍은 이곳 삼도봉과 불무장등 능선을 타고 내려가다 경상에서 전라로 넘어가는 작은재를 거쳐 섬진강으로 흘러들 것이었다. 그때쯤이면 내 발길은 둘레길을 돌고 돌아 작은재를 넘고 있겠지. 설렘과 아득함이 동시에 밀려왔다.

하산길은 순조로웠다. 올라갈 때 보지 못한 그 무엇을 보겠노라, 어느 시인을 흉내 내며 부러 걸음을 늦추는 여유마저 부렸다. 계곡을 빠져나

삼도봉. 뒤로 보이는 봉우리가 지리산의 중심축 역할을 하는 반야봉이다.

와 탐방로 옆에 조성된 지리산지구 공비 토벌 전적비를 둘러보았다. 서녘의 긴 해 그림자가 장막처럼 영현단(英顯壇)에 드리워졌다. 그 앞에 서서 7,287위의 영령과 함께 이념의 대립 앞에 영문도 모른 채 죽어갔을 이름 모를 또 다른 원혼들의 넋을 기렸다.

18시 반경 예정대로 인월행 막차를 탔다. 버스에 오르는데 기사님이 혹시 하는 눈빛으로 나를 흘낏 쳐다보더니 의자 옆에서 무언가를 꺼내 보였다. 어이구, 내 모자. 집 나간 자식이 돌아온 것이다.

운송회사 여직원과 두 기사님은 마치 이런 게 바로 고객 서비스임을 시연이라도 하듯 삼각 공조를 선보이며 모자 찾아주기 프로젝트를 성공적으로 수행해냈다. 사람들이 고맙고 시골이 그냥 정겨워졌다. 무턱대고 이 지역을 다시 찾고 싶은 마음마저 생겨났다.

많은 지역이 소멸 위기에 내몰리고 있다. 지자체들은 생활인구, 관계인구를 늘리는데 사활을 걸다시피 하며 행정력을 집중하고 있다. 지역을 알리는 광고도 수시로 전파를 탄다. 하나 아무리 큰돈을 들이고 유명인을 내세운들 이번의 모자를 찾은 과정만큼 드라마틱하고 효과 만점인 광고가 어디 있을까 싶었다. 주민 삶의 모습이 광고요 주민이 곧 홍보대사라는 평소 믿음을 새삼 확인하는 순간이었다.

길에서 길을 찾다 지리산 둘레길

　　남원시 산내면 와운마을을 둘러본 다음 뱀사골계곡을 통해 지리산 주능선 상의 화개재와 삼도봉을 오르내리는 코스로 지리산 둘레길과 직접적인 관련은 없다. 구름도 누워간다는 와운마을과 명품 천년송을 감상할 수 있고 지리산에서 가장 넓고 깊은 뱀사골계곡을 탐방할 수 있다. 그리고 경남, 전남, 전북의 경계점인 삼도봉에 올라 지리산 둘레길 일주의 의미를 되돌아보며 감회에 젖어보는 일도 색다른 맛일 수 있겠다. 지리산 주능선에 오르는 길임에도 난도가 높은 편은 아니다. 하루 일정을 비울 수 있다면 땀 흘려도 후회하지 않을 만한 매력을 지녔다.

　　뱀사골계곡은 반선교-와운교(2.0㎞)-간장소(4.4㎞)-화개재(2.8㎞)-삼도봉(0.8㎞)으로 연결된다. 왕복 20.0㎞로 대략 8~9시간 정도가 소요된다. 여기에 와운교에서 와운마을과 천년송을 둘러보는데 왕복 2㎞, 1시간 정도를 추가해야 한다. 반선교에서 출발하여 다시 반선교로 돌아오는데 26.7㎞의 거리를 걸었고 43,000보의 발품을 팔았다.

뱀사골계곡 다리.
계곡 주변의 풍광과 조화를 이루도록
앙증맞고 예쁘다.

지리산 둘레길의
첫 싹이 움튼 곳

민박집에서 밥을 제공하지 않는 관계로 오늘도 면 소재지 내 식당에서 아침밥을 해결했다. 인월은 영남·호남의 중간 기점으로 국도 24호선이 지나는 데다 지리산국립공원의 관문으로 일찌감치 상권이 발달했다. 덕분에 아침 일찍 문을 여는 식당이 여러 군데 있다. 여행자의 처지에서는 감사한 일이다.

인월→금계 구간 둘레길 시작점인 구인월교를 지나 아침 햇살이 고요히 내려앉은 람천을 따라 걷기 시작했다. 천 건너편의 둘레길 인월센터가 눈에 들어왔다. 자연스레 센터 지기 정일 선생의 몸에 밴 친절과 배려가 생각나며 다시 한 번 고마워졌다.

전화벨이 울렸다. 월평마을 민박집 아주머니였다. 오이와 단감 등 간식거리를 준비해 두었는데 떠나는 걸 미처 보지 못했단다. 둘레길 초창기부터 12년째 자기 이름의 상호를 내걸고 민박집을 운영해온 정종순(78세) 어머니는 지금은 거동이 불편해서 밥상을 차릴 여력이 되지 못한다며 연신 미안해했다. 그 미안한 마음을 간식거리에 담은 것이었다. 고랭지의 자연환경과는 딴판으로 인월에 터 잡고 살아가는 사람들의 마음은 너나없이 따뜻했다.

길은 경애원(요양원)을 지나 중군마을로 이어졌다. 중군이란 이름은 임진왜란 당시 이곳에 관군의 전투군단인 전군, 중군, 후군 중 중군이 주둔한 데서 유래했다. 마을 입구의 성문을 본뜬 중군정과 소박한 벽화가 그려진 담장을 지나니 선화사와 삼신암 갈림길이 나왔다.

두 갈래 길에서는 누구나 걸음을 멈추게 된다. 잠시라도 산길 걷는 수고를 덜라치면 왼쪽 삼신암 방향의 코스를 택해도 되지만 선화사에서 수성대까지의 숲길은 그냥 외면할 수 없는 아까운 코스다. 선택이 가능한 상황이라면 오른쪽 길을 택하라는 말씀. 하지만 남에게는 그리 권할지라도 내게는 악몽과도 같은 선택이 되었다.

밤알이 지천으로 깔린 짧은 '밤길'을 지나 선화사 입구에 다다르니 귀가 먹먹할 정도로 개들이 떼창하듯 짖어댔다. 사천왕 역할이라도 맡긴 것인지 네 마리였다. 다행히도 대형견 두 마리는 한쪽에 묶여있다만 작은 두 마리는 줄이 풀려 있는데 덩치와 달리 성미가 불같았다. 마치 물고야 말겠다는 기세로 달려드는 통에 절 마당에 들어서지도 못한 채 제자리 걸음을 하고 있노라니 6, 70대쯤 되어 보이는 아주머니가 나오며 개들을 쫓았다. 그러면서 하는 말,

"안 물어요."

아주머니와 의례적인 인사를 나누고 약수 한 바가지를 떠서 마시는데 갑자기 뒷골이 서늘해지며 오른쪽 허벅지에 짜릿한 충격이 전해졌다. 개에 물린 것이다. 그것도 묶여있던 녀석에게. 주변을 빙빙 도는 작은 녀석들을 신경 쓰느라 정작 더 큰 위험에 대비하지 못한 꼴이었다.

내 허벅지에 지리산 둘레길 인증 마크를 남겨 준 선화사 백구

길에서 길을 찾다 지리산 둘레길

절룩거리며 건물 뒤편으로 돌아가 바지를 내렸다. 허벅지에 지리산 둘레길 환형 지도 모양으로 이빨 자국이 선명하게 찍혔다. 금세 피가 배어나왔다. 아이고 이 개 놈아, 누가 너더러 둘레길 일주를 인증해달랐더냐!

근처에는 병원도, 오고 갈 차편도 없었다. 어찌할 바 몰라 당황스럽기 그지없는데 아주머니가 우물쭈물 무언가를 가져와 내밀었다. 안질 연고였다. 이거밖에 없단다. 놀람과 아픔은 한순간이지만 앞으로의 여정을 생각하니 눈앞이 캄캄해졌다. 이제 둘레길 시작이나 다름없는데 이를 어찌한다는 말인가.

그런데 이상도 하지, 분명 줄에 묶여있었는데 어떻게 소리 없이 다가와 문 것일까. 그때 저쪽에서 딴전부리듯 서 있는 여성이 눈에 들어왔다. 30대쯤 되어 보이는데 반응이 영 수상했다. 내 눈을 피하며 실실 웃고 있었다. 이 상황에 웃다니, 제정신인가 싶어 가만 보니 뭔가 좀 부족하고 나사가 풀린 듯해 보였다. 그렇다면 혹시라도 일부러 풀어놓은 것은 아닌가. 생각이 거기에 미치자 이곳에 더 머물다간 정신 건강마저 문제가 생길듯해 허겁지겁 절을 떴다.

그런데 저 녀석은 왜 나를 문 것일까. 이승의 관점에서 보면 찰나와도 같은 인연도 없을 텐데 말이다. 녀석은 아직도 분이 풀리지 않았는지 줄에 묶인 채로 여전히 나를 노려보고 있었다. 참으로 알 수 없는 일이었다.

흔히 사람으로서 지녀야 할 품행이나 덕성이 형편없을 때 개 같은, 더나아가서는 개만도 못하다는 표현을 쓰곤 한다. 인간에 헌신해 온 개에게는 억울하고 모욕적인 말일 테지만 지금의 저 녀석에게는 이 한 마디쯤은 해주고 싶었다.

'부처님 품 안에 살면서도 불성을 입지 못한 너의 이번 행위만큼은 사

람만 못하다.'

선화사를 벗어나 오솔길 형태의 숲길에 들어서니 마음이 다소 진정되었다. 그래, 괜찮을 거야, 그래도 절밥 먹은 녀석에게 물렸으니 부처님께서 살펴주시겠지, 하는 마음으로 광견병에 대한 두려움을 애써 털어내며 걸음을 옮겼다.

그런데 이건 또 뭔가? 뱀이 슬렁슬렁 길을 질러간다. 놀란 가슴 다시 진정하며 열 발자국이나 떼었을까 싶은데 뱀이 또 지나갔다. 이러다 심장마비라도 오는 건 아닌가 싶은데 이번에는 다람쥐가 나타나서 길을 인도하듯 총총 앞서간다. 그렇게 생태계가 살아 숨 쉬는 현장을 확인하며 걷다 보니 수성대 골짜기로 내려서고 있었다.

가뭄 탓인지 물줄기가 가늘었다. 배낭을 내려놓고 땀을 훔쳤다. 그늘진 곳에서 세 사람이 휴식을 취하고 있었다. 인사를 건넸더니 답례로 삶은 고구마가 돌아왔다. 장항마을에 사는 김만수(76세), 최용자(73세) 부부와 정옥순(68세) 아주머니였다. 산책 겸 운동 삼아 배너미재를 넘어 이곳 수성대까지 왔다 가는 게 주요 일과라고 했다.

일상이 곧 자연인 장항마을 김만수,
최용자 부부와 정옥순 아주머니.

길에서 길을 찾다 지리산 둘레길

자리를 털고 일어서니 함께 일어나는 통에 엉겁결에 동행이 되었다. 왜 혼자 다니냐는 최용자 아주머니의 말에 함께 다닐 사람이 없어 그런다고 했더니 대뜸 정옥순 아주머니를 가리키며,

"저 아지메 좀 데꼬 댕기셔."

참으로 여유롭고 평화로운 모습들이었다. 그렇게 세월아, 네월아 함께 걷다 보니 배너미재를 넘고 장항마을의 자랑인 당산 소나무 앞에 닿았다.

이 소나무는 수령 400년을 넘긴 거목으로 지금도 마을에서는 당산제를 지내며 신성시하고 있었다. 외형만큼은 천연기념물로 지정된 와운마을 천년송에 결코 뒤지지 않을 만큼 자태가 아름답고 위엄이 넘쳤다. 노루목 당산 소나무로 더 잘 알려져 있는데 이는 장항마을의 노루 장(獐)과 목 항(項)에서 비롯된 것이다.

장항마을의 상징인 당산 소나무. 자태와 위엄이 와운마을의 천연기념물인 천년송 못지않다.

길은 장항마을 입구에서 장항교를 통해 람천을 건너 매동마을로 연결되었다. 임도 따라 오르는 길은 좀 고단했다. 잠시 걸음을 멈추고 지난 길을 돌아보니 람천 너머로 선화사가 보였다. 동시에 애써 잊고 있던 허벅지의 통증과 광견병에 대한 불안감이 되살아났다. 젠장, 괜히 뒤돌아봤네.

이럴 때는 해찰이 약이 되는 법. 둘레길 옆 사과농원에 발을 들여놓았다. 초가을 햇볕 아래 탱글탱글 익어가는 사과를 보니 한입 콱 베어 물고 싶은 충동마저 일었다.

농장주인 이영준 씨는 산내면 소재지에서 목회를 담당하고 있었다. 사과 농사는 부업도 아닌 그저 소일거리에 불과하다며 겸손해하건만 문외한의 눈에는 딱 전문가의 수준으로 보였다. 사진 한 컷을 부탁했더니 자연스레 포즈를 취해주었다. 농사 수준도 그렇고 포즈도 그렇고, 본업이 목회인지 사과 농사인지 헷갈렸다.

이보다 더 탐스러울 수 없을 만큼 농익어 보이건만 수확 시기는 10월 말이나 돼야 가능하다고 했다. 입맛을 다시는 나를 보고 이영준 목사가 웃었다. 웃음의 의미는 이럴 것이었다. 그저 눈으로만.

길에서 길을 찾다 지리산 둘레길

다시 길을 나섰다. 서진암 갈림길 쉼터에서 땀을 식혔다. 어디선가 고양이 한 마리가 나타났다. 느낌상 먹을 것을 기대하는 눈치였지만 딱히 줄게 없었다. 물 마시는 일조차도 괜히 미안스러운 판에 젊은 남녀가 나타났다. 남성의 배낭이 묵직해 보였다. 고양이에게 행운이 있기를 빌면서 슬며시 자리를 떴다.

소나무 숲길이 이어졌다. 천 년 고사목이 나타났고 그 앞에 꽃무릇이 피어있었다. 어릴 적 이맘때면 고향의 산과 들엔 꽃무릇이 지천으로 피어났다. 잎과 꽃이 양립하지 못하는 모습은 유년의 마음에도 어떤 처연한 슬픔을 안겨주었다. 징허게도 붉은 꽃잎은 이루어질 수 없는 사랑 앞에 피를 토한 모습과도 같았다. 그렇게 한껏 감정을 끌어올려 사전에도 없는 생사초(生死草)란 이름을 지어주며 못 이룬 누군가의 사랑을 위로했다. 한때 그런 감성 어린 시절이 있었다.

꽃무릇의 꽃말은 이루어질 수 없는 사랑이다. 천 년 고사목 앞에서 피어나 묘한 조화를 이루고 있다.

숲길을 벗어나며 중황마을 위쪽 길을 따라 걸었다. 평범한 길이지만 지루할 틈은 없었다. 람천 너머로 지리산 능선이 계속해서 눈길을 잡아두는 까닭이다. 길옆 대형 항아리가 놓여있는 어느 집 의자에 살짝 엉덩이를 들이미니 지리산이 곧 내 집안의 정원이 되었다.

상황마을 뒤쪽 전망대를 지나 등구재가 가까워지면서 눈길이 슬슬 지리산에서 마을 주변 산자락으로 옮겨졌다. 다랑이논이 눈에 들어오기 시작한 것이다. 삼봉산과 백운산에서 상황, 중황마을 쪽으로 흘러내린 산자락과 골짜기를 따라 형성된 논은 산내면 소재지까지 이어졌다.

수확기를 앞둔 이곳의 들녘은 한 폭의 수채화가 따로 없어 지리산 자락에서 가장 아름다운 경관 중 한 곳으로 불린다. 하지만 수확이 끝난 들판에서 다랑이논의 전형적인 풍광을 기대하기는 어려웠다. 아쉽지만 계절을 되돌릴 수는 없는 일. 등구재 오르는 길옆의 식당에서 산채 정식을 먹었다. 둘레길에 들어선 뒤로 식당에서 처음 맛보는 점심이었다.

등구재(등구치, 登九峙)는 아홉 구비를 오르는 고개라는 의미일 텐데 안내판에는 고개 모양이 거북등을 닮았다 해서 붙여진 이름이라고 되어 있었다. 한발 더 나아가 서쪽 지리산 만복대에 노을이 깔릴 때 동쪽 법화산 마루엔 달이 떠올라 노을과 달빛이 어우러지는 고개라는 그림 같은 설명도 덧붙여 쓰여있었다.

등구재는 지리산 북부권에서 경상도와 전라도를 이어주는 고갯길이다. 옛적에는 함양 사람들이 인월장, 운봉장을 보러 가고 남원의 새색시가 꽃가마 타고 함양으로 넘어가던 고개였다. 옛 장꾼과 새색시는 어떤 마음으로 이 고개를 넘었을까. 650m 고개는 생각 외로 만만치가 않았다. 식사 후 몸은 나른하고 시멘트 포장길에 발걸음은 타박거렸다. 그래 쉬자, 굳이 서둘 일도 없는 데 뭘. 중간에 한 번 숨을 고른 뒤에야 고개에 올라설 수 있었다.

등구재에서 내려서는 길은 호젓한 비포장 숲길이다. 기운 햇살이 나무 사이를 비집고 들어와 숲길 위에 누웠다. 오르느라 헐떡였던 몸과 마음

길에서 길을 찾다 지리산 둘레길

이 평온해지자 걸음은 금방 사뿐해졌다.

길은 창원마을을 거쳐 금계마을까지 숲길과 농로, 임도를 번갈아 가며 천왕봉을 정면으로 마주하고 이어졌다. 도중에 약간의 오르내림이 있지만 대체로 평탄한 내리막길이었다.

지리산(智異山)은 어리석은 자가 지혜로움을 얻는 산이다. 이 구간만큼 긴 시간 긴 거리를 주봉 천왕봉과 눈 맞추며 마음으로 대면하는 길은 없다. 지혜를 얻을 소중한 기회를 자만의 잰걸음으로 부지런 떨 듯 달려가며 날려버릴 수는 없는 일. 오체투지까지는 아닐지라도 이곳에서 천천히 걸음을 옮겨야 하는 까닭이다.

지리산 천왕봉 위로 흰 구름이 드리워져 있다. 중봉과 제석봉이 협시하듯 좌우로 솟아 있다.

창원마을 당산 느티나무를 거쳐 창원 산촌생태마을을 지났다. 금계마을로 넘어가는 고갯길에서 창원마을이 한눈에 내려다보였다. 창원마을은 함양을 연결하는 오도재의 길목이자 전라도로 연결되는 등구재의 중간에 자리하고 있어 두 재를 넘나드는 길손들의 안녕을 빌고 쉼터를 제공하는 역할을 했다. 여행자의 눈에는 그저 평화롭기만 하건만 이때쯤 마을에서는 주 수입원의 하나인 호두를 까느라 밤샐 날이 꽤나 잦겠다.

해는 서녘으로 기울며 천왕봉은 품 안으로 들어오라 손짓하는데 길은 구간의 마지막 고개인 하늘길로 향했다. 하늘길 부근 밭틀에서 어머님이 전동차에 앉아 있었다. 햇볕을 피해 해 질 녘에 들깨를 베러 나왔다는데 별로 일할 생각이 없어 보였다.

창원마을이 고향인 이옥분(74세) 어머님은 열일곱 꽃봉오리 나이에 여덟 살 연상인 동네 오빠와 결혼했다. 하도 예뻐서 근동의 뭇 청년들이 넘보는 통에 혹여 바람날까 염려한 부모가 서둘러 짝을 지어줬다고 한다. 결혼 후 부산에서 생활하다 12년 전 남편의 뜻에 따라 고향으로 돌아왔다는데 남편과는 5년 전에 사별했다고.

혼자 남겨 두고 일찍 갈 것이면 고향에 왜 돌아왔냐며 넋두리가 이어졌다. 노을 지는 고개에서 홀로 들깨를 베고 있으려니 먼저 가신 아버님 생각이 절로 났던 것. 그리움과 원망이 반씩 섞여 갈피를 잡지 못하니 오늘 들깨 수확은 물 건너갔다. 괜히 말 붙여 감정샘을 자극한 건 아닌지 미안해졌다. 두 손을 모으고 머리를 숙였다.

길은 임도를 따라 마지막 숲길인 소나무군락지로 들어섰다. 나무들은 키재기 시합이라도 하려는 듯 쭉쭉 뻗어 올라갔다. 상태가 훌륭해서 혹여 조경업자가 이 길을 지난다면 군침깨나 흘리며 발길 떼기 어렵겠다.

숲 너머 저 아래로 칠선계곡 초입의 의탄리가 한눈에 들어왔다. 천왕봉도 손에 잡힐 듯 가까워졌다. 숲 아래 산기슭에는 구간 종점 금계마을이 자리하고 있을 것이었다.

하루 일정은 마무리되어 가는데 채 해결되지 않은 문제가 있었다. 숙박을 어찌할지 가닥을 타지 못한 것이다. 출발 전 다짐과 그저께 밤 잠자리의 고충을 떠올리면 당연히 민박일 테지만 큼직한 배낭을 메고 다닌 고생을 생각하니 야영을 쉬이 포기하기가 왠지 좀 아쉬웠다. 이래서 반반치킨이 생겼나 하는 느낌마저 들었다.

발길은 이미 금계마을로 들어섰다. 대여섯 어머님이 마을 정자에 모여 저녁밥을 먹고 있었다. 마을회관에서의 점심 식사는 흔한 풍경이지만 저녁 식사를, 그것도 개방된 정자에서 해결하는 모습은 낯설고도 신기했다.

금계마을 정자에서 저녁밥을 먹고 있는 어머님들

다가가 사진 한 컷 남겨도 되겠냐 했더니 착 둘러앉으며 포즈를 취해주신다. 이런 상황에 익숙한듯했다.

"근데 뭐 하는 양반이여? 오늘 잠은 어디서 잔댜? 묵을 디는 정했으까?"

내 대답은 듣지도 아니하고 자기들끼리 문답을 주고받았다.

아직이란 대답에 즉석에서 어머니 한 분을 가리키며 말했다.

"'이 집'에서 자면 쓰겠네."

그러자 '이 집'이 자리를 털고 일어나 정자를 내려섰다. 나는 그 뒤를 따랐다. '이 집' 한옥문(77세) 어머님은 정자 바로 윗집에서 '큰집 민박'이라는 상호로 민박을 운영하고 있었다. 머리를 복잡하게 했던 숙소 문제가 엉겁결에 해결이 된 셈이었다. 결과적으로 숙소는 탁월한 선택이었고 그덕에 금계에서 하루 더 머무를 이유가 생겼다.

이곳 숙소에서도 밥은 제공되지 않았다. 마을 초입에 자리한 둘레길 함양센터 옆 식당에서 김치찌개로 저녁을 해결했다. 막걸리 한 병을 곁들였다.

지리산 둘레길의 싹을 틔운 곳이자 지리산 둘레길의 상징과도 같은 구간이다. 남원시 산내면 상황마을과 함양군 마천면 창원마을을 잇는 등구재 옛 고갯길이 열리면서 지리산 둘레길이 비로소 세상에 모습을 드러냈다. 지리산 둘레길 전 구간 중 가장 긴 거리이지만 다양한 숲길과 물길, 농로, 임도, 마을을 지나며 고개를 넘는다. 둘레길이 품고 있는 다양한 풍경을 보고 느낄 수 있어 고단하거나 지루할 틈이 없다. 특히 등구재를 넘어 창원마을을 지나면서부터 천왕봉을 정면으로 마주하며 걷는 순간은 이 구간의 압권으로 가슴 벅찬 감동마저 불러일으킨다.

창원마을 근처의 어느 전원주택. 멀리 천왕봉을 정원으로 끌어들여 그림 같은 풍경을 연출했다.

구인월교-중군마을(2.1㎞)-선화사 삼거리 갈림길(0.8㎞)-선화사(0.4㎞)-수성대 입구(1.3㎞)-수성대(0.4㎞)-배너미재(0.8㎞)-장항마을(1.1㎞)-서진암 삼거리(2.5㎞)-상황마을(3.5㎞)-등구재(1.0㎞)-창원마을(3.1㎞)-금계마을(3.5㎞)로 연결되며 총 거리는 20.5㎞에 달한다. 소요 시간은 8시간 정도. 선화사 삼거리에서 삼신암을 경유해도 비슷한 거리와 시간이 소요된다. 시점에서 종점까지 24.2㎞를 걸었고 40,100보의 발품을 들였다.

나중에 의사인 지인과 통화해서 안 일이지만 광견병에 대한 두려움은 한낱 기우였다. 광견병은 국내에서 사실상 사라진 질병이나 다름없어서 작은 규모의 병·의원에는 광견병 관련 주사제나 치료제가 구비되어 있지 않을 거라 했다. 찜찜하긴 했지만 안심하기로 했다.

도마마을 다랑이논과
지리산의 마지막 비경 칠선계곡

8시 반경, 둘레길 함양센터 앞 금계→동강 구간 시작점에 섰다. 애초 예정대로라면 의탄교를 건너 동강을 향해 가야 하건만 발길은 엉뚱하게도 반대 방향인 마천면 소재지를 향했다. 도마마을을 둘러보기 위함이었다.

어젯밤 묵었던 민박집은 한옥문(77세), 동윤호(84세) 노부부가 운영하고 있었다. 객은 나 혼자였다. 저녁밥을 먹고 들어와서 빨래하고 씻고 나니 딱히 할 일이 없어 슬리퍼를 질질 끌며 마을 밤거리를 돌아봤다. 달은 이제 슬슬 제 빛을 내기 시작하는데 마을은 이미 깊은 정적 속에 빠져들었다. 산촌의 밤은 일렀다.

주방에 어머님의 모습이 어른거렸다. 아버님은 식탁에 앉아 호두를 손질하고 있었다. 심심해서 주방 문을 밀고 들어서니 아버님이 기다렸다는 듯 어서 들어오라 했다.

지게에 모를 지고 하루에도 몇 번씩 등구재를 넘었던 일, 소를 몰고 오도재를 넘어 함양까지 편도 28km 산길을 오갔던 일, 객이 묵는 문간방이 외양간을 개조한 것이라는 집터의 역사까지 아버님의 말씀이 줄줄 이어졌다.

골백번은 들었을 레퍼토리일텐데도 어머님은 말없이 듣고

동윤호 아버님이 평생 지고 다니던 지게

있었다. 간간이 아버님을 바라보는 눈길이 그윽하고 애틋했다.

이제 어머님 차례. 어머님은 면 소재지 너머 도마마을이 고향이었다.

길에서 길을 찾다 지리산 둘레길

금계가 고향인 아버님과 결혼한 뒤로 쭉 이곳에서 살았다. 도마마을은 가깝고도 먼 곳이었다. 5km가 채 되지 않는 거리인데도 마음만큼 자주 찾지 못한다고 했다. 그러면서도 남들은 한 번쯤 둘러볼 만한 곳이라고 했다. 볼거리가 무어냐는 말에 자기 생각에는 별것도 아닌데 그걸 보러 많이들 찾는다고, 무심한 듯 말했다.

'별것도 아닌 것'은 다름 아닌 다랑이논이었다. 도마마을 다랑이논은 CNN에서 선정한 '한국의 대표 여행지 50선'에 해당할 만큼 이미 이름이 난 곳이었다. 그간 지리산을 자주 찾으면서도 관심 밖이었고 둘레길에서 비켜 있다는 이유로 이번에도 그냥 지나치려 했는데 무심한 듯한 어머님의 말씀에 외려 호기심이 동했다. 게다가 지근거리이지 않은가.

좌로 임천을 끼고 60번 지방도를 따라 걸어 마천면 소재지에 이르렀다. 임천은 람천이 전라에서 경상으로 도계를 넘으면서 새로이 불리기 시작하는 이름이다.

면 소재지에 장터가 있다길래 들렀다. 장날이 아니라서 처음부터 별 기대는 하지 않았음에도 장터는 너무 황량했다. 워낙 규모가 작은 데다 관리마저 제대로 되지 않은 듯해 장이 선 모습이 도무지 연상되지 않았다. 인근 주민에게 물어보니 장이 서도 오전에 한두 시간 지나면 파한다고 했다. 장터의 풍경은 소멸 위기에 내몰린 시골의 음영이었다.

길은 가흥교를 통해 임천을 건너 오른쪽 군자마을로 향했다. 여기부터 도마마을로 진입하는 고개까지는 쭉 오르막이었다. 가풀막진 정도는 아닌데도 때마침 진행 중인 도로 확, 포장 공사로 트럭이 자주 오르내리고 먼지가 풀풀 일어 걷기가 좀 사나웠다.

도마마을 전경. 앞쪽으로 채 복원이 되지 않은 다랑이논에 비닐하우스와 밭작물이 심어있다.

고개에 올라서니 도마마을이 한눈에 들어왔다. 삼정산 동쪽 끝자락에 자리한 마을은 엄마 품에 안겨 잠든 아기처럼 고요하고 평화로워 보였다. 마을로 들어가 고샅을 돌아다니며 주변 곳곳의 풍경을 휴대전화에 담았다.

논들이 마을 앞 골짜기를 따라 임천까지 계단처럼 흘러내렸다. 바로 도마마을의 상징 다랑이논이었다.

도마마을에서는 2021년부터 다랑이논 복원사업을 진행하고 있었다. 고령화와 천수답식 농법의 한계로 대다수 농가가 벼농사를 포기하며 묵정논으로 방치되거나 밭, 비닐하우스로 변했던 땅들이 속속 논으로 복원되고 있었다.

올 상반기에 복원사업과 농수로 정비 공사가 어느 정도 마무리되면서

길에서 길을 찾다 지리산 둘레길

일부 논에는 모내기도 이루어졌다. 예정대로 진행된다면 내년 이맘때쯤에는 과거의 그림 같은 풍경을 기대할 수도 있어 보였다.

하지만 외형적인 경관만으로 다랑이논이 완성되는 것은 아닐 것이다. 거기에 마을의 풍습과 문화, 전통적 농법 등 무형의 자원이 유기적으로 접목될 때라야만 비로소 진정한 농업유산이 될 수 있을 터였다. 벼농사에 대한 주민들의 자발적, 적극적인 참여가 꼭 필요한 이유였다. 이를 위해서는 주민들의 다랑이논에 대한 애정과 자부심을 존중하고 전통 농법에 따른 손실에 대한 적절한 보상이 뒤따라야 할 일이었다.

갔던 길을 그대로 되돌아와 의탄교 앞에 섰다. 그러다가 '에라, 하루 더 늦게 돈들 어떠하리' 하는 마음으로 칠선계곡을 탐방하기로 했다. 여행의 묘미는 해찰에 있으니깐.

의탄교 위에서 산책 나온 주민과 인사를 나누었다. 그런데 이게 누구인가. 민박집 동윤호 아버님의 막냇동생 동정호 씨였다. 바람처럼 스치는 게 인연이라지만 하고많은 사람이 오가는 다리 위에서 말을 나눈 대상이 어이하여 민박집 형제더냐.

칠선계곡 탐방의 시작점이랄 수 있는 추성마을까지 차로를 따라 걸었다. 40분 남짓한 거리지만 차들이 쌩쌩 옆을 지나치는데 햇볕은 작살처럼 몸을 파고들었다. 쉼이 필요했다.

추성교를 건너 대형주차장에 도착하니 주차장 왼쪽 현수교 너머로 '서복솔숲'이 눈에 들어왔다. 불로초를 찾아 지리산 추성동에 들어왔다가 불로초를 찾지 못하고 눌러앉은 서복을 기념하여 조성한 숲이라고 했다. 경위야 어떻든 땀 훔치는 쉼터로서는 그만이었다.

추성마을에서 칠선계곡 탐방로 입구까지는 가파른 오르막길이다. 칠선 계곡은 설악산의 천불동계곡, 한라산의 탐라계곡과 더불어 대한민국의 3대 계곡으로 불린다. 동천(洞天)에 들어서기 위해서는 가쁜 숨 몰아쉬며 이 정도의 고행쯤은 감내해야 하는가 보다.

길에서 길을 찾다 지리산 둘레길

왼쪽에 용소로 가는 샛길이 있었다. 숨은 턱에 걸려 옆을 돌아볼 여유 부리기 어려웠지만 그래도 발길을 돌렸다. 호젓한 길을 따라 10여 분 들어가니 못 주변에는 주말인데도 사람 그림자 하나 없었다. 못은 홀로 고고했고 비경이 딴 데 있지 않았다.

되돌아 나와 칠선계곡 탐방로 입구에 올라섰다. 두지동마을로 향했다. 주민으로 보이는 사내가 내 배낭의 족히 두 배는 되어 보이는 짐을 어깨에 메고서 가고 있었다.

마을 앞 쉼터에서 부부가 효소 음료를 팔고 있었다. 두지동마을에는 7가구가 산다고 했다. 두세 가구만 상주하고 나머지는 대처에 나가 살며 필요할 때 들어온다고 했다. 형편이 되는 집은 전동차를 이용하고 나머지는 지게나 어깨로 짐을 나른다 했다. 그럴 때면 온 삶의 무게가 어깨 위에 얹히는 느낌이 든다 했다. 개복숭아 한 잔을 사서 마셨다.

두지동마을의 길거리 음료 좌판. 오른쪽 민가 입구에 지게가 세워져 있다.

두지동마을을 지나 이십여 분 올랐을 무렵 탐방로 위쪽에서 움막 비슷한 생활을 하는 이를 만났다. 원래 칠선동마을이 있던 곳으로 지금은 주민들이 모두 떠나고 홀로 남아 오가는 이들에게 막걸리와 효소 음료를 팔고 있었다. 사진 등 취미생활을 한다지만 사는 모습이 바위틈에 뿌리내린 나무와 같다는 생각이 들었다. 차마 그냥 가기 어려워 음료 한 잔을 다시 사서 마셨다. 좀 더 깊이 들어와서일까, 값은 두지동마을의 2배를 받았다.

칠선계곡의 탐방로는 뱀사골계곡과 달리 상당 구간이 계곡과 떨어진 채 산허리를 감고 돈다. 계곡 가까이 길을 내기엔 험한 지형이 많은 탓이다. 이 때문에 선녀탕에 다다를 때까지 한두 곳을 제외하고는 저 멀리서 내려다볼 뿐 계곡 탐방의 맛은 상대적으로 밋밋했다.

선녀탕을 지났다. 옛날에 일곱 선녀가 내려와 이곳에서 목욕하는데 곰이 옷을 숨겼다. 다행히도 노루의 도움을 받아 올라갈 수 있었다고. 칠선이란 이름은 이렇게 선녀탕에서 유래했다. 나무꾼과 선녀 이야기가 밋밋하게 변형된 버전이었다.

옥녀탕과 비선담을 지나 오늘 탐방의 종착지인 비선담 통제소에 도착했다. 통제소 위로는 탐방 예약제를 시행 중이다. 5~6월과 9~10월 기간 중 천왕봉까지는 매주 월요일

길에서 길을 찾다 지리산 둘레길

만, 삼층폭포까지는 수, 목, 토요일에 가능하다. 예약이 되지 않은 관계로 아래로 발길을 돌렸다.

탐방로 입구를 빠져나오니 계곡 아래쪽 풍경이 시원스레 한눈에 들어왔다. 그중에서도 특히 눈길을 잡아끄는 것은 계곡 건너편 산 중턱에 자리한 서암정사와 벽송사였다. 절경이었다. 보이는 것만으로도 감탄사가 절로 나오는데 저기에서 바라보는 지리산과 칠선계곡의 풍광은 어떠할지 가늠하기 어려웠다.

지금 들를 것인가, 내일 들를 것인가. 머릿속에서 지금과 내일이 싸웠다. 가만, 오늘 감탄할 일을 내일로 미루지 말라는 경구가 있었던가. 4시가 좀 넘은 시각이었다. 충분했다. 어렵지 않게 지금이 승리했다.

추성교를 지나서 벽송사까지는 경사가 제법 심했다. 왼 종일 걸어 지친 상황에서 낯익은 얼굴을 만났다. 벽송사와 서암정사 갈림길 삼거리에서 둘레길 벅수가 짜잔 모습을 드러낸 것이다. 금계-동강 구간 중 벽송사 코스에 설치된 이정목이었다. 채 하루가 지나지 않은 해후였지만 피로가 풀리는 기분이었다.

벽송사는 1520년 벽송 대선사에 의해 창건된 한국 선불교의 근본 도량이다. 서산대사, 부휴선사, 사명대사 등 당대를 풍미한 스님들이 이곳에서 수행했다. 6·25 때 인민군 야전병원으로 이용되다 국군의 토벌 작전으로 법당만 남기고 소실된 것을 원응 스님이 중창하여 현재에 이르고 있다.

배치상 특이한 점은 절의 한가운데에 법당 대신 선방이 자리하고 있다는 점이었다. 이것만으로도 벽송사가 선불교의 종가임을 확인 가능케 해주었다.

오른쪽 입구 보호각에는 한 쌍의 목장승이 서 있다. 왼쪽의 장승에는 금호장군(禁護將軍)이, 오른쪽 장승에는 호법대신(護法大神)이 몸통에 새겨져 있는데 금호장군은 1969년 화재로 머리 부분이 불에 타 없어졌다. 두 장승에 새겨진 명문으로 미루어 사천왕이나 인왕의 역할을 대신하며 잡귀의 출입을 막는 수문장 역할을 했을 것이다. 불교와 민간 풍수 신앙이 어우러져 나타난 작품이다.

벽송사는 판소리 가루지기타령의 무대로도 알려져 있다. 그런 선입견 때문인지 목장승을 보고 있노라니 나도 모르게 변강쇠와 옹녀의 이미지가 연상되었다. 그래서 내 멋대로 금호장군을 변강쇠로, 호법대신을 옹녀로 둔갑시키고는 금호장군의 머리는 불에 타서가 아니라 호법대신에게 기를 빼앗긴 탓이라고 상상해버렸다.

사찰의 안내문은 이러한 속물의 야릇한 상상력에 기름을 부었다. '…

　　　　　　　　　　　　　　　　길에서 길을 찾다 지리산 둘레길

목장승은 변강쇠와 옹녀의 전설이 깃들어 찾는 이의 발길이 끊이지 않고 있으며… 예로부터 목장승에 기원하면 애정이 돈독해지고…'라고 소개되어 있으니 말이다. 목장승 앞에 서면 나처럼 상상하는 사람 아마도 여럿 있을 것이었다.

절 뒤편에는 사찰명의 유래를 짐작게 하는 벽송(碧松) 두 그루가 있다. 도인송과 미인송이다. 꼿꼿한 도인송을 향해 미인송이 내 마음 받아 달라며 몸을 기울인 형국이다. 제 몸 홀로 가누지 못해 버팀목에 근근이 의지하고 있건만 도인송은 언제쯤 마음을 열어줄 것인가. 한데 이 대목에서 서화담과 황진이는 왜 또 떠오르는가. 신성한 경내건만 속물의 마음은 늘 이런 식이었다.

미인송

도인송

서암정사 사천왕문. 돌기둥 뒤쪽의 천연 거암에 사천왕을 일렬로 양각하여 배치한 점이 독특하다.

발길을 서암정사로 향했다. 서암정사는 원응 스님이 벽송사를 중창한 뒤 1985년 서쪽 600여 미터 지점에 창건한 절이다. 6·25 전쟁의 참화로 희생된 무수한 원혼들을 위로하기 위해 석굴 법당인 극락전 등 꾸준히 불사를 진행하여 현재의 모습을 갖추었다. 평생을 이곳에서 수행하던 스님은 2018년 법랍 66세로 열반에 들었다. 문득 경내의 황목련이 스님의 모습인가 싶어 두 손을 모았다. 속인도 때론 이런 모습 취할 줄 안다.

칠선계곡과 지리산의 풍경이 눈앞에 펼쳐졌다. 감당하기 어려운 절경이었다. 칠선계곡 탐방객의 태반이 이곳을 찾는 이유를 알만했다. 역시 감탄은 뒤로 미룰 일이 아니었다.

서암정사를 나서 의중마을로 향했다. 둘레길 금계-동강 구간의 역방향인 셈이다. 1km가 채 되지 않는 짧은 이 숲길을 통해 마을 사람들은 벽송사를 찾았을 테지. 길은 좁고 호젓해서 걷다 보면 마음은 저절로 하나로 모일 것이어서 군이 일주문이 필요하지 않을듯싶었다. 의중마을 당산나무와 의평마을을 지나 의탄교를 건넜다. 그렇게 꽤 긴 하루의 해찰이 마무리되었다.

식당 두 곳이 아직 문을 열고 있었다. 이왕이면 다홍치마, 어제 들르지 않았던 식당을 찾았다. 주말이라 그런지, 소문난 맛집인지 손님이 줄지어 대기 중인데 영업시간은 7시 마감을 향해 가고 있었다.

마음이 급해졌다. 어제 먹은 식당으로 발길을 돌렸다. 그런데 여기도 새 손님을 받기가 곤란하다고 했다. 저녁밥을 쫄딱 굶을 판이었다. 하나 뱃가죽이 등짝에 붙어 있어 순순히 물러설 처지가 못 되었다.

엊저녁 인연에 기대어 사정사정해서 겨우 승낙을 얻었다. 둘이 앉은 자리에 양해를 구하고 합석을 했다. 이제 살았다, 가슴을 쓸어내리며 밥이 나오기를 기다리는데 여행복 차림의 사내 하나가 문을 열고 안을 기웃거리더니 그냥 갔다. 딱 봐도 저녁밥을 굶을 팔자로 보였다.

얼른 뒤따라 나가서 불러들여 내 옆 빈자리에 앉혔다. 그리고는 주인아주머니에게 기왕 인심 쓸 바에야 한 번 더 쓰라고 웃으며 말했더니 이번에는 흔쾌히 받아들였다. 순간에 사내의 팔자가 밥 먹을 팔자로 바뀌었다.

40초 중반인 이 사내도 둘레길을 돌고 있었다. 오늘 아침 주천을 출발하여 운봉, 인월을 거쳐 이곳 금계까지 하루 만에 달려왔다고 했다. 세 구간 45km 예상거리와 거의 차이 나지 않았다며 기록을 보여주는데 44.5km로 되어있었다. 온종일 옆으로 눈길 한번 주지 않고 직진했다는 의미였다. 표정에는 뿌듯함이 넘쳐났다.

둘레길 첫날 주천센터에 들렀을 때 직원에게 들었던 말이 생각났다. 짧게는 6일 만에 전 구간을 완주하는 이도 있다고 했다. 바로 옆자리 사내 같은 이를 지칭하는 것일진대, 냅다 달려가면 못할 일도 아니다만 이래서는 드라이브와 다를 바가 뭐 있겠는가.

사람은 저마다의 사연으로 순례하듯 둘레길을 걷는다. 때론 멈추고 옆으로 새면서 산과 들과 마을과 그 안에 터 잡고 살아가는 사람들의 이야기에 귀를 기울인다. 성찰과 깨달음은 직진 본능의 결과물이 아니라 바로 과정 그 자체이기 때문이다. 둘레길 순례의 의미를 다시 한 번 돌아보았다.

길에서 길을 찾다 지리산 둘레길

   마천마을 다랑이논을 둘러보고 지리산 칠선계곡을 탐방하는 코스이다. 지리산 둘레길과 직접적인 관련은 없다. 다랑이논의 대표주자인 마천마을 계단식 논은 국가중요농업유산 등재를 앞두고 있다. 칠선계곡은 지리산의 마지막 비경이라 일컬어질 만큼 원시적 풍광이 잘 보존된 곳으로 비선담까지 일부 구간에 대해서는 연중 출입이 가능하다.

   둘레길 함양센터-도마마을(4.2㎞)-의탄교(4.1㎞)-추성주차장(2.2㎞)-(중간에서 용소 왕복, 0.4㎞)-두지동마을(1.5㎞)-선녀탕(1.9㎞)-옥녀탕(0.1㎞)-비선담(0.6㎞)-비선담 통제소(0.4㎞)-추성주차장(4.3㎞)-벽송사(1.4㎞)-서암정사(0.7㎞)-둘레길 함양센터(2.1㎞)로 연결된다. 총 이동거리는 23.9㎞ 정도. 실제로는 33.6㎞를 걸었고 54,000보의 발품을 들였다.

   하루 일정으로 소화하기에는 만만찮은 거리이다. 다랑이논 풍경이 주 관심사라면 도마마을보다 임천 건너편 금대산 중턱에 자리한 금대암을 찾는 방법이 나을 수 있다. 거기서 볼 때 계단식으로 흘러내린 다랑이논의 전경이 한눈에 들어오기 때문이다. 금대암까지 택시 또는 승용차 진입도 가능하다. 칠선계곡의 경우 추성주차장에서 비선담 통제소까지 왕복하는 데는 5시간이면 충분하다.

수몰된 용유담의 모습을
어찌 상상할 수 있으랴

주말이라선지 어젯밤엔 일가족 넷이 더 투숙했다. 아침밥을 먹으러 주방에 들어서니 따로 밥상을 차려준다기에 일가족에 양해를 구하고서 한 상에 둘러앉았다. 어제 아침에는 혼자 밥상을 받았었다. 원래 예정에 없었는데 아침밥을 굶는 게 짠했던지 한동문 어머님이 배려해준 덕분이었다.

어제 아침 혼자 받은 밥상. 여느 비구니 스님의 상차림만큼이나 정갈하고 깔끔하다.

밥상은 곧 꽃밭이었다. 화원은 어제보다 더욱 넓어졌고 찬은 저마다의 모습과 색깔로 만개했다. 지금껏 살아오며 이렇게 화려하면서도 정갈한 밥상을 받은 적이 있었나 싶다. 어머님의 정성과 손맛이 밴 음식은 입안에서 탄성을 자아내며 폭죽이 되어 터졌다.

민박집을 나서려니 아버님이 손수 깐 호두 몇 알을 쥐여주었다. 이틀 밤의 정담을 인연으로 여기며 헤어짐의 아쉬움을 그저 이런 식으로 달래는 것이려니 여겼다.

아버님의 손을 꼭 잡았다. '아버님, 약주 많이 한다고 어머님 걱정이 많

93

으세요. 엊저녁엔 술병을 내보이며 아버님 마셔도 괜찮은 거냐고 묻습니다. 도수가 꽤 높다고 했더니 얼른 주방 깊숙이 숨기더군요. 어머님을 생각해서라도 약주 좀 줄이세요.' 부디 내 기원이 전해졌기를. 어머님도 내마음을 읽은 것일까, 깊게 파인 주름살 위로 말간 햇살이 내려앉았다. 하회탈의 미소가 저러려니 싶었다.

큰집민박 동윤호 아버님과 한옥문 어머님

의탄교를 건너 의평마을 어귀의 당산목 앞에서 잠시 마음을 모았다. 느티나무는 600년 긴 세월을 마을의 평안과 풍년을 돌보느라 속이 다 녹아내렸다. 염치없게도 거기에 내 작은 바람을 하나 얹었다. 길 위에서 평화를.

의평마을 당산목에서 돌아 나와 소나무 쉼터를 지나 의중마을에 이르렀다. 의중마을의 당산목은 마을 위에 자리를 잡았다. 둘레길은 여기서 용유담으로 바로 가는 숲길과 서암정사와 벽송사를 경유하는 순환로로 나뉘었다.

길에서 길을 찾다 지리산 둘레길

속이 녹아내린 의평마을 당산목

상대적으로 매끈한 의중마을 당산목

두 갈래 길 앞에 서면 고민스러울 법도 하지만 적어도 이 지점에서만큼은 고민조차 행복했다. 어느 길로 가더라도 후회 없을 것이기 때문이었다.

벽송사 방면의 순환로는 좀 더 발품 팔고 땀 흘리는 수고를 해야 한다. 물론 보상이 따른다. 벽송사는 한국 선불교의 종가이고 서암정사는 석굴 법당을 비롯한 다양한 법당과 원응 스님의 사경 수행 과정을 음미할 수 있는 사찰이다. 칠선계곡과 그 뒤로 천왕봉을 바라보는 일품 전망은 보너스로 주어진다. 어제 두 사찰을 들른 만큼 용유담으로 바로 가는 길을 택했다.

의중마을을 내려서는데 임천 너머로 대형 불사가 진행 중이었다. 채석이 끝나고 남은 석벽에 108m 높이의 초대형 석가모니불을 조각하고 있었다. 이름하여 108번뇌를 상징하는 지리산 천왕사 천왕대불이다. 사찰명이 언급된 것으로 보아 석불 앞 부지에는 사찰도 들어설 예정인 모양이었다.

불사가 진행 중인 천왕사 마애여래불

자연 훼손에 대한 속죄의 마음으로 벌인 불사인지, 용도가 다한 채석장을 관광 상품화하려는 전략인지는 알 수 없으나 공사는 중단된 듯 보였다. 2025년에 완공을 목표로 한다는데 가능할 것 같지 않았다. 사업이건, 불사이건 기왕 일을 벌인 바에야 경관 보완 차원에서라도 예정대로 진행되길 바랐다.

불사 현장을 바라보며 오른쪽으로 꺾어 들면 용유담까지 이어지는 숲길로 연결된다. 이 길은 인월-금계 구간 중 선화사에서 수성대를 거쳐 배너미재로 이어지는 숲길을 연상케 했다. 좁다란 오솔길은 홀로 사색하며 걷기에 알맞았고 간간이 나타나는 작은 골의 물은 이끼 끼어 흐르며 서늘함을 안겨주었다. 꼭 서암정사, 벽송사를 들를 이유가 있는 게 아니라면, 특히 홀로이거나 동행이 단출하다면 이 길을 걷더라도 못 가본 길에 대한 아쉬움 별반 남을 일이 없겠다 싶었다.

숲길을 내려서 포장도로에 닿았다. 바로 앞은 용유담이다. 임천은 용유담에 이르면서 엄천 또는 엄천강으로 다시 이름을 바꾼다. 용유담은 엄천강 상류의 맑은 계곡과 짙푸른 숲, 기암괴석이 조화를 이룬 것만으로도 훌륭한데, 마적 도사와 아홉 마리 용의 전설을 비롯하여 등에 스님의 가사를 닮은 무늬가 있다는 '가사어'까지 살고 있어 신비로움마저 더해졌다.

이러한 용유담의 풍광을 어찌 필설로 다 표현할 수 있으랴. 용유교 왼쪽 입구에 있는 안내 표지판을 읽다 보니 장황한 설명에 숨이 벅찼다. 숨을 고르고 오른쪽 안내판으로 눈을 돌리면 한 편의 소설과도 같은 분량에 이번에는 아예 숨이 넘어갈 판이었다. 결론은 신선이 노니는 별천지라는 것인데 그러려니 대강 읽고 주변의 풍경에 눈길을 주면 될 일이었다.

그래도 용유담에 어린 마적 도사와 아홉 마리 용의 전설만은 대강이라도 살펴보자. 용유담 부근 마적사에 마적 도사가 나귀를 기르며 살고 있었다. 생필품이 떨어지면 나귀 편에 쪽지를 부쳐 장을 봐오도록 했다. 장을 본 나귀가 용유담에 돌아와 울면 쇠지팡이로 다리를 놓아 건너게 했다.

　하루는 지리산 천왕 할매와 장기 삼매경에 빠져 있다가 용유담의 용들
이 서로 여의주를 차지하려고 싸우는 통에 나귀가 우는 소리를 듣지 못
했다. 나귀는 결국 울다 지쳐 죽고 말았다. 뒤늦게 이를 안 마적 도사가
화가 나서 장기판을 던져 버렸는데 이때 깨진 장기 조각들이 계곡 주변의
바위가 되었다고 한다.

　용유교 위에 서서 위쪽과 아래쪽을 번갈아 보노라니 다리로 인해 용
유담의 풍광이 아래위로 분리된 느낌이 들었다. 현재 위치에서 200여 미
터쯤 아래쪽에 설치했더라면 어땠을까 하는 아쉬움이 남았다.

용유담은 풍광 못지않게 지난 20여 년간 지리산댐 건설 예정지로도 주목을 받았다. 2018년 9월, 정부의 댐 건설 백지화 발표로 논란은 일단락된 셈이지만 이로 인해 오랜 세월 이어져 온 지리산권 마을 공동체가 분열과 반목, 갈등으로 크게 무너졌다. 댐 건설을 찬성했건, 반대했건 모두가 피해자가 된 셈이다.

이해관계가 첨예하게 대립했던 사안인 만큼 언제 다시 수면 위로 올라올지 모르는 일이다. 같은 상황이 반복되지 않도록 감시하고 견제가 필요한 이유이다. 덧붙이자면 댐에 잠긴 용유담의 모습이 어디 상상이나 될 일이던가.

모전마을에서 세동마을을 거쳐 송문교까지의 4km 구간은 아스팔트와 콘크리트 포장길이다. 엄천강과 그 너머 법화산 자락이 동행하며 다소 지루해할 마음을 달래주었다. 서둘 일 없는 여정이니 가다 쉬다 돌아서며 해찰을 게을리하지 않았다.

송문교 초입에 다다르니 그 늘진 곳에 누군가가 공짜 무인 커피숍을 열어 놓았다. 이런 경우 의심병부터 발동하는 나 같은 속인들이 많았음인지 숙박이나 영업하는 집이 아니라는 꼬리표가 붙어 있었다. 사연이 궁금해서 혹여 주인장이 나타날까 한 잔

무료 커피 쉼터. 마침 뜨거운 물이 나오지 않아 찬물에 한잔을 타서 마셨어도 주인장의 배려 어린 마음 덕에 충분히 훈훈할 수 있었다.

을 훌쩍거리며 기다렸으나 뵙질 못했다. 길 위에서 따뜻함을 맛보고 길 위에서 삶의 길을 배우는 중이다.

　무료 커피숍을 떠나 운서마을을 향해 가면서 눈길을 자주 왼쪽 엄천 강에 주었다. 조선 초 한남군의 유배지인 섬 아닌 섬 '새우섬'을 내려다보기 위해서였다. 그런데 섬의 위치와 형태에 대한 감을 잡기가 어려웠다.

　휴천면사무소에 전화를 넣었다. 전화는 고향의 역사와 문화에 조예가 깊다는 백재현 계장에게 돌려졌다. 백 계장에게 있어 공무원의 첫째 신조는 퀵 서비스인 모양이었다. 단박에 새우섬과 관련된 자료를 추려서 이메일로 보내왔다. 자료를 보고 나니 멀찍이서 눈으로 대강 어림만 하고 지나가려던 마음이 바뀌었다.

새우섬 주변의 엄천강. 물줄기 가느 · 긴쪽 끝 지점(S자 오른쪽 윗부분)에 새우섬이 있다.

왔던 길을 되돌아가 송문교를 건넜다. 60번 지방도를 따라 한남마을 쪽으로 700여 미터쯤 가다 보니 물길이 서서히 S자형으로 휘어지며 등 굽은 새우 모습이 나타났다. 새우섬은 S자 오른쪽 윗부분에 해당했다. 애초 두 줄기 물길에 의해 섬처럼 고립되었던 곳이지만 지금은 산어귀 쪽 물줄기가 메워지며 곶처럼 변해버렸다.

한남군 이어는 세종의 12번째 왕자다. 1455년 사육신이 중심이 된 단종복위 거사에 어머니 혜빈 양씨가 연루되었다는 이유만으로 이곳에 유배되었다. 위리안치(圍籬安置)인가, 절도안치(絶島安置)인가. 시시각각 조여오는 죽음의 공포와 고립감 속에서 하루하루를 견디다가 유배 4년 뒤 31세의 나이로 한 많은 생을 마감했다. 그렇게 섬 아닌 섬 새우섬은 비정한 권력 앞에 절망하고 생의 무상함에 좌절한 젊은 원혼이 서린 곳이다.

새우섬 건너편의 한남마을은 그의 이름에서 유래했다. 함양읍 고산리 양지바른 언덕배기에 묘가 있다.

60번 포장도로를 되돌아 나오려니 좀 따분했다. 기왕 옆으로 샌 김에 강바람이나 쐬면서 가자는 생각으로 강가 모래톱으로 내려섰다. 그런데 예상과는 달리 사실상 자갈밭, 바위투성이여서 걷기가 여간 불편한 게 아니었다. 진땀이 났다. 중도에 도로 위로 올라서기도 마땅찮아 송문교에 다다를 때까지 1시간여를 꼼짝없이 자갈밭을 걷고 바위와 바위 위를 깡충거려야 했다. 땀 식히러 내려섰다가 엄천강의 수량만 불려 놓은 꼴이었다. 송문교에 올라서니 한숨이 절로 나왔다.

송문교를 되 건너와 경사진 시멘트 농로를 오르내리다 보니 운서 고개 쉼터가 나왔다. 동강 쪽 시계가 슬쩍 열렸다가 닫혔다. 동강이 가까웠음이다. 고개 아래 운서마을을 지나 작은 규모의 다랑이논을 거슬러 구시락재에 올라섰다. 발아래로 동강마을과 엄천강의 풍경이 시원스레 펼쳐졌다.

시야가 트이면 걸음은 자연 느려진다. 마음에 따른 것일 테지만 때로는 발 스스로가 알아서 그리하기도 한다. 오랜 경험이 체화된 데서 나타나는 일종의 무조건 반사 현상이었다. 동강 당산나무 아래에 배낭을 내려놓았다.

당산 쉼터는 조선 전기 함양군수를 지낸 김종직의 사연이 깃든 곳이다. 김종직은 군수로 부임한 이듬해인 1472년 여름, 4박 5일간의 일정으로 지리산을 찾았다.

산행 여정은 대강 이러했다. 함양을 출발한 김종직은 엄천강을 건너와 화암(花巖)이란 곳에서 숨을 골랐다. 그 후 구시락재를 넘어 적조암 방면으로 나아간 뒤 벽송사 능선을 통해 두류봉, 중봉을 거쳐 천왕봉에 올랐다. 이후 주변 계곡과 봉우리를 둘러보고 천왕봉을 한 번 더 오른 다음 제석봉과 세석평원을 거쳐 한신계곡, 백무동계곡을 통해 하산했다. 당시 김종직이 남긴 지리산 기행록 유두류록(游頭流錄)을 토대로 한 내용이다. 두류산은 지리산의 다른 이름이다.

그렇다면 화암은 어디인가. 막연히 동강마을 주변쯤으로 추측 전승되던 것을 '김종직의 유두류록 탐구'의 류정자 작가를 비롯하여 지리산을 사랑하는 이들이 치열한 고증을 통해 이곳 당산나무 쉼터가 화암임을 밝혀냈다. 덕분에 우리는 화암에 걸터앉아 김종직의 지리산 탐방로를 눈으로 마음으로 따라갈 수 있게 되었다.

동강마을 당산 쉼터의 600년 보호수인 팽나무

엄천교 초입의 어느 식당에 들어가 점심을 주문했더니 밥이 두 공기가 나왔다. 내 상차림이 아닌가 싶어 주인장을 불렀다. 그랬더니 배고픈 식객을 위해 미리 한 공기를 얹어 놓았다며 싱긋 웃었다. 배려가 곧 반찬이니 어찌 밥맛이 없을쏘냐. 성의를 유념해서 싹 비우려 했지만 나는 그리 위대한 사람은 못되었다. 반 그릇을 남겼.

엄천교를 건너 함양행 버스를 기다렸다. 버스 시간표를 확인하지도 않은 채 장 구경을 나서는 어머니의 모습으로 정류장 주변을 서성이는데 지나던 트럭이 정차하며 타라고 했다. 함양에 간다고 하니 말하지 않아도 척 보면 안단다. 읍내에서 가구점을 운영하는 이였다. 이 또한 인연이라 여겨 이름을 물으니 쑥스럽다며 알려주지 않았다. 차에 붙은 상호를 외워두었다. 일부러는 아닐지라도 지날 기회 주어지면 꼭 찾아뵐 일이었다. 생각 외로 귀인이 많은 세상이다.

마침 함양 오일장이었다. 장 구경이나 하고 가라며 귀인은 나를 시장 입구에 내려주었다. 딱히 구할 물건이 있지는 않았건만 시장을 돌아다니느라 남원 가는 차편을 한번 뒤로 물렸다. 그렇게 시골장의 정겨운 맛과 풍경에 그만 마음이 붙들렸다.

길에서 길을 찾다 지리산 둘레길

지리산댐 건설 예정지로 지난 20여 년 동안 살다 죽다를 반복한 용유담과 한국 선불교의 종가이자 지리산 빨치산의 아픈 역사를 지닌 벽송사를 품고 있는 구간이다.

금계마을-의중마을(0.7㎞)-용유담(3.1㎞)-세동마을(2.4㎞)-운서마을(3.3㎞)-구시락재(0.7㎞)-동강마을(0.8㎞)로 연결되는 11.0㎞ 코스와 벽송사를 경유하는 12.7㎞ 코스가 있다. 보통 4시간 정도면 걸을 수 있으며 벽송사를 경유하면 거리, 고갯길 등을 감안하여 1시간 정도를 추가하면 되겠다. 17.2㎞를 걸었고 26,400보의 발품을 들였다.

금계-동강을 끝으로 이번 주 둘레길 여정을 마무리했다. 요양병원에 입원 중인 어머니 면회가 내일 예정되어있기 때문이다. 함양 버스터미널에서 시외버스를 타고 남원으로 갔다. 둘레길 첫날 거기 주차해 둔 승용차를 운전해서 귀가했다.

현대사의 아픔과 상처를
보듬고 치유하는 길

동강→수철 구간 시작점에 섰다. 연기가 깔리듯 사방에 안개비가 내려앉고 있었다. 안개인지 비인지 구분이 모호한 입자로 뒤덮인 산과 들도 덩달아 경계가 모호해졌다.

우의를 입기도, 그냥 걷는 것도 좀 애매했다. 잠시 고민하다 우리는 결국 우의를 꺼내 입었다. 오늘 여정에는 길벗이 생겼다. 40년 지기인 김원용 전북일보 논설위원이 따라나선 것이다. 단추를 채우지 않은 탓인지 앞서가는 친구의 우의가 바람에 이리저리 흩날렸다. 문득 모자를 깊숙이 눌러쓰고 망토 자락 휘날리며 빗속으로 걸어 들어가던 조로의 뒷모습이 저러했던가 싶었다. 날씨는 궂어도 기분은 상쾌하고 걸음은 경쾌했다.

경쾌한 걸음걸이는 사실 여장의 변화에서도 영향을 받았다. 저번 주에 메고 다니던 백패킹 겸용의 55ℓ 대형 배낭을 30ℓ 소형으로 바꾼 것이다.

백패킹 방식의 지리산 둘레길 순례는 예상보다 훨씬 신경이 쓰이는 일이었다. 지리산 둘레길은 상당 구간이 국립공원 구역에 속해 있거나 경계를 지났다. 애초 이런 점을 고려해서 취사 장비를 아예 챙기지 않고 잠자리를 공원 구역 밖으로 계획했는데도 그러했다.

인월의 어느 마을 정자에서 하룻밤을 자고 나서는 생각마저 복잡해졌다. 그저 텐트 치고 자는 것만으로도 여간 신경이 쓰이는 게 아닌데 몸은 몸대로 고달프고 마음은 마음대로 불편했다. 가벼워지려고 나선 길이 방식의 문제로 괜히 무거워지는 건 아닌가 싶었다.

고심 끝에 일단 백패킹을 접기로 했다. 비상시를 대비한 것이긴 하였지만 단 한 차례를 끝으로 종말을 맞이한 셈이었다. 자연히 큰 배낭이 불필요해졌다. 그렇게 등짐을 내려놓았더니 마음의 짐까지 덜어지는 기분이었다. 허무하면서도 개운했다.

엄천강을 좌로 하고 들녘을 가로질러 20여 분 농로를 따라 걷다 자혜교를 앞에 두고 오른쪽으로 꺾어졌다. 여기서 이 구간의 핵심 경유지인 산청·함양사건 추모공원까지 완만한 경사의 아스팔트 포장도로를 30여 분 더 걸었다.

한국전쟁 중이던 1951년 2월 7일 국군은 지리산 공비 토벌 작전인 '견벽청야'를 전개하면서 산청군 가현마을, 방곡마을과 함양군 점촌마을, 서주마을의 무고한 주민을 집단 학살했다. 이때 억울하게 희생된 705명의 영령을 모신 묘역이 이곳 산청·함양사건 추모공원이다.

정문인 회양문을 들어섰다. 곧바로 계단을 올라 위령탑 앞에서 마음을 모았다. 하나하나 묘비를 찬찬히 둘러보는데 11살 소년 이경석의 묘가 눈에 들어왔다. 왜 죽어야 하는지를 모른 채 스러진 386명의 이경석이 거기 그렇게 잠들어 있었다.

묘역 왼쪽에는 남녀 합동묘 2기가 자리하고 있었다. 일가족이 몰살되거나 주민등록이 없어 신분이 확인되지 않는 경우, 기타 사유로 법적 등록요건을 갖추지 못한 희생자를 모아 상징적으로 조성한 묘였다.

대상 인원은 319명으로 공식 등록된 386명과 거의 비슷한 숫자였다. 시신도 수습되지 못하고 신원조차 드러나지 못한 탓에 묘비는 고사하고 위패마저 없었다. 억울함이 더욱 켜켜이 쌓였을 원혼들 앞에서 발이 쉬 떨어지질 않았다.

묘역 아래 오봉천에 저수지가 조성되고 있었다. 주민에 따르면 올 연말 완공 예정이라 했다. 저수지는 평생 마를 일이 없을 터였다. 희생자와 유족의 한 어린 눈물이 365일 쉼 없이 흘러들지니.

산청·함양사건 추모공원 전경과 김원용 기자   11살 소년 이경석의 묘

미등록 희생자 합동묘. 묘지 안내판의 내용이 처연하고 애절하다. 일부를 그대로 옮긴다. '아~정황으로는 희생자이지만 인적사항이 아직 불투명한 분들을 여기에 모시는 우리들은 또 한 번 가슴을 치며 그날의 아픔으로 되돌아갑니다. 죽음도 억울한데 시신도 수습되지 못하고 신원도 드러내지 못하는, 차마 비분의 통곡 소리마저 누르며 엎드려 있어야 하는 불쌍한 무주 고혼이시여! 이 미급한 생존자들을 용서하시고 이렇게나마 한자리에 모시는 마음을 굽어보소서.'

묘역을 돌아 나와 전시관에 들어서는데 기다렸다는 듯 직원이 나와서 안내를 자청했다. 관리사무소에 근무하는 함양군청 조재철 주무관이다. 묘역을 찬찬히 둘러보는 우리 모습을 지켜본 모양이었다. 둘레길 순례자건, 관광객이건 대다수는 외관만 쓱 들러보며 사진 몇 장 찍고 간다고 했다. 그런 조 주무관의 눈에 우리는 인상적인 손님이었다. 그는 전시관 내부의 모든 자료를 죄다 설명해줄 기세로 우리의 발길을 잡아끌었다. 대충 둘러보고 나가려 들어섰다가 발목을 단단히 잡힌 셈이었다.

우리는 그의 열정에 감동했다. 별 급할 것도 없어 순순히 그를 따랐다. 말미에는 『산청·함양사건 70년사 악수합시다』 등 2권의 책자까지 건네주었다. 전시관을 나서자 회양문 앞에까지 나와서 우리를 배웅했다. 정년이 코앞이라는데, 평생 어떠한 자세로 공직에 임했을지 훤히 보였다. 이런 공직자가 어디 또 있을까 싶었다. 내가 내게 물었다. 너는 어떤 공직자였더냐!

추모공원에 들어서서 나설 때까지 줄곧 머릿속을 맴도는 생각 하나가 있었다. 산청·함양사건 추모공원이란 명칭이 바로 그것이다. 그 안에는 무엇을 추모한다는 것인지 목적어가 빠져 있었다. 명료하게 산청·함양 '양민학살' 사건 추모공원으로 되어있어야 묘역의 본질에 충실할 터였다. 마치 국가 권력의 과오가 흐릿하게 분칠이 되는 느낌마저 들었다. 재고할 문제였다.

둘레길은 추모공원 앞 도로를 건너 오봉천으로 내려서게 되어있었다. 발길을 잠시 돌려 방곡마을의 학살 현장을 찾아 두 손을 모았다. 그런 다음 잠시 마을을 돌아보는데 어디선가 사람 소리가 들렸다. 우리와는 무관하겠지 여기며 두어 발짝을 다시 떼자 이번에는 다급한 톤의 목소리가 날아와 뒤꼭지에 꽂혔다.

"그쪽이 아녀요~."

돌아서서 두리번거리니 뒤편 집안에서 어머님이 엉거주춤 문지방을 짚고 일어서며 우리를 바라보고 있었다. 골목길을 왔다 갔다 하는 모습이 둘레길을 찾지 못해 그리하는 것으로 보인 모양이었다. 물 한 잔 달라는 구실로 집안으로 들어섰다. 반색하며 맞이해주었다. 그런데 물을 가지러 간 뒤로는 함흥차사다. 보행이 자유롭지 못해 한 손에 물병 들고 다른 손으로 벽을 짚어가며 주방에서 걸어 나오는 모습이 나무늘보를 연상케 했다.

어머니는 여든둘 저 몸으로 홀로 삶을 꾸려가고 있었다. 코로나 19로 마을회관마저 폐쇄된 이후로는 오늘처럼 문지방에 홀로 앉아 지나는 사람 쳐다보는 게 낙이라고 했다.

외로움과 고립은 술과 담배보다 해롭다는 로버트 월딩어 미 하버드대 의대 교수의 주장은 평범하면서도 확실히 새겨들을 경구다. 외로움은 정신의 문제뿐만 아니라 육신의 건강에도 직접적인 영향을 끼친다. 행복한 삶과 노년의 건강은 사람 간의 따뜻하고 의지할 수 있는 질적인 관계에 달려 있다. 노년의 삶은 외롭다. 자고 나면 빈집이 늘어나는 시골은 더욱 그렇다. 더 많이 더 높이 성공한 외지의 자식보다 굽은 나무 선산 지키듯 한 번 더 굽어보는 곁에 있는 자식이 노인의 삶의 질을 높인다.

마을 아래 비탈진 밭에서 아주머니 둘이서 무언가를 하고 있었다. 가을이 내려앉은 마을도, 주민도 평화로워 보였다. 살아남은 사람들은 이렇게 끔찍한 과거를 딛고 기어이 남은 자의 몫을 살아내고 있었다.

마을을 되돌아 나와 오봉천을 건넜다. 왼쪽으로 저수지와 추모공원을 조망하며 콘크리트 길을 걷다 상사골 입구에서 오른쪽 숲길로 들어섰다. 여기부터 고동재까지 5km 이상 이어지는 숲길은 포장도로 위에서 수고한 발이 보상을 받는 과정이었다.

날은 선선하고 길은 순한 오르막이어서 걷는 자체만으로도 몸과 마음이 힐링을 얻었다. 한 가지 아쉬움이 있다면 가뭄 탓에 골짜기에 물이 보이지 않는다는 점. 사랑이 절절하면 눈물마저 나오질 않는 걸까, 그리움이 눈물 되어 흘러내리던 상사폭포의 눈물샘도 말라버렸다.

폭포 위 다리를 지나는데 반대편에서 중년의 사내가 내려왔다. 우리를 보자마자 대뜸 개 조심하라고 했다. 집채만 한 개가 줄이 풀린 채 돌아다닌다는 것이었다. 사람을 보면 슬금슬금 다가오는 통에 겁이 나서 죽는 줄 알았다고 했다.

선화사에서의 악몽이 확 되살아났다. 젠장, 힐링의 숲길에서 개 조심이라니. 친구와 얼른 순서를 바꾸고는 그 뒤에 바짝 붙어 따라갔다.

쉼터를 지나 쌍재에 도착했다. 쌍재는 함양 마천과 휴천 등지에서 생산한 곶감을 산청장, 덕산장에 내다 팔 때 넘나드는 고개였다. 오가는 이가 많다 보니 주변이 마을을 이룰 만큼 주막집이 성시를 이뤘다고 한다. 지금은 추억만을 간직한 채 금서와 산청 방면을 연결하는 임도가 개설되어 차량을 통해 지나고 있다.

길은 쌍재에서 다시 오른쪽 숲길로 연결되었다. 치유의 숲길에서는 마음의 평화만으로는 양이 차지 않는 법인가 보다. 이번에는 눈이 힐링할 차례. 산불감시초소에 올라서니 사방으로 시계가 모두 트였다. 산불감시초소가 아니라 전망대에 올라선 느낌이었다. 지리산 동북부 천왕봉 일대를 비롯하여 동쪽으로 필봉과 왕산이, 그리고 남동쪽으로 산청 읍내와 웅석봉이 방향을 달리하며 차례로 조망되었다. 하지만 옥에 티는 어디에나 있는 법, 하필이면 구름이 내려앉은 천왕봉이 제대로 조망되지 않았다. 아쉬웠다.

산불감시초소에서 바라본 천왕봉이 흐릿하다.

길은 완만한 오르내림을 반복하며 고동재까지 나아갔다. 여전히 숲길이다. 마음도 눈도 배부른 속인은 이제 슬슬 숲길마저 지루해졌다. 이런 사치가 어디 또 있나 싶은데 후회는 금방이었다.

고동재부터 수철마을까지 꽤 긴 콘크리트 포장길이 이어졌다. 평탄한 내리막길이라 힘겨움은 전혀 없지만 어디 숲길과 비교할 수 있으랴.

빨갛게 물든 고추밭, 무너진 돌담 위로 고개를 내민 자주색 가지가 익어가는 가을을 대변하고 있었다.

　　　　　　　　　　　　길에서 길을 찾다 지리산 둘레길

수철마을에서 바라본 필봉과 왕산. 우뚝 솟은 봉우리가 마치 붓끝을 닮았다 해서 필봉이라 불린다. 선비의 고장을 상징하는 필봉은 수철마을의 자랑이요 자부심이다.

길 위에 떨어진 다래를 한 알 주워 먹었다. 필봉과 왕산, 성채 같은 펜션에 눈길을 주고 거두기를 반복하며 터덜터덜 내려오다 보니 발길은 수철마을 둘레길 종착점 옆 쉼터 회락정에 닿아 있었다.

시각은 4시, 애초 예정대로라면 이곳에서 민박을 하면 되었다. 그런데 이 시각에 시골 마을에서 사내 둘이서 무얼 하며 시간을 죽인단 말인가. 그때 개울 건너 주차된 택시가 눈에 들어왔다. 저걸 타고 읍내로 나가자는데 우린 너무 쉽게 공감했다. 공감의 근저에는 술이 자리 잡고 있었다. 40년 세월은 서로를 알기에 너무나 충분한 시간이었다.

택시를 타고 산청 읍내로 나왔다. 그래도 술시는 아직 일렀다. 마침 읍내에 주차해 둔 승용차도 있겠다, 구형왕릉을 둘러보기로 했다. 금관가야의 마지막 왕인 구형왕의 무덤으로 전해지는 구형왕릉은 왕산의 북면 끝자락에 자리하고 있었다. 둘레길 순례 과정에서 도보로 이곳을 둘러보는 데는 동선상의 한계로 인해 지레 포기하고 있었는데 민망하게도 술에 대한 미련과 집착 덕분에 둘러볼 기회가 주어진 것이다.

가락국 멸망의 한을 고스란히 품고 숨을 거둔 구형왕은 편안히 흙 속에 묻히는 걸 거부하고 돌로 무덤을 만들게 했다. 왕산(王山)이란 이름은 여기에서 유래했다. 이 능은 우리나라에서 유일하게 돌을 계단식으로 쌓아 올린 한국식 피라미드 무덤이다. 왕릉 주변에는 증손자인 김유신의 시능터와 활쏘기를 했다는 사대도 있다.

그러나 구형왕릉은 아직 역사적 고증이 온전히 이루어지지 않은 상태이다. 왕릉이라는 설과 석탑이라는 설이 병존한다. 오히려 후자에 무게가 더 실린다. 사적지로 지정되어있으면서도 전해지기를 그렇다는 의미에서 '전(傳) 구형왕릉'으로 불리는 이유이다.

길에서 길을 찾다 지리산 둘레길

모텔에 짐을 풀고 우리는 서둘러 읍내 식당으로 들어섰다. 객지에서 벗과의 술자리는 그 자체로 감미로운데 둘레길 뒤풀이의 의미까지 더해졌으니 마시기도 전에 반은 이미 취했다. 때는 마침 산청 한방약초축제 기간이라서 거리의 떠들썩한 분위기가 취흥을 더욱 돋우어 놓았다.

거나해진 몸으로 축제 현장을 기웃거리다 노랫소리에 이끌려 특설 무대로 들어섰다. 공식 행사가 마무리된 무대 위에서는 뒤풀이 노래자랑이 한창이었다.

무대 아래 주빈석에 술과 안주가 고스란히 남아 있었다. 거기 앉아 주위 사람들과 술잔을 주고받았다. 축제의 맛과 흥은 원래 이런 데 있다고들 했다. 우리 또한 적극 공감했다.

비틀거리는 몸짓으로 숙소로 돌아왔다. 주인아저씨가 맥주 3병을 가져다주었다. 축제의 여흥이 아저씨에겐 아직도인 모양이었다. 모텔 출입 역사상 처음으로 경험하는 이색 서비스였다. 이래저래 취할 수밖에 없는 산청의 밤이 그렇게 깊어갔다.

　우리 현대사의 아픔을 간직한 산청·함양사건 추모공원을 돌아보며 상처를 치유하는 과정에 동참하는 길이다.

　동강마을-자혜교(1.2㎞)-산청·함양 추모공원(1.5㎞)-상사폭포(1.8㎞)-쌍재(1.7㎞)-산불감시초소(0.9㎞)-고동재(1.4㎞)-수철마을(3.6㎞)로 연결된다. 총 거리는 12.1㎞로 5시간 정도 소요된다. 추모공원까지, 그리고 고동재를 내려서며 수철마을까지 다소 긴 포장길이지만 전체적으로 걷기에 무난하다. 실제로는 18.0㎞를 걸었고 28,800보의 발품이 들었다.

　2주째 첫날, 새벽 5시 45분경 집을 나섰다. 전주에 들러 김원용 기자를 태우고 산청에 도착했다. 아침밥을 먹고 점심용 김밥 등을 구입했다. 공영주차장에 차량을 주차한 뒤 택시를 타고 동강으로 이동했다.

고동재에서 내려오는 길 왼쪽에 있는 전원주택인지 펜션인지 아리송한 집 한 채가 마치 동화 속의 성채를 연상케 한다.

서러움을 딛고 황태자로
신분이 급상승한 웅석봉

밤이 황홀하면 낮이 괴롭다는 어느 주당의 말은 확실한 진리였다. 눈을 떴는데도 일어나는 게 쉽지 않았다. 친구는 좀체 보기 드문 수면 신공을 선보이고 있었다. 오체투지의 자세로 방바닥에 엎어진 채 미동도 하지 않았다.

슬리퍼를 질질 끌며 밖으로 나왔다. 언덕 위에 자리한 숙소에서 산청읍 전체가 내려다보였다. 간밤의 떠들썩한 분위기는 간데없고 읍내는 고요 속에 잠겼다. 오전이라지만 그래도 축제 기간인데, 더구나 오늘은 장날이라 하지 않았던가. 장터는 잘 가늠이 되지 않았으나 저 아래 어딘가에서는 장꾼과 손님의 한판 흥정이 이미 벌어지고 있을 것이었다.

아무래도 오늘 일정을 좀 수정해야 할 것 같았다. 온종일 예정했던 웅석봉 산행을 오후 반나절로 줄이기로 했다. 방으로 들어서니 친구는 등을 벽에 기댄 채로 추모공원에서 얻은 『악수합시다』 책자를 들여다보고 있었다.

오늘 일정을 설명했다. '오전은 방에서 침대 놀이하며 뒹군다. 점심 때쯤 나가 산청 오일장을 둘러본다. 오후 느지막이 웅석봉에 올라 멍 때리며 시간을 보내다 어둠에 잠긴 천왕봉을 조망한다.'

"오케이?"

친구는 연신 고개를 주억거렸다. 손은 책장을 넘기고 있었지만 속으로는 그새 그런 훌륭한 계획을 세웠냐며 분명 엄지 척을 하고 있을 것이었다. 역시 우린 서로의 마음을 너무 잘 읽었다.

오일장의 분위기는 고요했다. 시장 입구에 옷 좌판을 벌인 아저씨는 명상에 잠겨있고 수레 위에 납작 엎드린 채 구걸하는 어느 아저씨의 돈 통에는 천 원짜리 두 장이 전부였다. 오가는 이 제법 있는데도 장꾼도 손님도 무심한 듯 무심했다. 그렇게 무심함도 지나치면 일상이 되는 법인가 보았다. 오일장의 분위기가 안개 촉촉이 젖은 수목원을 닮았다는 느낌마저 들었다.

식당에 들어섰다. 맷돌만큼 널따란 노란 호박이 두 개씩 포개진 채 창틀을 따라 삥 둘러 놓여있었다. 팔려고 내놓은 모양인데 장식품으로 변한 지 오래되어 보였다. 중년의 사내 둘이서 낮술을 마시며 앞뒤 없는 말들을 주고받고 있었다. 속이 울렁거렸다. 된장찌개로 진압했다.

승용차를 운전하고 밤머리재를 향해 가다 어느 마을 입구에서 예닐곱 명의 어르신 전동차 부대를 만났다. 집에서 각자 타고 나온 전동차를 정류장 주변에 주차하고는 버스를 기다리고 있었다. 공공근로작업을 하러 가는 중이라고 했다.

공공근로에 나선 어르신들. 제 발로 걸어 나온 이 하나 없고 전동차를 타거나 최소한 유모차라도 밀고 나왔다.

전동차 없이는 한 사람도 몸을 제대로 가눌성싶지 않아 보였다. 실제 그렇다고 했다. 현재 시골 마을이 처한 실상을 그대로 보여주는 상징적인 모습과도 같았다.

웅석봉 산행 기점인 밤머리재에 도착했다. 국도 59호선 산악도로를 이용해 오르는 밤머리재는 지리산 동부권과 웅석봉 군립공원(산청군) 사이에 있는 고개로 웅석봉을 지리산권으로부터 사실상 떼어놓는 역할을 한다.

웅석봉 등산코스는 다양하다. 이곳 밤머리재는 해발 고도가 600여 미터에 달한다. 그래서 산행 초보자나 체력적인 부담을 느끼는 이들이 산행 들머리로 많이 이용한다. 어젯밤을 황홀하게 보낸 우리가 이곳을 택한 이유이기도 했다.

　　　　　　　　　　　　길에서 길을 찾다 지리산 둘레길

웅석봉을 잠깐 소개하자. 웅석봉은 산청의 중앙에 우뚝 솟아 독립된 산처럼 보이지만 실상은 지리산 자락이다. 천왕봉에서 시작된 산줄기가 중봉, 하봉, 왕등재 등 지리산 동부 능선을 거쳐 우리가 지금 서 있는 밤머리재를 지나 웅석봉으로 이어지기 때문이다. 산을 좀 탄다는 사람들이 꿈꾸는 이른바 '태극종주'의 동부권 피날레 봉우리가 바로 웅석봉이다.

산청읍에서 웅석봉을 바라보면 마치 읍내를 감싸고 있는 담장처럼 보인다. 지리산을 막아선 듯 버티고 서서 산청읍을 휘감아 흐르는 경호강에 물을 보탠다. 지리산 둘레길 동강부터 위태에 이르기까지 산청 관내 5개 구간 모두에서 관측되는 산이기도 해서 둘레길 순례자의 마음을 흔들어 놓곤 한다. 나 또한 그리되어 지금 이렇게 둘레길을 이탈하지 않았던가.

산청의 상징과도 같은 웅석봉은 어인 연유인지 지리산국립공원 구역에서 제외되어있다. 함양 마천의 삼정산, 하동의 형제봉, 구례의 왕시루봉 등 엇비슷한 높이의 봉우리가 모두 국립공원에 포함된 것과는 대조적이다.

자칫 소외되고 서러운 존재가 되었을 법한 웅석봉을 산청 군민은 무심하게 내버려 두지 않았다. 관내 유일한 군립공원으로 지정해서 관리하는 등 각별한 사랑을 쏟은 것이다.

지리산의 수많은 봉우리 중 그저 하나에 지나지 않은 여타 봉우리와 달리 웅석봉은 그렇게 산청에서 황태자로 신분이 격상되었다. 용의 꼬리보다 뱀의 머리가 낫다는 속담은 웅석봉을 두고 하는 말인지도 모를 일이었다.

15시 반경, 밤머리재를 출발했다. 평탄하리라는 예상과는 달리 깜짝 가풀막진 계단이 선 채로 눈앞에 다가섰다. 어제의 술기운이 아직도 덜

빠진 탓인지 앞장선 친구의 뒤태가 어째 자꾸만 한쪽으로 기우는 듯했다. 들리진 않았으나 걸음걸이로 판단컨대 이게 무슨 극기훈련인가 하는 원망과 투덜거림을 반복하고 있을 것이었다. 당황스러운 발길이 이십여 분 이어진 뒤에야 쉼터 전망대에 닿았다.

턱숨을 몰아쉬는 친구에게 괜히 미안한 생각이 들었다. 그러면서 속으로 한마디 했다. '그러게 친구여, 목 꺾는 운동에 너무 심취하지 말라니깐!'

등산로 가장자리에 구절초 한 그루가 자리를 잡고 있었다. 그리고는 채 20㎝도 되지 않는 꽃대 위에 꽃 한 송이를 달랑 올려놓았다. 조망에 눈이 팔리거나 가을 색이 어리는 머리 위의 나뭇잎에 눈길이 머물면 그냥 지나칠 꽃이었다.

길에서 길을 찾다 지리산 둘레길

외로움, 서러움은 늘 낮은 곳으로 흐른다. 눈을 아래로 돌려보면 피어 있는데도 피지 않은 것과 다를 바 없어 보이는 뭇 생명이 우리네 주변 곳곳에 자리하고 있다. 그들과 눈을 맞추려면 눈높이를 낮추어야 한다. 무릎을 꿇고, 아니 땅바닥에 납작 엎드려야 낮은 곳에서 들려오는 이야기를 제대로 들을 수 있을 것이었다.

초반의 오르막과 달리 등산로는 가벼운 오르내림을 반복하며 이어졌다. 친구의 숨소리가 잔잔했다. 속으로 한마디를 다시 했다. '봐, 룰루랄라 평탄한 오솔길이잖아.'

17시, 유래는 알 수 없으나 왠지 구형왕과 연관이 있을 법한 왕재(1,005m)를 지났다. 날이 흐려서 전망이 시원찮았다. 잠깐 열린 능선 위로 가을이 제법 내려앉고 있었다. 1천 미터 능선에서 몸을 푼 단풍은 빛깔과 속도를 더해가며 골을 타고 아래로 지쳐 내려갈 것이었다.

18시경, 웅석봉(1,099m) 정상에 섰다. 웅석봉을 풀어쓰면 곰바위산이다. 산세가 가팔라 곰이 절벽으로 떨어져 죽었다는 전설에서 유래했다고 한다. 실제로 웅석봉 정상 북사면은 깎아지른 듯한 절벽이다.

정치인은 절벽에서 뛰어내릴 때도 카메라 앞에서는 웃는다는 말이 있다. 정상 표지석에 곰 한 마리가 웃음기 머금은 표정으로 음각되어있었다. 혹여 정치인을 동경이라도 했던 것일까, 등산객의 카메라 앞에서 폼을 잡느라 발을 헛디딘 건 아닌가도 싶었다. 설마, 그럴 리야.

웅석봉 정상석. 해학적인 곰의 표정이 웅석봉의 유래와 엇박자를 내는 듯해 오히려 유쾌하다.

지리산을 오르다 보면 곰을 주의하라는 안내판을 종종 보게 된다. 그럴 때면 곰과 아직 한 번도 조우한 적이 없는 나로서는 호기심 반 두려움 반의 심정이 되곤 했다. 그런데 웅석봉에 오르는 길에서는 호기심도, 두려움도 의미가 없을 것이었다. 이미 떨어져 죽었다니까.

웅석봉 정상에 서면 사방팔방으로 시야가 훤히 열린다. 가히 전망의 봉우리라 할만하다. 이 때문에 백패커들 사이에서는 전망 좋은 야영 장소로 인기가 높다.

나 또한 둘레길을 계획하는 과정에서 이곳에서의 백패킹을 염두에 두었었다. 지금은 이렇게 뜻을 접었으나 애초 생각하지 말았어야 할 일이었다. 비단 국립공원이 아니라도 모든 공원 구역에서는 지정장소 외엔 취사

길에서 길을 찾다 지리산 둘레길

나 야영을 하지 않는 게 원칙이기 때문이다. 그래도 아쉬움은 마음 저 밑바닥에 남았다.

통영대전고속도로 하행선을 타고 산청 방면을 조금 지나 달리다 보면 오른쪽 지리산 방향으로 우뚝 솟은 봉우리가 눈에 들어온다. 지리산 동부권이니 막연히 천왕봉이 아닌가 싶을 만큼 꽤 높아 보인다. 지금 발 딛고 선 웅석봉이 주인공이다. 웅석봉은 이래저래 지리산 동부권의 상징적인 존재이다.

웅석봉에서 남쪽으로 뻗어내린 능선을 달뜨기 능선이라 부른다. 큰등날봉을 거쳐 지리산 둘레길 성심원-운리 구간의 운리마을로 흘러내리는 능선이다.

달뜨기 능선이란 이름은 이곳 능선 위로 떠오르는 달의 모습이 천왕봉 동부지역에서 보인다는 데서 유래했다. 지난날 그 지역에서 활동하던 빨치산들이 둥근 달을 바라보며 고향 생각, 어머니 생각에 눈물 많이 흘렸다고 한다. 얼핏 들어서는 낭만적이건만 이면에 담긴 사연을 듣고 나면 애잔하게 다가오는 게 '달뜨기'란 이름이다.

이제 시간을 죽이며 어둠을 기다리면 되었다. 그런데 문제가 있었다. 흐릿하게 보이던 천왕봉이 시야에서 사라지긴 했다만 어둠이 아닌 운무에 의해서라는 점이었다. 이래서는 천왕봉과 주변 능선의 조망은 물 건너간 것이나 다름없었다. 어제 낮에 천왕봉을 제대로 보지 못했는데 오늘 밤에도 이러하다니, 나야 그렇다손 치더라도 친구는 아무래도 천왕봉과의 인연이 닿지 않는 듯싶었다.

날씨는 급속도로 야간 조망과는 거리가 먼 방향으로 흘러가더니 금방이라도 비가 내릴 상황으로 급변하였다. 아니, 실제 빗낱이 떨어지기 시작했다. 발길을 돌려야 했다.

19시, 하산을 시작했다. 사위는 금세 어두워졌다. 어둠이야 밝히면 될 일이라서 딱히 서둘 일은 없었다. 헤드 랜턴의 불빛 속에서 느개 빗줄기가 춤을 추었다. 아쉬움과 허탈함이 문제지 내려오는 과정은 오히려 평온하고 여유로웠다.

21시경, 등산로 초입의 전망대에 다다랐다. 텐트 하나가 눈에 들어왔다. 올라갈 때 보지 못했으니 느지막이 올라온 것일 터였다. 텐트는 1인용이었다. 누가, 이 날씨에, 왜, 따위는 궁금하지 않았다. 그저 부러웠다. 자꾸 뒤를 돌아봤다.

21시 15분, 밤머리재에 도착했다. 읍내로 돌아와 겨우 찾아든 식당에서 늦은 저녁을 먹었다. 소주를 각 1병씩 마시고는 더는 주문하지 않았다. 우리는 그렇게 또 말없이 통했다.

　　　　　　　　　　　길에서 길을 찾다 지리산 둘레길

　밤머리재를 들머리로 해서 웅석봉을 왕복하는 등산코스이다. 웅석봉을 오르는 여러 코스 중에서 가장 무난하다. 다만 고개에서 시작하다 보니 계곡미를 느낄 수 없다는 아쉬움이 있다. 지리산 둘레길과 직접적인 관련은 없다.

　밤머리재-왕재(3.3㎞)-웅석봉(2.0㎞)-밤머리재(5.3㎞)로 연결되는 편도 5.3㎞의 등산로이다. 왕복하는데 5시간 정도 소요된다. 밤머리재에 접근하기 위해서는 차편이 필요하다. 13.9㎞를 걸었고 23,100보의 발품이 들었다.

경호강과 연인 되어
함께 걷고 흐르는 길

김 기자는 아침을 함께 하고는 버스를 타고 전주로 되돌아갔다. 원래 예정되었던 바인데도 조금 허전했다. 혼자가 된 나는 승용차를 이용하여 수철마을로 이동했다. 텅 빈 마을 주차장이 왠지 더 횅해 보였다.

거기 주차하고 나서 마을회관 옆 개울과 논둑을 따라 뒷머리 고개로 올라섰다. 이 고개를 사이로 지막마을이 이웃하고 있었다.

지막마을로 내려서는데 김복남 어머님(92세)이 유모차를 밀며 오르다 쉬다를 반복하고 있었다. 평지나 다름없는데도 힘들어 죽겠다고 했다. 마늘을 파종하러 가는 길이라는데 정작 유모차는 비어있었다. 먼저 나간 아들이 종자와 도구를 챙겼을 것이었다. 유모차는 수레가 아닌 이동수단이었다

겨우 인사 말씀 한마디 건넸을 뿐인데도 어머님은 연신 고마워했다. 그러면서 하시는 말씀, "젊을 때 열심히 놀러 다녀." 그저 하는 덕담이 아니라 산전수전 다 겪고 난 인생의 무게가 얹힌 말씀이라서 콧날이 시큰해졌다.

지막마을 김복남 어머님. 허리 보호대를 차고 유모차를 밀며 겨우겨우 걸음을 옮기는 몸이지만 일단 호미 들고 밭에 쪼그려 앉으면 백전노장의 농군으로 변신한다.

지막마을에는 남명 조식 선생과 덕계 오건 선생의 이야기가 전해지는 자연동천(紫煙洞川) 춘래대(春來臺)가 있었다. 남명 선생에게서 사사한 덕계는 이곳에 머물며 덕산에 은거하던 스승을 종종 초대해서 사제의 정을 나눴다. 밤머리재를 넘어 22km 긴 거리를 오고 갔을 스승과 제자의 애틋하고 곡진한 마음이 암벽에 새겨져 있었다.

지막마을에서 대장마을에 이르기까지는 지막계곡에서 흘러내린 지막천(금서천)을 끼고 콘크리트 농로를 따라 걷는 길이다. 다소 지루할 법도 하건만 계절은 가을, 길가의 밤송이는 금방이라도 쏟아질 듯 벌어졌고 노란 단감은 보는 것만으로도 침샘을 자극했다. 평촌교 건너 고즈넉한 서재마을은 발길을 자꾸만 돌려세우고 폐교를 활용한 선불장(禪佛場), 해동선원은 눈길을 잡아끌었다. 이만하면 작살 같은 가을 햇살도 아직은 감당할만했다.

서재마을과 지막천. 여느 시골의 정겨운 모습 그대로다.

길에서 길을 찾다 지리산 둘레길

평촌마을에 들어섰다. 평촌마을에는 제자거리라 불리는 거리가 있었다고 한다. 남명 선생이 덕계 오건을 찾아 지막마을 춘래대에서 놀다 헤어질 때 제자들이 이곳까지 배웅했다거나, 선생이 산청을 다녀갈 때 덕산의 제자들이 이곳에서 기다리다 모시고 갔다는 데서 유래한 이름이라 했다. 이렇듯 산청 구간 구간에는 남명 선생의 흔적이 전설처럼 남아 있었다.

길은 평촌마을 뒤편으로 지막천을 타고 돌다 평촌2교를 건너 굴다리를 통과했다. 왼쪽으로 금서농공단지를 바라보며 대장마을로 들어섰다.

길 한복판에 홍시가 떨어져 있었다. 콘크리트 바닥인데도 어째 깨진 데 하나 없이 말짱했다. 냉큼 주워 날름 먹었다. 꿀맛이었다. 아니 꿀보다 감이 더 달달할 수 있음을 느끼는 순간이었다. 주위를 둘러보았다. 금방이라도 가지가 꺾어질 듯 주렁주렁 달려 있건만 더는 떨어진 게 없었다. 그렇다고 감 떨어지기를 기다릴 수는 없는 일. 아쉽지만 입맛을 다시다 마을을 내려섰다.

대장교 입구에서 개천 보수 공사가 진행 중이었다. 어머님 둘이서 유모차를 밀고 나와 공사를 구경하고 있었다. 심심한데 구경하다 보면 시간이 간다고 했다. 외로움은 늘 시간과 한 몸처럼 흐르는가 보았다. 시치미를 떼고 혹시 웅석봉을 아느냐고 물었다. 그러자 두 어머님의 얼굴에 생기가 돌며 눈이 반짝 빛났다. 소싯적에 둥굴레 등 약초 캐러 수시로 오르내리던 곳이라고 했다. 눈 감으면 지금도 머릿속에 산길이 훤히 그려진다고 했다. 사진 포즈 요청에 손이 절로 머리로 가며 머리를 매만졌다. 사진을 확인하고는 맘에 들지 않는다며 다시 찍으란다. 어차피 받아봐도 보는 방법 모를 텐데 왜 그런가 싶다만 무조건 이쁘게 나와야 한다며 웃으셨다. 굴곡진 주름살 위로 화사한 햇살이 내려앉았다.

대장마을의 두 어머님. 저장한 이름이 안타깝게도 사라져 버렸다.

　대장교를 건너 통영대전고속도로 교각 아래로 들어섰다. 드디어 경호강
과 조우하는 순간이다. 경호강은 남강의 일정 구간을 달리 부르는 이름
으로 산청군 생초면 강정에서 진양호까지의 32㎞의 물길을 일컫는다.
　경호강은 모래톱과 잔돌들이 퇴적돼 있어 유속은 빠르면서도 소용돌
이치는 급류가 별반 없다. 이 때문에 래프팅의 조건을 잘 갖추고 있어 한
강 이남에서는 유일하다시피 한 래프팅 장소이기도 하다.
　경호강 저 너머로 공설운동장 주변과 경호교, 산청공원이 한 폭의 그
림과도 같은데 그 위로 축제를 알리는 애드벌룬과 조각의 흰 구름이 노
닐고 있었다. 눈으로만 본다면야 이상향, 별천지가 꼭 따로 있지 않아도
될듯싶었다. 먹고 자고 일하며 부대끼는 현실의 무대가 곧 무릉도원일 수
있음을 둘레길을 걸으면서 수시로 확인하곤 했다.

경호1교에서 바라본 공설운동장 주변의 전경. 산청약초축제를 알리는 애드벌룬이 곳곳에 떠 있다. 그림이 따로 없다.

둘레길은 경호강을 거슬러 10여 분쯤 올라가다 경호1교를 건넌 다음부터는 정방향으로 경호강을 따라서 함께 흘러갔다. 내리교까지는 쭉 강변길이었다. 좌로는 읍내가, 우로는 웅석봉이 우뚝했다.

강변을 따라 이어지던 길은 경호강 래프팅 단지와 산청고등학교를 지나 내리교 건너로 이어졌다. 내리교를 건너자 둘레길은 두 갈래로 나뉘었다. 계속 강변을 따라가는 왼쪽 길과 지곡사, 선녀탕을 거쳐 우회하는 직진 방향의 숲길이었다. 어느 길로 가든 바람재에서 다시 만났다.

둘레길을 걸으며 경호강과 함께 하는 시간은 생각 외로 짧은 편이다. 이별이 아쉽다면 강변길을 택하면 되었다. 2㎞ 내외의 강변길은 평지라서 무난하고 경호강 청류에 눈을, 강바람에 마음을 씻을 수 있다.

가운데 멀리 정중앙에 웅석봉이 우뚝하다.

천변 곳곳에 아름다운 펜션이 있고 강변길이 끝나는 지점에는 '럭셔리 글램핑' 캠핑장이 있다. 글램핑 자체만으로도 화려하고 사치스러운데 그 정도로는 성이 차지 않았는지 앞에 떡하니 럭셔리를 장착했다. 뷰 위에 슈퍼 뷰, 원조 앞에 원 원조 격이라고나 할까. 개인적인 성향으로는 대체 왜 이런 류의 캠핑을 하는 건지 마음에 와 닿질 않는다만 여행조차 쉽고 편하고 호화로이 하려는 흐름으로 애써 이해해야 할 일이었다.

직진 방향으로 가는 길은 강변길보다 4㎞ 정도 더 길다. 그만큼 시간이 더 소요되지만 선녀탕 등 웅석봉계곡의 속살을 들여다보며 숲길을 걷는 재미를 통해 충분히 보상을 받는다. 둘레길에 들어선 우리는 이미 속도가 중요하지 않음을 체득하고 있으니 이 길을 선택해도 후회는 없을 터다.

직진 방향으로 나아가 지곡마을에 도착했다. 마을 공동체가 운영하는 민박집은 굳게 닫혔다. 분위기로 보아 사용하지 않은 지 꽤 된 듯했다. 코로나 19와 주민들의 노령화가 불러온 풍경이다. 비단 여기뿐만 아니라 민박업소를 비롯하여 공동체가 운영하는 시설의 사정이 마을마다 대부분 비슷한 처지였다. 아쉽고 안타까운 일이다.

내리저수지에 닿았다. 둑 입구의 포토존 너머로 웅석봉이 들어왔다. 발길이 저절로 둑을 타고 왼쪽으로 돌았다. 원둘레길이라 표시되어있지 않더라도 그냥 직진하는 사람은 없을 듯했다. 돌아야 비로소 보이는 풍경이 있으니까

지곡사에 올라섰다. 지곡사는 통일신라 시대에 창건된 사찰로 고려조 전성기에는 선종 5대 산문의 하나로 300여 명의 스님이 수행하던 대찰이었다고 한다. 원 지곡사는 일제강점기인 1913년을 전후하여 폐사되고 지금은 몇 가지 유물과 절터의 흔적만이 남아 있었다.

현재의 지곡사는 1958년 옛 지곡사 산신각 주변에 중건된 것으로 원 사찰의 배치와는 무관하다고 한다. 사찰은 사람 그림자 하나 없이 고적하고 산신각 돌계단 아래에서 철 지난 코스모스가 길손을 맞아주었다. 아이러니하게도 옛 사찰 산신각 자리에 들어섰다는 산신각은 보수 중이었다.

길은 계곡을 따라 선녀탕으로 이어졌다. 선녀탕 입구에 웅석봉 등산 안내 표시가 있었다. 우리는 어제 밤머리재를 이용했었지. 산이 어디로 옮기는 것도 아닐 테니 이 길로 오를 기회가 있겠거니 하며 스스로를 위안했다.

선녀탕은 자연보호중앙협의회에서 선정한 '한국 명수 100선'에 이름을 올렸다. 계곡 사이로 멀리 웅석봉이 빼꼼 머리를 디밀었다. 햇빛에 노출된 웅석봉과 대비되어 계곡이 왠지 더 은밀하고 신비스럽게 다가왔다.

선녀탕에 선녀는 없었다. 물줄기도 고인 물도 시원찮았다. 선녀의 신비한 목욕 그림이 제대로 그려지지 않는 상황이었다. 아무래도 수량 넉넉한 한여름이나 되어야만 선녀의 강림을 기대할 수 있을듯했다. 나무꾼이 아닌 나는 별 미련 없이 선녀탕을 뒤로했다.

가뭄 탓에 이름값을 제대로 하지 못한 선녀탕

바람재를 향해 나아갔다. 1.5㎞ 비포장길은 숲길이라기보다는 임도에 가까웠다. 그래도 준치는 썩어도 준치, 선녀탕 옥수로 상쾌해진 마음에 청량함이 더해졌다.

길옆 고로쇠나무마다 수액을 채취하는 관이 줄줄이 삽입되어있었다.

길에서 길을 찾다 지리산 둘레길

그걸 보노라니 철없던 20대 초, 지리산 삼신봉을 올랐던 기억이 떠올랐다.

당시에는 지금과 달리 나무 표피를 Y자로 째고 거기에 대나무 잎을 끼운 다음 그걸 타고 흘러내리는 수액을 막걸리병에 받았다. 막걸리병은 못으로 나무에 박아 고정했다. 철이 일러 그랬는지 들어찬 양이 매우 적었다. 감질이 나서 두세 개를 떼어 마셨던 것으로 기억한다. 문제는 도구가 없어서 다시 달아놓을 수가 없었다는 점. 고로쇠액은 당시 청학동 주민들의 주된 소득원 중 하나였다.

임도는 멧돼지가 파헤친 무덤과 개 짖는 소리 요란한 어느 농원을 지났다. 길은 넓어도 밤나무, 대나무 그늘이 드리워져 햇볕을 피하는 데는 지장이 없었다. 십자봉 등산로 입구를 지나 바람재에 내려섰다. 내리교에서 한밭마을을 지나 강변길을 타고 온 둘레길과 만나는 지점이다. 바람재, 멋진 이름에 비해 풍경은 삭막했다.

포장도로를 걷는 발걸음은 터벅거렸다. 경호강과 다시 발맞추는 평탄한 길 위에서 애써 부지런 떨 이유는 딱히 없었다. 눈이 해찰 거리를 찾아냈다.

아스팔트 위에서 사마귀 한 마리가 길을 막고 섰다. 이걸 옮겨줘야 하나 그냥 지나쳐야 하나 잠시 고민하다 스틱으로 살짝 건드리니 어쭈, 스틱을 붙잡는다. 그대로 옆 풀밭으로 옮겨서 놓아주었다. 구간 종착점 성심원에 도착했다.

웅석봉 동쪽 끝자락에 자리한 성심원은 가톨릭 소속 법인에서 운영하는 사회복지시설이다. 한센인 생활 시설인 성심원과 중증장애인시설인 성심인애원을 통합 운영하는데 1959년 개원했다. 한때는 600여 명이 넘는 공동체 마을을 이루기도 했으나 지금은 한센인 50여 명과 중증장애인 70여 명이 생활하고 있으며 지역사회의 노인복지 지원사업을 병행하고 있었다.

성심원은 코로나가 다소 진정된 지금도 외부인의 출입을 제한하고 있었다. 관계자에게 건물 외부만 둘러보기로 양해를 구한 뒤 정문을 들어서니 고요하고 평화로운 기운이 온몸에 그대로 전해지는 느낌이었다.

좌측에 철선이 전시되어있었다. 철선은 성심원 생활인들의 유일한 교통수단이자 생필품을 실어 나르는 화물선이었으며 때로는 성심원 아이들의 놀이기구가 되어주었다. 처음부터 철선을 이용한 것은 아니었다. 철

길에서 길을 찾다 지리산 둘레길

선은 미제 고무보트와 소나무 나룻배에 이은 세 번째 배이자 마지막 배였다. 1988년 성심교가 개통되어 효용을 다하면서 지금은 이렇게 원내로 옮겨져 고단했던 지난날의 삶의 모습과 애환을 증언해주고 있었다.

성심원이 처음부터 강 건너에 자리를 잡으려고 한 것은 아니었다. 지금도 여전하지만 설립 당시 한센인에 대한 사회의 편견과 차별은 더욱 심각했다. 결국 지역사회의 반대와 방해를 넘어서지 못하고 사람이 살지 않던 이곳에 터를 잡게 된 것이다. 배는 이로 인한 필연적 결과물인 셈이었다.

둘레길 코스에 시설이 포함되는 것을 성심원은 크게 반겼다. 일반인의 시설 방문을 통해 한센인에 대한 부정적 인식을 완화하고, 고립되고 소외된 삶을 살아가는 한센인들에게도 사회와 접촉하고 교류할 가능성이 생기기 때문이었다.

지금도 완전히 통제의 빗장이 풀린 것은 아니지만 성심원은 여전히 뜻 있는 이들의 방문을 환영한다고 했다. 성심원이 더이상 '육지 속의 섬'이 아닌 지역사회, 일반 시민과 함께 하는 열린 시설이 될 수 있도록 한 번쯤 방문해 마음의 정을 나누어도 될 일이었다.

성심원 주변에는 숙소가 없었다. 다음 구간인 어천마을까지 가거나 산청 읍내의 숙소를 이용해야 했다. 산청으로 나가기로 했다. 성심교를 건너 정류장에서 한 시간을 기다려 군내 버스를 탔다.

터미널에서 내려 두어 발짝 떼려는데 뭔가 좀 허전했다. 손에 스틱을 쥐고 있지 않았다. 얼른 뛰어가 자리를 살폈으나 없었다. 그렇다면 성심원 정류장에 두고 온 것일까, 기억이 불분명했다.

택시를 잡아타고 되돌아 가보니 정류장에도 없었다. 그러면 그렇지, 그새 누가 집어갔겠지 하며 아쉬워하는데 그런 내 모습이 안돼 보였던지 기사님이 본업을 제쳐두고 스틱 찾기에 나서 주었다.

스틱은 엉뚱하게도 다리 건너 성심원 입구 화단 옆에서 주인을 기다리고 있었다. 기사님의 서비스 정신과 배려가 너무나 고마웠다. 거듭된 사양에도 택시비를 왕복으로 계산해드렸다.

둘레길 3일째 되던 날 모자에 이어 이번에는 스틱이었다. 칠칠하지 못한 자신이 조금 염려되고 한심스럽기도 했다. 그제 택시에 휴대전화를 두고 내렸던 김 기자가 생각났다. 상당히 위안이 되었다.

지난 이틀간 묵었던 모텔에 다시 짐을 풀었다. 5만 원을 달라 했다. 둘이 묵을 때도 4만 원이었는데 혼자인데도 5만 원이라니, 거기다 맥주까지 서비스로 제공하지 않았던가. 사장은 독심술의 대가였다. 내 표정만으로도 네가 무얼 궁금해하는지 이미 알고 있다는 듯이 씩 웃으며 말했다.

"금요일부터 주말!"

길에서 길을 찾다 지리산 둘레길

구간 대부분을 지막천(금서천)과 경호강을 따라 걷는다. 선녀탕을 들르면 숲길을 걸을 수 있다. 경호강은 지리산 북부권 골골의 물줄기를 끌어모은 엄천강과 강정에서 합류하며 몸을 불린 뒤 남으로 흐르다 진양호에 몸을 푼다.

수철-지막(0.8㎞)-평촌(1.8㎞)-대장(1.6㎞)-내리교(3.4㎞)-지성(1.1㎞)-지곡사(1.7㎞)-선녀탕(1.0㎞)-바람재(2.6㎞)-성심원(1.9㎞)으로 연결되는 15.9㎞ 코스와 선녀탕을 경유하지 않고 내리교에서 계속 경호강을 따라 걷는 12.0㎞ 코스가 있다. 선녀탕을 경유하면 6시간 정도, 강변길을 따라가면 4시간 정도가 소요된다. 시점에서 종점까지 21.7㎞를 걸었고 30,800보의 발품을 들였다.

지리산 둘레길도 한 번쯤은
이 정도 높이를 오른다.

아침을 해결하러 산청시장 주변을 기웃거렸다. 출입문이 열린 어느 허름한 식당이 눈에 들어오길래 들어섰다. 아저씨가 바닥을 쓸던 빗자루를 얼른 한쪽으로 내려놓으며 반갑게 맞이했다.

된장찌개를 주문해 먹으면서 주변의 김밥집을 물으니 대답은 하지 않고 주방으로 들어가서는 주섬주섬 무언가를 챙겨 나왔다. 직접 만들었다는 누룽지와 식혜였다. 이 정도면 점심 대용으로 김밥보다 낫다고 했다.

채 영업이 준비되지 않은 시각에 혼자 온 첫 손님이 별반 달갑지 않을 텐데도 내색 하나 없이 밥상을 차려 내준 것만도 황송하거늘, 몸 둘 바를 모를 지경이었다. 밥값 7천 원을 디미는 손이 민망해서 1만 원을 드리며 거스름돈을 사양했으나 기어이 3천 원을 내어주었다. 마치 '내 영업 사전에 음식값 더 받는 거 없다'라고 되어있는 듯 단호했다.

여행은 이렇게 길 위에서 만나는 사람들의 따뜻함과 배려를 확인하며 자신 또한 이를 키워가는 과정이다.

군내 버스를 이용해서 성심원 입구에 도착했다. 시점을 출발하는데 왼쪽 경호강의 나루터 흔적이 눈에 들어왔다. 1988년 성심교가 개통되기 전까지 성심원과 바깥세상을 이어주는 유일한 통로 역할을 했던 곳이다.

나루터는 인가가 없던 강 건너편 산기슭에 성심원이 자리 잡는 바람에 만들어졌다. 태생부터가 한센인의 소외와 서러움, 애환의 상징과도 같은 나루터, 지금은 흔적만 남은 채 래프팅하는 이들이 간간이 상륙해서 휴식을 취하는 공간이 되어주고 있었다.

잠시 걷다 보니 갈림길이 나왔다. 둘레길은 여기서 어천마을을 둘러보고 나오는 순환 코스와 곧바로 아침재를 지나 웅석봉 하부헬기장을 거쳐 운리마을로 가는 코스로 나뉜다.

어천마을을 경유하면 3.7㎞, 아침재로 직진하면 0.9㎞ 거리이다. 산술적으로는 2.8㎞ 차이가 나는 셈이다. 시간도 에너지도 더 소모될 것이지만 세상사 모든 일이 어디 다 효율로만 계량될 일이던가. 때로는 사서 하는 고생 속에 삶의 낙과 행복이 있다 했다. 어천마을을 들렀다 가기로 했다.

경호강을 따라갈 거라는 예상과는 달리 길은 좌측으로 목교를 건너 어천교 앞 1001번 도로로 내려설 때까지 야트막한 숲길을 계속 오르내렸다. 둔철산 능선을 갓 넘어온 말간 아침 햇살이 숲의 속살을 헤집고 들어왔다. 길은 좁고 호젓한데 서기마저 어려 있으니 걷는 게 곧 명상이었다. 이런 상태라면 시간의 흐름이 멈추어도 좋았다.

길바닥에 조금은 낯선 돌이 누워있었다. '昌寧曹公之墓(창녕조공지묘)'라고 새겨진 두 동강이 난 묘비석이었다. 파비석은 지금의 처지를 어찌 받아들일지 궁금했다. 어느 망자의 시묘살이보다야 순례자의 발 디딤돌이 되어주는 지금의 역할이 그래도 낮지 않겠나 싶었다. 역할을 제대로할 수 있도록 꾸욱 밟아주었다.

어천마을에 들어섰다. 어천마을은 어천계곡 남쪽의 단성면 소재 마을을 일컫는다. 계곡 북쪽의 마을은 어리내마을로 달리 불리며 함양읍에 속했다. 이는 공식 지명으로 주민들도 그렇게 구분하고 있었다.

그런데 (사)숲길 안내 책자에는 본래 어리내라 해서 우천(愚川)으로 불리다가 어천(漁川)이 되었다고 소개되어있었다. 자칫하면 어리내(愚川)마을이 사라진 옛 지명으로 잘못 이해될 수 있는 표현이 아닌가 싶다.

어리내의 풍광을 우천(愚川) 권극유 선생은 일찌감치 알아보았나 보다. 17세기경 낙향하여 터를 잡았다. 어리내라는 마을 이름은 이렇게 우천의 호에서 유래했다. '어리다'는 어리석다(愚)의 옛말이다.

계곡을 따라 마을 길을 오르다 보니 어천과 어리내는 전원 마을로 변모하는 중이었다. 계곡 위쪽으로 올라갈수록 옛 가옥은 눈에 띄지 않고 펜션, 전원주택으로 대체되고 있었다. 뷰 위에 슈퍼 뷰를 찾아 집들이, 마을이 산기슭을 거슬러 아예 웅석봉에 자리 잡을 기세로 위로 올라가고 있었다. 곳곳의 땅 매매를 유인하는 팻말이 어천계곡 주변의 현실을 대변하고 있었다.

마을 오르는 길에서 바라본 어리내마을 전경

어천과 어리내를 거쳐 직진 둘레길과 다시 합류하는 아침재에 도착했다. 계속해서 임도를 따라가니 웅석사가 나타났다. 왠지 규모 있어 보이는 이름과는 달리 단칸 전각의 단출한 암자였다. 곧이어 어천계곡에 도착했다. 계곡 상부인 이 지점을 전후해서 어천계곡은 웅석계곡으로 달리 불리기도 했다.

여기서 일단 쉬면서 마음을 다졌어야 했다. 지리산 둘레길 전 구간 중 가장 난도 높은 오르막을 앞두고 있었기 때문이다. 그런데도 계곡의 청량함에 정신이 팔린 건지, 숲길 등산에 흥분해서인지 바로 걸음을 내디뎠다.

웅석봉 하부헬기장까지의 약 1㎞ 오르막길은 '코재'요, '깔딱고개'였다. 바닥이 수시로 코앞으로 일어서고 숨은 턱에 걸려 깔딱거렸다. 가파른 숨 몰아쉬다 멈춰 서서 숨을 골랐다. 계곡 입구에 놓여있던 의자가 그저 장식용이 아니었다는 뒤늦은 깨달음이 왔다.

해발 고도 800여 미터의 웅석봉 하부헬기장과 쉼터

길에서 길을 찾다 지리산 둘레길

그렇게 굵은 땀방울 흘린 뒤에야 헬기장에 올라섰다. 어느 정도 높이이고 어느 수준의 오르막인지 무심한 채 들어섰다가 혼쭐이 난 셈이었다. 그제 산책하듯 올랐던 웅석봉이 눈앞에 빤히 보이건만 왠지 아득한 느낌이 들었다.

올라왔으니 이제는 내려갈 차례. 콘크리트 포장과 자갈길로 이루어진 임도가 6㎞ 넘게 이어졌다. 땀을 요구하던 오르막길 대신 이번에는 인내력을 시험하는 과정인 모양이었다. 이럴 때는 해찰이 해법이었다. 가다, 서다, 옆을 보다, 때론 뒤돌아보며 걸음을 늦췄다.

그러자 꽃들이 눈에 들어왔다. 구절초와 쑥부쟁이, 거기에다 흔치 않은 자주쓴풀이 무리 지어 인사를 건네왔다. 길섶 낮은 한쪽에서는 쑥부쟁이의 향기에 취한 일벌이 일을 포기한 채 미동도 하지 않고 꽃송이 위에 앉아 있었다.

자주쓴풀

쑥부쟁이와 꿀벌

야생화가 발바닥의 고행을 풀어주는 동안 달뜨기 능선은 우측에서 동행하며 눈의 외로움을 달래주었다. 발아래 저만치에서 청계저수지가 은근슬쩍 모습을 내보이다 숨다를 반복했다. 강 건너 좌측 멀리에서 황매산이 안녕을 고하며 서서히 뒤로 물러났다.

시작이 있으면 끝이 있는 법. 다소 지루한 임도가 사실상 마무리되는 점촌마을 입구 갈림길에 도착했다. 점촌마을은 둘레길에 직접 포함되어있지는 않으나 그냥 외면하고 지나치기에는 아까운 매력을 간직한 곳이다.

청계저수지 위쪽에 터 잡은 점촌마을은 저수지를 내려다보는 풍광이 압권이다. 고생한 발에게는 좀 미안한 일이다만 발 또한 뷰 앞에 깜빡 죽는 주인의 마음을 이해하지 않으려나 싶었다.

점촌마을 위 임도에서 내려다보이는 청계저수지가 수줍은 듯 숨어있다.

점촌마을은 어천마을, 어리내마을보다 변화가 더욱 심해서 원주민 가옥은 아예 찾아볼 수 없었다. 펜션과 카페, 전원주택이 기존의 집과 사람을 완전히 대체한 딴 마을이 되어있었다. 자연의 풍경이 만들어 낸 사람의 풍경이었다.

마을로 들어서니 한 아주머니가 집 앞을 서성이고 있었다. 한 달 살이 가족을 기다리는 중이라 했다. 애초 전원 생활하러 들어와 살다가 소일 삼아서 시작한 일이라고 했다. 이 마을에서는 사는 이도, 들어오는 이도 그렇게 쉼이 주가 되어있었다. 하긴 마을을 둘러보는 우리네 순례의 과정 또한 쉼이 아니던가.

탑동마을에 도착했다. 입구 금계사를 지나 마을 안길로 들어섰다. 어머님이 마루에 앉아 길손을 바라보고 있었다. 인사를 하며 들어섰더니 반색하며 앉으라 하고는 상자에서 감을 꺼내왔다. 팔려고 싸놓은 거 아니냔 물음에 아무런 상관없다며 웃으셨다.

탑동마을 이윤임 어머님. 허리가 불편해 보호대를 둘렀고 문 앞에 감 상자가 놓여있다.

이윤임(85세) 어머님은 아버님(이정규, 86세)과 중매로 만났다고 했다. 그런데 세상에나, 결혼하는 날 처음으로 신랑 얼굴을 봤다고 한다. 당시를 회상하는 얼굴 위에 소녀의 수줍은 미소가 어렸다. 문득 귀엽다는 생각이 들었다.

일어서는데 대봉감 두 개를 따로 챙겨주셨다. 들고 가기도, 배낭에 넣기도 곤란하여 걸으면서 두 개를 다 먹어치웠다. 허리띠를 조금 풀어야 했다.

시간이 멈춰버린 탑동마을 골목길 풍경

탑동마을은 단속사지 발굴과 관련하여 마을 일부가 보호구역으로 지정되어있었다. 그 영향을 받은 탓인지 현재 거주하는 집들마저도 방치된 폐가처럼 스산했고 담벼락은 금방이라도 무너져 내릴 듯 위태했다. 마치 시간의 흐름이 멈춰버린 것처럼 보였다.

길에서 길을 찾다 지리산 둘레길

문화재 보호구역에 편입된 가구는 이미 헐려 흔적을 찾을 수 없었다. 이들을 위한 집단 이주단지도 이미 마무리 공정에 들어서 있었다. 점촌 마을에서 내려오는 길에 오른쪽에 보이던 취락지구가 바로 그것이었다.

단속사지로 내려섰다. 단속사는 8세기 중엽 신라 경덕왕 대에 창건된 사찰로 번성기에는 전각과 불탑이 수백 기에 이르는 대찰이었다고 한다. 조선 중기에 불타 폐허가 되었고 지금은 보물로 지정된 동·서 삼층석탑과 경남도 유형문화재인 당간지주가 남아서 옛 영화를 말해주고 있었다.

단속사지 동·서 삼층석탑

절 이름은 원래 금계사였다. 그런데 절에 사람이 너무 많이 찾아와 스님들의 공부에 방해되자 속세와 인연을 끊는다는 의미로 이름을 단속사 (斷俗寺)로 고쳤는데 이름값을 하느라고 그런 건지 그 후 절을 찾는 사람이 없어 폐사되었다고 한다.

그렇게 속세와의 연이 끊어진 단속사는 절터 발굴을 통하여 다시 속세와의 관계 복원을 시도하고 있었다. 조사 결과를 토대로 사적지 지정 등 후속 절차를 추진하는 중이었다. 문화유산을 보다 체계적으로 보존, 관리하기 위함일 테지만 개인적으로는 단속사지 발굴이 사적지 보존 수준에 머물기를 바랐다.

자칫 과거의 영화에 사로잡혀 아예 대찰의 옛 모습까지 복원할 경우 지금과는 다른 차원의 위기가 탑동마을에 닥칠까 염려되어서다. 긴 세월 하나둘 모여들며 일구어 온 마을의 역사와 문화, 민초들의 삶의 이야기가 흔적도 없이 사라지는 일은 슬픈 일이다. 절 못지않게 마을의 역사 또한 소중한 법이었다.

단속사와 관련해서 빠지지 않고 회자되는 것이 있다. 바로 정당매와 관련된 이야기다. 정당매는 단성면 사월리 출신 통정공 강회백이 유년 시절 단속사에서 수학할 때 심은 매화나무로 알려져 있다. 공의 벼슬이 후에 정당문학에 이르자 후대인들이 이를 정당매라 불렀다고 한다.

정당매는 단성면 남사마을(일명 남사 예담촌) 원정공 하즙 선생의 고택에 있는 원정매, 앞으로 가게 될 덕산면 사리 산천재에 있는 남명 조식 선생의 남명매와 함께 산청 3매로 불린다.

하지만 640년 세월의 무게는 어찌할 수 없었나 보다. 원목은 죽어 고사목으로 남고 현재 살아있는 나무는 후계목으로 식재한 것이다. 후계목도 제대로 관리되지 않아 마지못해 살아있는 듯 보였다. 사람은 죽어서 이름을 남긴다는데 정당매는 이름 외에 고사목을 남긴 거나 진배없는 모습이었다.

길에서 길을 찾다 지리산 둘레길

달뜨기 능선으로 해가 넘어가고 있었다. 그렇다면 지금 천왕봉 동편 자락에서는 해가 넘어오는 것처럼 보일 것인가. 달뜨기 능선과 석양의 묘한 부조화 앞에서 말도 안 되는 순간의 헷갈림이 왔다.

단속사 당간지주가 지는 해를 향해 고개를 숙이고 있는 절터 앞 소나무숲과 다물평생교육원(옛 다물민족학교)를 지났다. 구간 종점 운리마을에 도착했다. 일과 종료를 알리듯 해가 사라졌다.

오늘 묵기로 한 양뻔지 민박은 운리마을 너머에 있었다. 양뻔지는 약초가 번성한 지역, 약번지(藥繁地)에서 유래했다고 한다. 민박을 찾아가는 길이 생각 외로 쉽지 않았다. 손짓 발짓 섞어가며 위치를 설명하는 주인 아주머니의 모습이 전화기를 타고 오건만 감이 잘 잡히지 않았다. 어쨌거나 결론은 운리마을에서 다음 구간 쪽으로 15분쯤 걸어오면 된다는 거였고 어쨌거나 나도 도착을 하긴 했다.

나만 그런 게 아니라 했다. 민박집 주변에 위치를 특정할 만한 시설 같은 게 없다 보니 설명도 쉽지 않고 듣는 이도 이해하길 어려워한다고 했다. 그래서 힌트를 주었다. 집 근처 둘레길 벅수 하단에 표시된 위치 번호를 알려주면 된다 했더니 여태 그런 생각을 하지 못했다며 무릎을 탁 쳤다. 우연히, 아주, 가끔은 내 머리도 쓸모가 있었다.

이날 세팀이 묵었다. 나와 내 나이 또래의 중년 남성 둘, 그리고 50대 부부. 저녁 밥상을 차리는데 상을 세 개 펴길래 부부만 따로 하고 나머지는 함께 해도 되니 상 하나를 줄이자 해도 굳이 셋을 다 폈다. 그런데 다음날 아침상은 당연한 듯 합석이었다. 왜 그랬을까.

저녁을 먹을 때는 대개 술을 곁들이는데 이 자리에 다른 팀이 합석하면 술값을 어떻게 분배할지 애매해진다. 수작(酬酢) 문화에 익숙한 우리네 정서상 한 상에 둘러앉아 주거니 받거니 잔을 권하다 보면 내 술병 따로, 네 술병 따로 관리하는 게 가능하지 않기 때문이다.

그래도 그 자리에서 바로 계산한다면야 별반 문제 될 게 없을 테지만 대개는 다음 날 각자 예정된 시간에 출발하며 계산한다는 데서 문제가 발생한다. 막걸리 한두 병쯤이야 먼저 떠나는 이가 기분 좋게 쏘고 갈 수도 있겠지만 양이 많은 경우 계산하는 사람은 부담되고, 뒤에 남은 이의

길에서 길을 찾다 지리산 둘레길

마음은 불편해진다. 그렇다고 주인이 그때마다 임의로 분배해서 받을 수도 없는 노릇이고.

이런 난감한 사례를 종종 겪다 보니 술 마시는 저녁상은 따로, 술 없는 아침상은 함께 해도 그만이라는 방식이 생겨난 것은 아닐까. 확인한 사실은 아니다만 거의 정답일 거라 확신했다. 그리고는 내 수준 높은 추리력에 스스로 우쭐했다.

⊡ 구간 후기

성심원 쪽에서 웅석봉 하부헬기장을 오르는 길은 가탄→원부춘 구간의 고갯길과 함께 지리산 둘레길 전 구간 중 가장 난도 높은 오르막 구간에 해당한다. 내려가는 길도 지루하다 싶을 만큼 길다. 인내력을 시험받는 구간이다. 탑동마을에 들어서면 사라진 옛 영화를 복원하느라 살아있는 마을이 사라질 위기에 처하는 기묘한 부조화를 보게 된다. 역사의 영속성은 비단 문화재에만 필요한 가치가 아님을 배우는 순간이다.

성심원-어천마을(3.5㎞)-아침재(1.6㎞)-웅석봉 하부헬기장(2.5㎞)-점촌마을(6.4㎞)-탑동마을(1.5㎞)-운리마을(0.7㎞)로 연결되는 16.2㎞ 코스와 어천마을을 경유하지 않고 아침재를 지나 곧바로 웅석봉 하부헬기장으로 오르는 13.4㎞ 코스가 있다. 좀 길더라도 어천마을을 경유하는 코스를 추천한다. 소요 시간은 6시간 정도. 시점에서 종점까지 19.6㎞를 걸었고 33,200보의 발품이 들었다.

웅석봉 하부헬기장의 해발 고도가 800여 미터에 달해 웬만한 산 버금가는 등산을 해야 하는 만큼 노약자와 어린 자녀들에게는 다소 부담되는 코스이다. 이들을 위한 우회 코스를 고려해봄직도 하겠다. 예컨대, 어천마을에서 청계저수지 앞 청계마을을 지나서 탑동마을로 연결되는 1001번 도로를 참고하면 어떨까 싶다만 옛길을 연결한다는 둘레길의 취지와 부합할지는 알지 못한다. 과문한 탓이다.

적어도 가을만큼은 이곳이 별천지,
무릉시(柿)원

새벽 3시가 좀 넘은 시각, 부엌에는 이미 불빛이 환했다. 문밖에 서서 한참을 지켜보고 있는데도 심윤섭(82세) 어머님은 전혀 인식하지 못한 채 아침밥을 준비하느라 여념이 없었다. 안경을 쓰고 일에 몰입한 모습에서는 어떤 근엄함과 숭고함 비슷한 기운마저 느껴졌다.

밥상은 거저 우리 앞에 놓이는 게 아니다. 오랜 식당 노하우만으로 뚝딱 차려지는 것도 아니다. 계량할 수 없는 어머니의 시간과 땀과 얼이 버무려진 것이었다. 밥상은 곧 어머니의 삶이었다.

민박집을 나와 임도를 걷다 전망대 쉼터 근처에서 뒤돌아보니 운리마을과 탑동마을이 한눈에 들어왔다. 산과 들과 어우러진 마을의 풍경은 아름답기만 한데 자연은 그래도 뭔가 부족하다고 여겼나 보다. 흰 구름 한 줄기를 가져다 산자락과 마을 위로 늘어놓았다. 비로소 한 폭의 그림과도 같은 풍경이란 표현이 가능해졌다.

　임도를 따라 이어지던 둘레길은 운리마을 기준 약 3㎞ 지점에서 왼쪽 숲길로 꺾어졌다. 이름하여 참나무 숲길이다. 지리산 둘레길 전 구간 중 참나무가 가장 많은 곳이다.

　가랑비가 소리 없이 내리고 있었다. 물기를 머금은 잎새들이 계절을 거슬러 초록으로 싱그러웠다. 물이 꼭 줄기를 타고 올라야만 춘삼월이 되는 것은 아니었다.

　두꺼비 한 마리가 길 가운데로 나와 앉아 있었다. 참나무의 회춘이 부러웠던 것일까, 날 보고 알아서 비켜 가라는 듯 비를 맞으면서도 꿈쩍하지 않았다. 미망은 인간만의 문제는 아닌 모양이었다.

백운계곡 가는 길의 참나무 대단위 군락지.
초봄인가 착각마저 불러일으킬 만큼 싱그러운 연초록 색조를 유지하고 있었다.

   이름 모를 개울에 작은 폭포가 만들어졌다. 지금 내리는 비의 영향은 아닐진대, 그만큼 골이 깊다는 방증일 것이었다. 간간이 참나무와 키재기를 하며 뻗어 오른 소나무가 숲의 단조로움을 덜어 주었다. 너덜겅을 지나니 바로 앞에 백운계곡이 나타났다.

   다리 건너 돌탑 위에 목장승과 솟대가 서 있었다. 솟대 뒤쪽으로 새면 백운계곡을 따라 마근담봉으로 오르는 등산로이다. 계곡은 맑은 물과 다양한 형태의 암반이 조화를 이루고 있었다. 그저 아무 데나 주저앉아도 꿀맛 같은 휴식일 텐데 위쪽의 풍광이 유혹하니 발이 절로 움직여졌다. 400여 미터 지점의 쌍폭포를 지나는데 빗줄기가 제법 굵어졌다. 발길을 돌렸다.

백운계곡 쌍폭포.
바로 아래 지점에도 엇비슷한 형태의 작은 쌍폭이 있다.

솟대 옆에는 둘레길이 아니니 우회하라는 표지가 되어있었다. 둘레길 이정목이 버젓이 있어 헷갈릴 일 전혀 없는데도 굳이 그런 표시를 해놓은 이유는 계곡에 들어갔다 나온 뒤에야 이해가 되었다. 일단 들어서면 계곡의 풍광에 취해 둘레길 도는 본분을 잊을까 봐 그런 것이 아니었겠나 싶었다.

남명 선생도 백운계곡의 풍광에 반해 이곳을 자주 찾았던 모양이었다. 계곡 입구에는 선생의 '백운동에 놀며(遊白雲洞)' 칠언절구 시가 소개되어있었다. 각자 여건에 따라 적당한 지점까지 오르며 선생의 시흥을 흉내내는 일도 둘레길의 색다른 맛이 아닐까 하는 생각이 들었다.

참나무숲은 용무림재를 지나 마근담 입구로 내려서며 끝이 났다. 어림잡아 5㎞에 이르는 대단위 군락지였다. 마근담은 무슨 심오한 뜻이 있는 것은 아니었다. '막힌담'에서 유래했다. 웅석봉 자락의 협곡이 감투봉 등으로 막혔다 해서 그리 불리게 되었다고 한다.

길은 마근담계곡을 따라 구간 종점인 사리까지 이어졌다. 포장도로이긴 하나 걸음걸이의 고단함은 잊어도 좋았다.

주변이 온통 감 천지였다. 노랗게 익은 감들이 길가에 우수수 떨어져 있었다. 흠 하나 없이 말끔한 홍시가 누군가의 손길을 기다리고 있으니 어찌 그냥 지나칠 수 있으랴. 손이 부산한 만큼 입이 호강했다.

함께 유숙했던 남정네 둘이

길에서 길을 찾다 지리산 둘레길

저만치 앞서가고 있었다. 감으로 점심을 해결할 요량이라던 저들의 말이 생각났다. 무심코 흘려들었는데 그런 의미였구나. 깨달음은 그렇게 한 박자 늦게 왔다.

천주교 덕산공소를 지났다. 성당 안에 사람 그림자 하나 없었다. 시계를 보니 12시를 갓 넘었다. 미사가 끝난 시각이라지만 주일의 모습치곤 너무 생경했다.

마을 공동 빨래터의 모습도 다르지 않았다. 말끔하게 단장되어있건만 사용한 흔적 없이 단지 오가는 이들의 쉼터 역할을 하고 있었다. 시골 마을의 일반적인 풍경이려니 여기면서도 왠지 모를 쓸쓸함과 안타까움이 가슴속으로 밀려들었다.

구간 종착점 사리마을에 도착했다. 도로 건너편 '촌국시' 식당에서 열무국수를 먹었다. 주인아저씨가 추천한 음식이었다. 아마도 간판 메뉴인 모양이었다.

메뉴 앞의 '여름철 별미'를 무시한 대가는 오싹했다. 가을비에 젖은 몸 안으로 얼음물이 들어가면서 안과 밖의 온도가 맞춰지는 느낌이 들었다. 부르르 진저리가 났다.

애초 예정대로라면 이곳에서 이번 주 일정을 마치고 집으로 돌아가면 되었다. 시각은 오후 1시, 그렇게 하기에는 시간이 좀 아깝다는 생각이 들었다. 그렇다고 시간 죽이려 비 줄줄 맞으며 덕산 거리를 거니는 모습도 별반 아름다워 보이진 않을 듯했다.

오다 그치다 반복하는 비 때문에 마음 여유 없이 주르륵 걸어온 게 문제라면 문제였다. 사실 구간의 특성상 옆으로 샐 만한 해찰 거리도 딱히 없었다. 그나마 백운계곡을 거슬러 마근담봉 오르는 일이 마음 설렐 일이었는데 빗줄기 앞에서 쉬이 물러섰던 게 못내 아쉬웠다.

결정 장애자 앞에 결정의 순간이 왔다. 일찍 귀가하던가, 아니면 다음 구간까지 진행하던가. 덕산 주변을 벗어나면 다음 구간은 더욱 단조롭다고 했다. 거리 또한 짧았다. 걷기로 했다.

남명기념관을 들렀다. 남명 조식 선생은 퇴계 이황과 동년배로 영남학파의 양대 산맥을 형성한 학자였다. 선생은 퇴계와 달리 주자학 일변도의 담론에서 벗어나 국방, 지리, 의학 등 실용적 학문에도 개방적이었다.

선생은 평생을 초야에 묻혀 살며 후학을 양성했다. 선생으로부터 실천 유학의 가르침을 받은 곽재우 등 제자들이 후일 임진왜란 때 의병을 일으켜 초개와 같이 목숨을 버리며 누란의 위기에 선 나라를 구했다.

길 건너 산천재는 남명 선생이 말년에 머물던 곳이다. 선생은 이곳에서 평생 갈고닦은 학문을 제자들에게 전수하다 생을 마무리했다.

입구를 들어서니 매화나무가 반겼다. 산청 3매 중 하나인 남명매다. 고사한 정당매, 원정매와 달리 460년 세월을 견뎌 오면서도 아직도 정정한 모습을 유지하고 있었다. 제자들은 멀리 우뚝 솟은 천왕봉을 바라보며 기개를 세우고 뜰 안의 매화를 통해서 선비로서의 고결함을 체화했을 것이었다.

덕천강을 거슬러 덕산시장 방면으로 향했다. 덕산이란 이름은 행정상의 지명이 아닌 시천면과 삼장면 일대를 아우르는 전통 이름이다. 덕산장의 공식 행정구역은 시천면 사리이다.

마침 오일장이 열렸다. 덕산장은 특히 곶감으로 유명한 곳이지만 인근 하동, 산청뿐만 아니라 멀리 함양에서까지 쌍재를 넘어왔던 이 지역 최대의 생활 장이었다.

비 내리는 오후인데도 시장은 여전히 성황이었다. 시장 주변 곳곳에 늘어진 좌판에서 더욱 오일장의 향취가 느껴졌다. 내륙의 장이라고 어디 해산물이 없을쏜가. 비록 좌판에도 오르지 못한 처지였지만 낙지, 갈치, 바닷장어, 꽃게 등이 플라스틱 대야에 담긴 채 시장 귀퉁이 한쪽을 차지하고 있었다.

시장을 벗어나면 두물머리가 코앞이다. 원리교 아래의 덕천강 본류와 천평교가 놓인 시천천이 합류하는 지점이다. 천왕봉에서 발원한 물줄기는 동북방면의 대원사계곡과 남쪽 방면의 중산리계곡으로 갈라져 각기 다른 골을 타고 흘러내리다 다시 여기에서 해후한다.

둘레길은 원리교를 건넌 뒤 다시 천평교를 건너는 디귿 자 형태로 덕천강을 되돌아간다. 천평교를 건너기 전에 덕산중·고등학교 옆에 있는 덕천서원을 들렀다.

선비문화축제를 붓글씨 등 전통 방식으로 준비하고 있는 모습. 뒤쪽 중년의 사내는 아직 붓 잡을 순번을 타지 못한 건지 이런저런 심부름을 하느라 오히려 부산했다.

덕천서원은 남명 선생의 사후에 제자들이 선생의 학문과 덕행을 추모하기 위해 건립한 서원이다. 서원에서는 코앞에 닥친 남명선비문화축제를 준비하느라 분주했다. 행사 팸플릿을 비롯하여 여러 프로그램 준비물을 붓글씨 등 전통 방식으로 제작하고 있었다. 붓을 놀리는 어르신의 손길이 고단해 보였다. 눈길 한번 제대로 주지 않는 태도에서는 말 걸지 말라는 느낌이 그대로 전해져왔다.

남명 선생의 위패가 모셔진 숭덕사는 예상대로 닫혀 있었다. 서원 등지를 둘러볼 때마다 매번 드는 아쉬움이 있다면 사당은 왜 꼭 잠겨있나 하는 점이다. 관리상의 문제로 보긴 한다만 아무 때, 아무에게나 보여주면 권위가 떨어진다는 의식 또한 반영된 게 아닌가 싶다. 소통과 탈권위의 시대적 흐름에 발맞추려는 자세의 변화가 필요해 보였다.

천평교를 건넜다. 명당의 상징인 금환락지를 알리는 표지석이 눈에 들어왔다. 시천면 소재지를 중심으로 원리, 사리, 천평리 일대를 울타리처럼 둘러싸고 있는 산들의 형상이 마치 금가락지를 닮았다 해서 그렇게 불리는 곳이다. 풍수에 아둔한 내 눈에는 산은 산이요 물은 물이로다, 하는 느낌 외에 달리 와 닿는 게 없었다. 하여튼 여기가 천하명당이라는 것이니 그저 그러려니 여기면 될 일이었다.

발길은 앞을 향하는데 고개는 자꾸만 뒤를 향했다. 두물머리 뒤로 천왕봉이 우뚝했다. 정상위로 드리워진 서기 어린 구름이 천왕봉의 기상을 더욱 높이는 기분이었다.

덕천강 위쪽 원리교(오른쪽)와 천평교(왼쪽) 두물머리. 멀리 천왕봉 머리 위로 구름이 살짝 내려앉고 있다.

둘레길은 왼쪽으로 덕천강을 끼고 함께 흘러갔다. 강 너머로 좀 전에 지나온 덕산시장, 선비문화연구원, 산천재, 사리마을이 필름을 되감듯 뒤로 밀려났다. 길은 천평교 2.5㎞ 지점에서 덕천강과 헤어지며 오른쪽 중태천을 따라 중태마을 길로 접어들었다.

주변이 감 천지였다. 마근담 내려오는 길에서의 감밭은 서막에 불과했다. 앞과 옆, 저 너머 산기슭이 온통 감나무로 뒤덮여 있었다. 감은 나뭇가지 위에서도 익었고 바닥과 길 위에서도 노랗고 붉게 물들어있었다.

이 구간은 중태재를 전후한 일부를 제외하고는 대부분이 포장길이다. 그만큼 발이 고단하고 지루하게 여겨질 수 있는데 그에 대한 보상이 바로

길에서 길을 찾다 지리산 둘레길

익어가는 감밭의 풍경이었다. 둘레길을 걷는데 사시사철 아름답지 않고 의미 없는 순간이 어디 있겠냐만 그래도 선택이 가능하다면 적어도 이 구간에서만큼은 가을 이맘때를 선택하라 권하고 싶다.

버려지는 홍시를 수익사업으로 활용하는 방법은 없는 것일까. 주민에게 물어보니 지자체나 단체에서 나서 주면 몰라도 인력도, 시간도, 방법도 마땅찮아 어쩔 수 없다고 했다. 수확하지 못한 채 매달려 있거나 떨어진 홍시에서 농부의 애잔함과 고단함이 동시에 읽혔다.

둘레길 중태 안내소에 들러 설문지를 작성했다. 뒤를 이어 걸을 누군가에게 보탬이 되도록 꼼꼼히 적어넣었다. 중태마을을 지났다.

놋점골쉼터 푯말이 붙은 바위 앞을 지났다. 녹슨(?) 바위 하나 덜렁 놓여있어 쉼터의 기능을 언뜻 이해하긴 어려웠다. 그저 여기부터 유점마을에 접어든다는 안내판의 의미로 받아들였다.

유점(鍮店)마을은 놋점골의 한자어 표기이다. 길은 여전히 포장길이다. 길옆 돌 위에 주민이 감 두 개를 올려놓았다. 마을 교회 입구에는 아예 감 바구니를 내어놓았다. 순례자를 위한 배려의 마음이 따뜻하고 유쾌했다.

유점마을을 지나면서 슬슬 대나무가 나타나기 시작했다. 서어나무 정자 쉼터(중태 정자 쉼터)에서 잠시 숨을 고르며 지나온 길을 뒤돌아보았다.

마을을 뒤로하고 중태재를 향했다. 중태재를 전후한 둘레길은 덕산-위태 구간의 백미였다. 오르막길이 가뿐할 리 없다만 백운계곡의 참나무 숲을 벗어난 뒤로 밟아보지 못한 숲길이 아니던가. 하지만 길은 아쉽게도 채 10분이 되지 않아 끝이 났다.

중태재에 올라섰다. 산청과 하동을 연결하는 고개이다. 안내 리본 두어 개가 참나무 가지 위에서 춤을 추었다. 교정동우회 진주지회 산악회의 리본이 눈에 띄었다. 진주에서 근무한 적은 없지만 마치 옛 동료를 만난 듯 반가웠다.

중태재를 내려서 대나무 숲으로 들어섰다. 하도 울울해서 으스스한 느낌마저 들었다. 사위에 어둠이 내리고 바람마저 살짝 불어준다면 대숲이 흐느끼는 소리에 제대로 발을 떼기 어려울 듯싶었다.

크고 굵은 대나무는 스스로 명품임을 애써 드러내지 않아도 되었다. 죽세공품의 고장 담양에서도 이곳의 대나무를 많이 사 갔다고 한다. 지금은 플라스틱에 밀려 기껏해야 순례자의 쉼터와 눈요깃거리로 전락한 처지이지만 여전히 곧고 기품있는 모습으로 옛 영화를 반추하고 있었다.

그 많던 감나무는 죄다 어디로 갔을까. 중태재를 넘으면서 대나무와 밤나무가 감나무를 대체했다. 지리산 동부권에서 남부권으로 접어들면서 나타나는 식생의 변화였다.

숲길 끝쯤에 작은 연못이 있었다. 농업용이라 하기엔 너무 작고 앙증맞았다. 마음 따뜻한 누군가가 마치 산새들의 목욕탕으로 일부러 조성해놓은 것처럼 보였다. 새들은 없었다. 그런 상상만으로도 마음에 고요와 평화가 찾아드는 느낌이었다.

위태마을 농로로 접어들었다. 저녁 어스름이 살살 내려앉는데 산책하는 부부의 뒷모습이 눈에 들어왔다. 너무 정겨워 보였다. 자연의 풍경만이 아니라 사람의 모습도 한 폭의 그림이 될 수 있었다.

정외문(아내, 69세), 이성우 부부는 동갑내기였다. 위태는 아내의 고향이라 했다. 결혼 후 출향해서 살다가 아내가 심장 수술을 하면서 요양 겸 고향으로 들어왔다고 했다. 바늘 가는 데 실 가는 게 아니라 실 가는데 바늘이 함께 했다.

일찌감치 저녁을 지어 먹고 지는 해 바라보며 손잡고 걷는 이 순간이 꿈만 같다고 했다. 행복은 멀리 있지 않음을 소박한 부부의 걸음과 표정에서 읽을 수 있었다.

귀향 후 실과 바늘처럼 늘 함께 붙어 다닌다는
정외문, 이성우 부부. 부부는 닮는다더니 표정이
판박이 한사람이었다.

이제 승용차가 주차된 수철마을로 가면 되었다. 수철마을에 사는 송찬
수 개인택시 기사에게 전화를 넣었다. 동강-수철 구간을 마치고 산청읍
으로 나갈 때 이용한 택시였다.

당시 함께 했던 김 기자가 차에 휴대전화를 두고 내렸었다. 한참 뒤에
야 알아채고는 전화를 넣었으나 비밀번호를 설정해놓은 탓에 통화가 불
가능했다. 달리 연락을 취할 방도가 없어 막연한 심정으로 하차했던 곳
으로 되돌아 가보니 꽤 지난 시간임에도 택시가 그 자리에서 기다리고
있었다.

송 기사는 사례를 극구 사양했다. 어떡하든 고마움을 표하긴 해야겠
는데 방도가 마땅치 않아 고심하다가 겨우 생각해낸 게 후에 택시를 이
용하는 거였다. 비록 소소하고 소심한 방식이었지만 마음이 전해졌으려
니 여겼다. 송 기사는 한달음에 달려왔다. 수철마을로 와서 거기 주차해
두었던 차를 운전하고 집을 향했다.

대략 5㎞에 이르는 대단위 참나무 군락지를 멍 때리며 걸을 수 있는 운리-덕산 구간과 온통 감나무로 뒤덮인 덕산-위태 구간을 연계한 구간이다. 덕산시장은 작은 면 단위의 오일장임에도 사람과 물산이 넘쳐 장날에 들르면 볼거리가 많다. 백운계곡, 산천재, 덕천서원 등 구간 곳곳에 남명 조식의 사상과 자취가 남아 있다.

운리-덕산 구간은 운리마을-백운계곡(5.6㎞)-마근담 입구(2.1㎞)-덕산(6.2㎞)으로 연결된다. 총 거리는 13.9㎞로 5~6시간 정도 소요된다.

덕산-위태 구간은 덕산-천평교(0.4㎞)-둘레길 중태안내소(3.1㎞)-유점마을(3.1㎞)-중태재(1.3㎞)-위태마을(1.8㎞)로 연결된다. 총 거리 9.7㎞에 4시간 정도가 소요된다. 두 구간을 합산하여 27.5㎞를 걸었고 41,300보의 발품이 들었다.

산천재 앞마당의 남명매

사람이 떠난 자리에서
대나무가 대신 삶을 이어가고

하동읍에서 위태→하동호 구간 시작점인 위태마을까지는 차편이 마땅치 않았다. 할 수 없이 옥종행 군내버스를 타고 가다 적당한 데에서 내려 마을까지 걸어가기로 했다. 길도 묻고 여행 정보를 귀동냥도 할 겸해서 운전석 바로 뒷자리에 앉았다.

마침 오일장이어선지 승객이 꽤 되었다. 읍내를 돌아 나왔을 무렵에는 거의 만석에 가까워졌다. 기사에게 말을 붙여보지도 못한 채 자연스레 맨 뒤로 밀려났다.

버스는 시골 마을을 고샅고샅 헤집고 다니며 손님을 내려놓았다. 대다수가 나이 지긋하고 보행이 불편한 어르신들이라 완전히 정차할 때까지 일어서지 말라는 기사의 말이 녹음기를 틀어놓은 듯 반복되었다.

얼마쯤 지나 유모차를 밀고 탄 어머니가 내릴 채비를 했다. 기사의 녹음기가 다시 돌아가는데 출입문을 향해 걸어가는 어머니의 모습이 둘레길 어느 험한 고개를 넘는 만큼이나 힘들어 보였다. 얼른 가서 부축해 내려드렸다. 마저 유모차를 내려놓으니 고맙다는 말씀을 골백번은 반복하셨다.

이런 내 행동이 인상적이었던지 어딜 가는 길이냐고 기사가 먼저 말을 붙여왔다. 위태마을이라 하니 잘 알겠노라 했다. 자신의 감정을 에둘러 표현하는 나름의 방식인 모양이었다. 자리가 널널해져서 앞쪽으로 옮겨 앉았다.

버스는 하동터미널을 출발한 지 1시간쯤 지난 뒤에야 옥종면 소재지와 위태마을 갈림길인 회신삼거리(위태보건진료소 입구)에 나를 내려놓았다. 마을까지는 옛 59번 도로를 따라 약 3.5㎞, 4~50분을 꼬박 걸어야 했다.

　다랑이 들녘에서는 벼 수확이 한창이었다. 9월 말경 이미 추수가 끝난 운봉 들녘의 풍경과는 딴판이었다. 지리산 둘레길을 돌다 보면 이렇게 종종 계절을 거슬러 가는 기분에 빠져들곤 한다.

　콤바인이 논 가운데서 졸고 있었다. 농부는 아마도 점심을 먹으러 간 듯했다. 추수 장면을 보나 싶어 기다렸지만 함흥차사였다.

　10월 중순의 햇볕은 맹렬했다. 12시가 훌쩍 지난 시각, 둘레길 초입에 들어서기도 전에 한숨부터 나왔다. 시장기도 느껴졌다. 중몰마을에 도착했다. 마침맞게 입구에 정자가 있었다. 김밥 한 줄과 떡 한 봉지를 먹었다.

　1시, 위태마을에 도착했다. 겨우 사흘 만인데도 떠나온 고향을 찾은 만큼이나 반갑고 정겨웠다. 그나저나 정외문, 이성우 부부는 안녕하시겠지.

　위태리의 원래 마을 이름은 상촌이었다. 2003년 청암면에서 옥종면으로 편입되면서 옥종면에 상촌마을이 이미 있는 바람에 위태가 되었다. 행정구역 개편에 따른 강제 개명을 당한 셈이다.

상촌제를 끼고 왼쪽으로 올라서니 상수리나무 당산이 나왔다. 정자에 어르신 혼자 앉아 있었다. 앞에는 막 깎은 듯한 감이 가지런히 놓여있었다. 모양이 하도 소담해서 감탄사가 절로 나왔다. 이까짓 것 가지고 뭘, 하는 식으로 어르신은 나를 힐끗 한 번 보고는 고개를 돌렸다. 그 무심함이 적잖이 당황스러웠다.

오르막에서 내려다보니 위태마을이 한눈에 들어왔다. 마을을 감싼 대나무숲과 반쯤 수확이 끝난 계단식 논이 익어가는 산촌의 풍경을 그대로 보여주고 있었다. 마을 가운데 자리한 상촌제는 그림의 완성을 위해 일부러 조성한 화룡점정과도 같아 보였다. 도심에선 흉물과도 같았던 전신주는 왜 또 저리도 정겹게 다가오는가.

위태마을 전경. 둘레길을 돌다가 가던 길 멈추고 뒤돌아보면 보이는 풍경 모두가 그림이 된다. 해찰을 게을리하지 말아야 하는 이유이다.

갈치재를 넘는 59번 도로가 희끗 보이고 그 뒤쪽으로 중태재를 오르는 숲길이 보이는 듯 숨어있었다. 모두가 그림의 완성도를 높이기 위한 소품의 역할을 마다하지 않고 있었다.

콘크리트 임도를 따라 걷다 보니 어느 집 앞에 물레방아가 설치되어 있었다. 일종의 정원 장식용인데 어떤 문제가 생긴 것인지 삐거덕삐거덕 앓는 소리를 내고 있었다.

이곳저곳을 살펴보고 두드리는 장년 사내의 손길이 부산하면서도 진지했다. 한참을 구경하고 있노라니 드디어 물레방아가 스르르 돌아가며 물을 내리쏟았다. 흡족해하는 사내의 표정에서 설치 예술가의 자부심이 묻어났는데 거기에는 장년의 기억 저편에나 남아있을 천진함마저도 배어 있었다.

길은 감나무밭을 지나면서 오르막 숲길로 접어들었다. 조릿대와 대나무 사이로 난 길은 생각 외로 가풀막졌다. 비록 숨은 차고 종아리는 당기지만 어디 뙤약볕을 받으며 포도를 걸을 때와 비교할 수 있으랴. 지네재에 올라섰다.

대나무숲은 여전히 이어졌다. 주산 등산로 갈림길을 지나 임도로 내려서며 오율마을 위쪽을 지났다. 길은 다시 고갯길로 접어들었다. 그렇게 가파른 숨 다시 한 번 몰아쉬며 고개에 올라서니 안온과 평화가 찾아들었다. 이후로 궁항마을까지는 평탄한 내리막 임도를 따라가면 되었다.

궁항마을 앞 1014번 도로로 내려섰다. 마을 입구에서 지팡이에 의지하며 걸어가는 어르신을 만났다. 인사를 드리니 외롭게 왜 혼자 다니느냐고 되물었다.

"전혀 안 외롭습니다." 일부러 밝고 싹싹한 모습으로 대답했더니 반응이 예상과 영 달랐다. 뭐라 혼잣말로 중얼거리더니 마을 쪽으로 터덜터덜 발걸음을 옮기는 것이었다. 아차 싶었다. 어르신의 뒷모습에서 '나는 외로운데 너는 외롭지 않구나' 하는 마음이 읽혔다. 감 깎던 어르신과도 벽이 있었는데, 아무래도 내 공감 능력에 문제가 있는 건 아닌가 하는 의문이 들었다.

궁항(弓項)마을은 지형이 활목의 형태라서 붙여진 이름이라고 한다. 마을회관 2층에는 둘레길 순례자를 위한 쉼터인 '새참 사랑방'이 있었다. 마을을 통하게끔 길을 내준 것만도 고마운 일인데 쉼터까지 제공하는 주민들의 배려가 가슴을 찡하게 했다.

하지만 새참 사랑방도 코로나 19의 영향에서 자유롭질 못했다. 의자 위엔 먼지가 내려앉았고 가스레인지 등 간이 조리시설은 사용한 흔적이 오래였다. 졸업식을 비롯하여 마을 주민 야유회, 결혼식과 가족사진 등 주민들의 다양한 삶의 모습들이 벽에 걸려 있었다. 비록 사진은 빛이 바랬어도 꿈과 희망은 삶의 영역에서 온전히 빛나고 있을 것이었다.

궁항마을에서 양이터재까지는 대부분이 콘크리트 임도였다. 길은 임진왜란 때 양씨와 이씨가 피난을 와서 터를 잡았다는 양이터를 지나 고도를 조금씩 높여 나갔다. 포장도로의 단조로움, 불편함을 대나무숲과 제철을 잊은 듯 피어있는 도라지꽃, 뒤돌아 보이는 궁항마을의 풍경이 달래 주었다.

철 지난 도라지꽃.
마지막 힘을 모아 피어 올린 듯
자줏빛 색깔이 진하고도 진하다.

양이터재는 영신봉에서 흘러내려 김해 분성산으로 연결되는 낙남정맥이 지나는 곳이다. 이곳에서 수계는 낙동강권에서 섬진강권으로 바뀐다.

둘레길은 양이터재에서 임도를 따라 400여 미터쯤 내려간 지점에서 오른쪽 골로 내려섰다. 특이하게도 양 골짜기 가운데로 길이 나 있었다. 양쪽에서 들려오는 물소리를 들으며 걷는 재미가 제법 쏠쏠했다. 100여 미터 짧은 거리가 아쉬웠다.

길은 작은 계곡을 이리저리 두어 차례 건너며 연결되었다. 우천 시 우회하라는 골 입구의 안내판이 이해가 되었다. 비록 수량은 넉넉하지 않으나 안전사고 우려 없이 이 길을 걸을 수 있음이 어디 흔한 행운인가 싶었다.

그야말로 대숲의 향연, 대숲 만세였다. 빽빽한 대나무숲 사이로 오솔길이 겨우 나 있었다.

가만 들여다보면 애초부터 대밭은 아니었던 듯했다. 묵정밭, 묵정논의 흔적이 도처에 남아있었다. 민가의 흔적도 살필 수 있었다. 화전민이 물러나며 버려진 옛터에 이 지역의 생육 환경에 적합한 대나무가 자연스레 번성한 것으로 보였다.

대숲 곳곳에 남아있는 계단식 돌 축대가 과거에는 논과 밭, 또는 집터였음을 말해준다.

그렇다고 숲이 대나무 일색만은 아니었다. 구역 일부에 편백숲이 조성되어 있었다. 그에 맞춰 산림욕을 위한 장의자를 비치하는 배려 또한 옛길은 잊지 않았다.

양이터재를 전후해서 나본마을 입구에 내려서기까지 둘레길은 소박하면서도 우리에게 익숙한 숲길의 모습을 여실히 보여주었다. 짧은 구간으로만 본다면 개인적으로는 최고의 둘레길로 추천하고 싶을 정도였다.

사실 위태-하동호 전 구간으로 보더라도 크게 손타지 않은 위태, 궁항마을과 아기자기한 길, 그 위에서 보이는 주변의 풍경이 기억 속의 옛 시골 모습과 크게 다르지 않아서 좋았다. 화려하지 않되 초라하지 않고 고개를 서너 번 넘으면서도 그닥 힘들지 않아 누구나 부담 없이 걸을 수 있는 점 또한 이 구간의 매력이라 할 수 있을 것이었다.

나본마을 입구(본촌)에 내려섰다. 하동호다. 여기서 오른쪽 하동호 윗길로 가면 청암계곡-청학동으로 이어진다. 둘레길은 왼쪽 하동댐 방향으로 이어졌다.

하동호와 주변의 풍경을 조망하며 댐 관리소까지 덱 로드를 따라 걸었다. 하동호에는 이미 저녁 어스름이 내려앉기 시작했다. 호수 가운데 인공으로 조성된 작은 섬이 잠망경을 밀어 올린 잠수함처럼 보였다. 그 뒤로 멀리 이름을 알 수 없는 지리산 자락의 그리메가 호수에 잠겨 들고 있었다.

저녁밥을 해결해야 했다. 청암면 소재지로 나가기 위해 하동댐을 내려서는데 어디선가 북 치는 소리가 들려왔다. 무당이 굿하는 소리 같기도 했다. 날 저무는 시간에 들려오니 어째 좀 으스스한 느낌마저 들었다. 북소리는 댐 아래 만국기 드리워진 공설운동장에서 울리고 있었다.

오는 금요일에 청암면민 체육대회 겸 한마당 축제가 열린다고 했다. 코로나 19로 중단되었다가 4년 만이라고 했다. 감회가 새롭고 설렘은 가득하며 열정은 충만할 터였다. 그런 마음들이 한데 모여 해지는 줄 모르고 연습에 몰입한 거였구나.

청암면 공설운동장. 오색의 만국기와 애드벌룬이 유년 시절 운동회의 추억을 불러일으킨다.

횡천강변을 따라 면 소재지를 향해 걸었다. 하동호에 물을 압수당한 횡천강은 수초만 무성한 작은 개울이 되어있었다. 아주머니 혼자서 다슬기를 잡고 있었다. 다리 위에서 한참을 내려다보는데도 전혀 의식하지 못한 모습이 해 질 녘의 고즈넉한 주변 풍경과 묘한 조화를 이루고 있었다.

면 소재지에 들어섰다. 길옆 어느 민가의 모습이 눈에 들어왔다. 아주머니가 마당 채반에 널어놓은 대추를 담고 있었다. 식당과 숙소를 물었더니 주변에서 식사는 가능할지 모르겠으나 숙소는 없을 거라고 했다.

둘레길 센터에서 구한 나본마을의 민박집에 얼른 전화를 넣었다. 밥은 제공하지 않고 잠만 가능하다고 했다. 게다가 지금 출타 중이어서 8시 이후에야 집에 들어온다고 했다. 상황이 급해졌다.

눈을 껌뻑거리면서 집안을 슬쩍 곁눈질로 살폈다. 방은 여분이 있을 듯했다. 하룻밤 묵을 수 있겠냐고 하니 아예 내치지는 않았다. 가능성이 읽혔다. 없는 넉살 떨어가며 여차저차 사정을 설명하니, 방에 목욕탕도 따로 없고 반찬도 마땅치 않다며 말끝을 흐렸다. 가능성이 현실이 되었다.

저녁과 아침을 부부와 함께 먹었다. 저녁에도, 아침에도 재첩국이 나왔다. 재첩의 본향 하동에 들어섰음을 실감하는 순간이었다.

길에서 길을 찾다 지리산 둘레길

　지리산 북부권과 동부권을 아우르는 낙동강 수계권에서 남부권의 섬진강 수계권으로 넘어가는 구간이다. 덕산-위태 구간과 함께 지리산 둘레길 최대의 대나무숲과 지리산권에서 가장 큰 규모의 호수인 하동호를 지난다.

　위태마을-지네재(1.9㎞)-오율마을(0.6㎞)-궁항마을(2.2㎞)-양이터재(2.2㎞)-나본마을(2.6㎞)-하동호(2.0㎞)로 연결되며 총 거리는 11.5㎞에 달한다. 소요시간은 5시간 정도. 18.5㎞를 걸었고 29,100보의 발품을 들였다.

　3주째 첫날, 승용차를 운전해서 하동으로 갔다. 버스터미널에 차를 세워놓고 20여 분 걸어서 읍내로 들어갔다. 아침을 사 먹고 김밥 등을 구입했다. 그리고는 물어물어 위태마을(상촌)에 근접해 지난다는 옥종행 군내버스를 탔다.

사라진다 해서
끝은 아니나니

9시경, 청암면사무소 앞에서 오늘 여정을 함께 할 길벗을 기다렸다. 잠시 후 옛 동갑내기 직장 동료인 서보균 전 경주교도소장이 버스에서 내렸다. 서 소장은 대구 토박이다. 서 소장은 어제저녁 무렵 우연히 둘레길에 나선 내 소식을 접했다고 했다. 그런데 이렇게 오늘 새벽 승용차로 하동까지 득달같이 달려온 다음 다시 군내 버스로 갈아타고 예까지 온 것이다. 고마워해야 할지, 무모함을 탓해야 할지 모를 일이었다. 여하튼 퀵서비스로 감동을 선물 받은 기분이었다.

면 소재지에 있는 경천묘를 둘러보는 것으로 하루 일정을 시작했다. 청학동슈퍼 옆 골목을 따라 300여 미터를 들어가니 신라의 마지막 왕 경순왕의 어진을 모신 경천묘가 나왔다. 경천묘는 1904년 지방의 유림과 경주 김씨 후손이 세웠다. 이전에는 청암면 중이리 새터 마을에 있었으나 하동댐 건설로 수몰 지역에 포함되면서 1988년 현 위치로 이전하였다.

경내에는 고려말 유학자 목은 이색의 영정과 위패를 비롯하여 그의 제자 권근, 그리고 조선 개국에 불복하고 초야에 묻힌 김충한의 위패를 모신 금남사가 함께 있다. 1918년 경천묘 안에 세웠던 것을 경천묘가 이전할 때 함께 옮겨왔다.

경순왕의 어진은 원래 그가 여생을 보낸 원주 용화산 고자암 경천묘에 있었다. 이때 이색과 권근이 성심으로 어진을 모셨다고 한다. 이에 대한 보답으로 지역 유림이 경천묘가 옮겨 가는 곳마다 금남사도 함께 건립한 것이다. 망해가는 고려 왕조를 지켜보던 이색의 심정은 어떠했을까. 거기에는 나라를 고려에 바쳐야 했던 경순왕의 비애가 그대로 담겼을 것이었다. 어디나 그렇듯이 여기 또한 출입문(읍양문[揖讓門])은 굳게 닫혀 있었다. 담 너머로 굽어다 보며 400년 세월과 왕조를 뛰어넘은 사군이충의 마음을 헤아리는 것으로 만족해야 했다.

슈퍼 앞으로 되돌아 나왔다. 둘레길은 1003번 도로를 따라가다 함박 길에서 오른쪽 비닐하우스 단지로 꺾어졌다. 입구에 우천시 우회하라는 안내 표지판이 있었다. 안내대로 그냥 우회하면 화월마을 경로당 앞에서 횡천강을 건넜다 돌아 나오는 둘레길과 다시 만나게 되어있었다.

횡천강 징검다리. 제방 보수 공사로 정겨운 자연미가 사라져 아쉽다.

하지만 어지간하면 횡천강을 건널 일이다. 이곳 징검다리는 하동호-삼
화실 구간의 백미요, 트레이드마크나 다름없기 때문이다. 그런데 이전의
자연스럽고 정겨운 풍경과는 다른 딱딱하고 박제화된 분위기가 연출되고
있었다. 자연제방을 블록 구조물로 대체해버린 데서 빚어진 현상이었다.

강 곳곳에서 제방 보수 공사가 진행되고 있었다. 마치 자연을 인조물로
죄다 대체해버리고 말겠노라는 식이었다. 그러잖아도 하동댐 건설로 물
길이 막혀 개울로 전락해버린 횡천강에 성벽 같은 제방이라니, 이 부조
화한 현실 앞에서 횡천강의 옛 모습은 이제 상상 속에서도 그려보기 쉽
지 않을듯싶었다.

둘레길은 횡천강을 지그재그로 건너기를 반복한 다음 관점마을로 이
어졌다. 경로당 앞 평상에는 주렁주렁 익어가는 감의 무게를 감당하지 못
한 감나무 가지가 사람을 대신하여 몸을 뉘고 있었다.

마을을 벗어나며 짧은 산길이 이어졌다. 고개를 내려오는 길에 양봉장이 있었다. 운 좋게도 꿀 한 잔을 얻어 마셨다. 화분도 맛보았다. 이맘때 산청, 하동의 감 맛이야 하겠냐만 꿀맛은 꿀맛이었다.

이제부터 존티재까지 포장도로를 걸어야 했다. 명사마을 표지석이 나왔다. 돌배나무 가로수와 함께 돌배 채취를 금하는 앙증맞은 안내판도 보였다.

돌배는 사실 약용이지 식용은 아니다. 길에 떨어진 걸 주워 맛을 보았다. 배 고유의 달차근한 맛도, 씹는 재미도 느껴지지 않았다. 명사마을의 돌배는 마을 단위로는 전국에서 가장 많이 생산된다고 했다. 가히 돌배의 마을이라 할만했다.

길은 계속 완만한 오르막으로 이어졌다. 명사돌배마을 표지가 있는 정자가 나왔다. 잠시 쉬며 왔던 길을 돌아보다가 하존티와 상존티 갈림길에서 상존티길로 들어섰다.

300여 미터를 걷다 보니 다시 갈림길이 나왔다. 이번에는 왼쪽으로 내려섰다. 명사마을회관과 상존티마을을 지나면서 이 구간의 또 다른 구경거리인 대숲이 시야에 들어왔다. 들어서기도 전에 대나무의 청량한 기운이 눈을 통해 가슴으로 스며드는 기분이 들었다.

명사마을은 돌배만 유명한 게 아니다. 취나물도 이 지역 특화작물이었다. 수확이 끝났건만 취는 다음 해를 준비하고 있었다. 여린 가지마다 꽃대를 세우고 메밀꽃과도 같은 흰 꽃을 눈이 시리게 피워내고 있었다.

대숲으로 들어섰다. 숲길은 짧았지만 강렬했다. 이전 구간의 대나무에 비해 푸르름이 훨씬 강했다. 햇빛이 숲을 뚫지 못했다.

숲길 중간중간에 개집으로 보이는 집들이 놓여있었다. 멧돼지 퇴치용이 아닌가 싶었다. 서 소장과 함께라면 굳이 필요치 않을 물건이었다. 멧돼지 정도는 손으로 때려잡을 덩치가 아니던가. 아니, 심리 전문가인 만큼 멧돼지를 구슬려 돌려보낼지도 모를 일이었다. 이래저래 개는 필요치 않았다.

존티재에 올랐다. 길벗이 준비해온 막걸리 한 병을 나눠 마셨다. 돌아보니 하루 일정을 마친 뒤에야 입에 술을 댔지 도중에 마신 기억은 없었다. 일부러 그런 건

필자(왼쪽)와 서보균 전 경주교도소장

아니지만 혼자서 굳이 술을 마실 이유가 없었다.

그런데 이렇게 대숲의 청신한 기운을 받으면서 벗과 함께 술잔을 기울인다는 것은 또 다른 감흥이었다. 금방 병이 비었다. 기왕 준비하려면 두 병은 챙겼어야지, 쩨쩨하게 한 병이 뭐람. 쩝쩝 입맛을 다셨다.

존티재를 내려섰다. 밤나무와 감나무가 앞서거니 뒤서거니 하며 동행을 자처했다. 생밤은 먹기 사납고 감은 이미 물려서 눈에 들어오지 않았다.

동촌마을로 들어섰다. 텃밭에서는 김장용 배추가 가을 햇살에 취한 듯 잠들어 있었다. 조각의 흰 구름이 존티재를 넘어와 마을 위로 드리워졌다. 구름을 이불 삼고 존티재를 베개 삼아 마을도 낮잠에 빠져들었다.

동촌마을 전경. 마을 뒤편 고갯길이 존티재다.

삼화에코하우스에 도착했다. 옛 삼화초등학교를 생태문화학습장으로
리모델링한 시설로 둘레길 삼화 안내소도 이곳에 자리를 잡았다.

삼화 에코하우스(게스트하우스).
순수 교육기관의 역할은 사라졌으나 생태문화학습장을 겸하면서 교육의 명맥을 이어가고 있다.

길에서 길을 찾다 지리산 둘레길

삼화실은 배꽃, 복숭아꽃, 자두꽃 등 세 가지 꽃이 피는 마을이라는 데서 유래했다. 명천, 이정, 동촌, 하서, 중서, 동점, 도장골(상서) 등 주변 7개 마을을 통칭하는 이름이다.

안내 표지판에는 자두 대신 살구가 들어가 있었다. 그런데 배꽃을 이정 (梨亭) 마을, 복숭아꽃을 도장골, 그리고 자두꽃을 옛 이름이 앳등(오얏 등, 李嶝)인 중서마을과 연관 지어 생각해보면 살구의 출처가 불분명했다.

고향 어르신에 따르면 앳등의 '앳'은 '애추'를 줄여 부른 이름이라고 했다. 애추는 자두의 지방말이다. 여러 정황으로 볼 때 아무래도 살구보다는 자두가 설득력이 있어 보였다.

서 소장은 여기서 둘레길을 마무리할 마음이 전혀 없어 보였다. 대구로 돌아가려면 어차피 하동으로 나가야 한다며 이대로 하동까지 쭉 가자고 꼬드겼다. 아니면 혼자 확 가버린다고 했다. 집채만 한 덩치가 그리하니 내 주관은 간데없어졌다.

사실 시간도, 거리도 딱히 무리랄 게 없었다. 서당-하동읍 구간은 순서 상의 문제일 뿐 조만간 밟아야 할 길이기도 했다. 그래, 가자. 서당을 향해 출발했다.

길은 이정마을 안길을 관통한 뒤 느티나무 당산에 닿았다. 배꽃 마을을 상징하듯 정자에는 이화정(梨花亭) 현판이 걸렸다. 마을을 빠져나온 길은 이정 2교를 건넌 다음 소담하게 담은 밥그릇을 닮았다는 밥봉을 끼고 버디재를 향해 이어졌다.

한 타수 줄이기가 어디 그리 만만찮던가. 골퍼가 혹할 버디재는 260여 미터의 낮은 고개이지만 나름 깔딱 오르막길이었다. 예전에 버드나무가 많이 자라서 버디재로 불렸다는데 지금은 버드나무를 찾아보기 어려웠다. 물가를 떠나 고개로 올라온 버드나무가 다소 뜬금없다는 생각이 들었다.

버디재를 넘어 임도로 내려섰다. 길가 야생 헛개나무에 열매가 다닥다닥 열려있었다. 손 가는 대로 몇 알을 따서 입으로 가져갔다. 돌배와는 달리 달차근했다.

그런데 이거 술 깨는데 특효 아니던가. 아까 마신 막걸리는 간에 기별도 가지 않았는데 그것마저 깨버리면 아쉬워서 어쩌나 싶었다. 그래도 몸에 좋다 하니 일단 먹어두었다.

서당마을로 내려섰다. 서당마을은 서당이 있는 마을이라는 데서 유래했다. 이를 상징하듯 둘레길 서당마을 안내소 옆 건물에는 서당 풍경을 묘사한 벽화가 그려져 있었다. 그러나 지금은 서당의 흔적은 찾을 수 없었다. 그렇게 서당은 사라졌으나 서당이란 마을 이름은 남았다.

(사)숲길 안내 책자에 따르면 서당에는 함덧거리도 있었다고 한다. 연대를 알 수 없던 시절 주민들을 괴롭히던 호랑이를 잡기 위해 이곳에 구덩이를 파고 덫을 놓았다고 하여 붙여진 이름이다. 함덧은 함정을 뜻하는 함덕의 다른 지방말이 아닐까 싶다.

둘레길은 서당마을회관에서 갈라졌다. 삼화실-대축 본선 구간과 하동읍으로 빠지는 지선 구간이다. 하동읍을 향했다.

마을회관 옆을 지나니 들판에 우람한 이팝나무가 먼저 눈에 들어왔다. 350년 수령의 보호수다. 사람들은 봄철에 이팝나무에 꽃이 피는 모습을 보면서 그해 농사의 길흉을 점쳤다고 한다. 쌀밥처럼 풍성하게 피어오르면 풍년이요, 시원찮으면 흉년이 되는 식이었다.

　하지만 지금은 부질없는 일이 되었다. 풍년도 걱정이고 흉년도 걱정인 세상이니 말이다. 해마다 이맘때가 되면 되풀이되는 질문 앞에서 농심은 까맣게 타버렸다. 우리의 농업은 진정 어디로 가고 있는가.

　상우마을을 지나 관동마을에 들어섰다. 어느 민가(소담재, 笑譚齋) 앞의 목장승이 발길을 붙잡았다. 각자 솥단지와 솥뚜껑을 둘러쓰고 있었다. 원래 해학적인 장승의 모습에다 웃음을 더한 모양새였다. 자기들 생각에도 우스운지 장승도 연신 웃고 있었다. 당호에 담긴 주인장의 성향을 짐작할만했다.

　적량들에선 추수가 막 시작되고 있었다. 자로 잰 듯 구획된 계단식 논들은 황금빛 벼들과 상관없이 스스로 힘으로 빛났다. 수확한 알곡이 자연건조기로 변신한 아스팔트 도로 위에 길게 누워 햇볕을 쬐고 있었다.

율곡마을에 도착했다. 마을 정자에서 아버님이 망치로 무언가를 까고 있었다. 호두인 줄 알았더니 밤이었다. 촌놈이건만 말린 밤을 저리 까는 모습을 본 기억이 나질 않았다.

율곡마을이 고향인 윤덕기(83세) 아버님은 평생 고향을 떠난 적이 없다고 했다. 23세 때 인근 우계리 출신인 어머니와 가정을 일궈 산과 들이 내어주는 것만으로 자식들을 키워야 했다. 살림은 늘 빠듯했다. 부모의 마음과 고생하는 모습을 보고 자란 자녀들은 다행히도 잘 성장해주었다고 한다. 하지만 대학을 보내지 못한 게 평생 한이 되어 남았다고 했다. 무심히 남 이야기하듯 하는 아버님의 얼굴에 보람과 회한의 그림자가 교차했다.

말린 밤을 까고 있는 윤덕기 아버님. 소일거리
삼아 하다 보면 시간도 가고 소소하나마 용돈
벌이도 된다고 한다.

　마을회관 담벼락에 주민들이 벽화를 그려놓았다. 바람재를 거쳐 분지
봉, 구재봉으로 이어지는 산줄기가 선명했다. 그런데 구재봉 뒤로 이어졌
어야 할 삼신봉을 천왕봉이 대신하고 있었다. 화가는 이 능선을 타고 천
왕봉까지 올랐는지도 몰랐다. 아니면 천왕봉을 향한 마음을 그림에 담았
던가.

바람재에 닿았다. 시간은 4시를 지나고 있었다. 여기부터는 숲길이다. 드디어 발이 평안함을 얻는 순간이다.

바람재를 넘어서면서 둘레길 주변에 차나무가 조성되어 있었다. 차 시배지다운 발상으로 읽혔다. 차는 수줍음을 많이 타는가 보았다. 대개 잎 뒤에서 꽃을 피웠는데 시리도록 하얀 꽃은 숨어서도 환했다. 술래잡기에 나선다면 늘 술래가 될 팔자로 보였다.

차꽃. 흰 빛깔이 시리다 못해 파르라니 깎은 여승의 머리를 연상케 한다.

왼쪽으로 하동중앙중학교를 두고 내려가다 보니 황금빛 들판이 눈앞에 펼쳐졌다. 하동 너뱅이들이다. 너뱅이들은 '너른 들'이라는 뜻이다. 지금의 모습으로만 본다면야 악양 들판이 부럽지 않을 장관이었다.

길에서 길을 찾다 지리산 둘레길

하동 너뱅이들

포장도로로 내려섰다. 하동독립공원을 지나 둘레길 하동센터에 도착했다. 얼떨결에 2개 구간의 일정이 마무리된 셈이었다.

좀 이른 시각이지만 근처 허름한 식당으로 들어갔다. 테이블 한쪽에서 장년의 사내가 혼자 소주를 마시고 있었다. 술 생각이 간절했으나 아쉽게도 우린 둘 다 술을 입에 댈 수 없었다.

대구로 돌아가야 하는 서 소장에겐 당연한 일이지만 나 또한 차량을 이번 주 여정의 끝 지점으로 예상되는 가탄(화개)으로 옮겨 놓을 생각이기 때문이었다. 길벗 덕분에 찾아든 행운으로 떡 본 김에 제사 지내는 격이었다.

식사 후 우린 각자 가탄으로 이동하여 내 차를 화개천에 주차하고는 하동으로 되돌아왔다. 바람처럼 나타났던 길벗은 나를 내려놓고 바람처럼 휘휘 대구로 떠나갔다.

서둘러 아까 식당으로 다시 들어갔다. 왼 종일 길벗이 되어준 서 소장에게는 미안한 일이었으나 술 생각이 간절한 것을 어찌하겠는가. 사내는 여전히 술잔을 기울이고 있었다. 합석해서 술잔을 주고받았다. 나중에는 주인아주머니도 합류했다. 취기는 쉬이 오르지 않았다. 헛개 덕분이 아닌가도 싶었다. 그렇게 하동에서의 밤이 깊어갔다.

길에서 길을 찾다 지리산 둘레길

횡천강의 정겨운 징검다리를 건너며 옛 추억에 빠져들고 폐교된 초등학교를 개조한 에코하우스에서는 지역 주민들의 기대와 희망을 읽는다. 봄에는 매화 향에, 가을에는 황금빛 다랑이논과 너뱅이들을 바라보며 계절과 자연이 주는 축복에 취해 걸음도, 정신도 어지러운 구간이다.

하동호-삼화실 구간은 하동호-평촌마을(2.0㎞)-관점마을(2.3㎞)-상존티마을회관(3.2㎞)-존티재(0.7㎞)-삼화실(1.2㎞)로 연결된다. 총 거리 9.4㎞로 소요 시간은 4시간 정도.

삼화실-대축 구간의 일부인 삼화실-이정마을(0.4㎞)-버디재(1.3㎞)-서당마을(1.6㎞) 구간은 총 거리 3.3㎞로 1시간 반이면 넉넉하다.

서당-하동읍 구간은 서당마을-상우마을(0.6㎞)-관동마을(1.4㎞)-율곡마을(0.6㎞)-바람재(2.0㎞)-하동읍(2.5㎞)으로 연결된다. 총 거리 7.1㎞로 3시간 정도 소요된다.

전 구간을 합산해서 23.8㎞를 걸었고 37,100보의 발품을 들였다.

존티재

드디어 섬진강과
눈인사를 나누다

7시가 좀 넘은 시각, 아침을 해결하러 인근 공설시장으로 들어가 주변을 어슬렁거렸다. 시장통 가운데 우물이 눈에 들어왔다. 내 어릴 적 살던 마을의 공동 우물을 그대로 옮겨 놓은 듯했다.

아주머니가 물을 떠서 마시고 있었다. 나도 한 바가지를 들이켰다. 속이 시원해졌다. 허기만 아니라면 굳이 해장이 필요할까 싶을 만큼 정신까지 맑아지는 느낌이 들었다.

우물은 차면 살짝 넘치게 되어있었다. 어떻게 물이 채워지는지 신기했다. 주변 아주머니들에게 물어보니 하도 옛날부터 그냥 마셔왔을 뿐 자기들도 모른다고 했다.

허름한 해장국집으로 들어섰다. 메뉴는 단출했다. 오뎅국과 시래기된장국, 콩나물국밥이 전부로 오뎅국은 4천 원을, 나머지는 5천 원을 받았다. 시래기된장국을 주문했다.

선입견과는 달리 손님은 그런대로 이어졌다. 옷차림으로 보아 대부분 현장 일을 하는 이들로 보였는데 국밥 한 그릇씩을 뚝딱 해치우고는 바로 자리를 떴다.

어느 부녀도 있었다. 아빠는 40대 초반, 아이는 초등학교 2~3학년쯤 되어 보였다. 부녀는 오뎅국을 먹고 있었다. 아빠는 주인아저씨와 안면이 있어 보였다. 요새는 어디 일 나가냐는 주인의 말에 '아직'이라고 대답했다. 느낌으로 보아 일자리를 얻지 못한 모양이었다. 그런데 엄마는 어딜 가고 여기서 아침을 해결하나 하는 궁금함이 일었지만 물을 수는 없는 일이었다.

어쩐지 여행자 차림의 내 옷매무새가 신경 쓰였다. 술이 덜 깬듯한 표정도 조심스러워졌다. 조용히 된장국에 밥을 말아 먹고 나왔다. 인근 떡집에 들러 점심과 간식을 준비했다. 마침맞게 길 건너편에 택시 승강장이 있었다. 서당마을까지는 금방이었다. 요금으로 만원을 지불했다.

날씨는 선선했다. 새털구름의 날갯짓 사이로 간간이 쪼개져 내리는 아침 햇살은 오히려 감미로웠다. 신발 끈을 조이고 배낭을 둘러멨다. 대축을 향해 걸음을 내디뎠다.

10여 분 차도를 따라 걸어 우계저수지에 닿았다. 둘레길은 둑길로 꺾어졌다. 뚝방에 서니 앞으로 가야 할 신촌마을과 그 너머로 신촌재, 구재봉이 선명했다. 호수에 잠긴 마을과 산이 수면에서 데칼코마니를 연출하고 있었다. 둑 위에서는 여린 억새가 한들거리고 산 위에서는 파란 하늘과 새털구름이 서로의 색감을 조율하고 있었다.

지나온 서당마을과 그 너머 적량들판이 한눈에 들어왔다. 둑 옆 산기슭의 구획을 정하기 곤란한 '갓논'도 황금빛으로 물들어있었다. 가을은 하늘과 산과 들과 물 어느 곳에나 깊이 내려앉아 있었다.

제방에서 바라본 우계저수지.
멀리 뒤쪽으로 오늘 넘어야 할 신촌재(가운데)가 구재봉(오른쪽)과 분지봉 사이를 파고들고 있다.

저수지 반대편으로 괴목마을이 자리하고 있었다. 그저 바라만 보며 임도를 따라 걸었다.

감나무밭 사잇길을 지났다. 젊은이 셋이서 휴식을 취하면서 태연하게 감을 따 먹고 있었다. 내 표정을 의식했음인지 묻지도 않은 대답을 먼저 했다.

"홍시는 따 먹어도 된댔어요."

그러더니 한 개를 불쑥 내미는 게 아닌가. 엉겁결에 받았다. 정말 그랬다. 차마 버리기도, 그냥 든 채 엉거주춤 서 있기도 애매했다. 떫은 마음으로 먹었다.

졸지에 공범이 된 셈인데 그래도 그냥 지나치면 안 되지 싶어 잠깐 꼰대가 되기로 했다. 수확을 위해 재배한 작물은 떨어진 게 아니면 손대지 말라고 했다. 다들 막둥이 같은 얼굴로 잘 알겠노라 대답했다. 미워할 수 없는 청춘들이었다.

신촌마을로 들어섰다. 길옆 한 평 텃밭에 무, 배추가 자라고 있었다. 산짐승을 막기 위한 철근과 철삿줄이 얼기설기 둘러쳐져 있었다. 한껏 몸집을 불린 배추가 철조망 사이로 잎을 디밀었다. 농부에 앞서 시식을 할 운 좋은 고라니는 아마 이곳에도 있을 것이었다.

길은 계속 완만한 오르막으로 이어졌다. 마을 뒤편 산자락에 높다란 논둑이 모습을 드러냈다. 어림잡아 7~8m는 족히 되어 보여서 어지간한 성벽보다 높고 견고해 보였다.
둑 아래 논바닥에 문병균(75세) 아버님이 탈곡 후 남은 볏짚을 깔고 있었다. 산촌이라 쌀이 귀하다고 했다. 그래도 쌀은 있어야 했다. 논을 살 형편이 되지 않다 보니 직접 논을 개간해야 했다.

문병균 아버님이 혼과 육신을 갈아 넣어서 쌓아 올린 논 축대. 젊어서는 한 포기 벼라도 더 심으려 축대 끝까지 다가갔으나 이제는 어지럽고 겁이 나서 그러질 못한다는 아버님은 신촌의 우공이자 무형의 농경문화유산이다.

산을 깎아 평지를 만들고 거기서 나온 돌로 아래쪽에 둑을 쌓았다. 그 위 산자락을 또 깎았다. 둑이 하나 늘며 논도 하나 더 늘었다. 그렇게 논들이 계단을 이루며 산 위로 올라갔다. 30년 전의 일이라고 했다. 아버님이 감회어린 눈길로 논둑을 올려다보았다.

국가 차원에서 전문 숙련공을 동원해서 쌓은 성곽보다 순전히 먹고살기 위해 개인이 쌓아 올린 논둑이 훨씬 위대하고 장엄해 보였다. 신촌판 문병균 표 우공이산이었다. 보존해야 할 농경문화유산이 딴 데 있지 않았다.

길은 신촌재까지 콘크리트 임도로 이어졌다. 완만하지만 계속 오르막이었다. 거리 또한 만만찮았다. 그런데도 여유로울 수 있음은 잠시 멈춰 어디서나 뒤돌아보면 지나온 풍경이 그림처럼 펼쳐진 덕분이었다. 그늘은 보조 청량제였다.

신촌재에 닿았다. 신촌재는 삼신지맥이 지나는 길목이다. 지리산 삼신봉에서 흘러내린 삼신지맥은 거사봉에서 갈라져 그중 한 줄기가 이곳 신촌재를 지난다. 그리고는 분지봉으로 이어져서 어제 지난 바람재를 바람처럼 통과한 뒤 하동읍으로 빠진다. 다른 한 줄기는 다음 구간에서 지나게 될 형제봉 능선이다.

둘레길은 여기서 먹점마을로 내려가는 코스와 구재봉을 올라 능선을 타고 가는 길로 나뉜다. 섬진강을 조망하는 풍경은 구재봉 능선이 압권이다. 그렇다고 매실의 시배지 먹점마을을 생략할 수는 없었다. 금방 타협을 보았다. 구재봉까지 올랐다가 되돌아오기로 했다. 떡을 한 봉지 먹었다.

2㎞ 남짓한 구재봉까지는 참나무 숲길이었다. 흙길이 마치 양탄자를 밟는 듯 감미로웠다. 오르막길이지만 포장도로에서 고생한 발바닥이 깊이 위로받는 과정이었다.

도토리가 지천으로 쏟아져 있었다. 발 딛기가 힘들 지경이었다. 특히 정상 근처 오르막길에서는 눈길을 오르는 만큼이나 미끄러웠다. 어릴 적 친구들과 종종 도토리를 주우러 다녔다. 마을 근처 야산은 너도나도 돌아다닌 통에 주울 게 별로 없어 시오리 길을 걸어 익산 미륵산까지 갔다. 유네스코 세계유산 미륵사지가 있는 미륵산은 430m 높이의 평범한 산이지만 평야 지대인 익산과 군산에서는 고도가 제일 높았다.

도토리는 집에서 훌륭한 반찬이 되었고 때로는 구황식품이 되기도 했다. 어머니는 종일 농사일로 고단한 몸을 뉘지 못한 채 한밤중에 부뚜막에 쪼그려 앉아 묵을 쑤었다. 그 귀하던 도토리가 융단처럼 깔려서 걸음을 방해하고 있었다.

구재봉(767m)을 오르는 길은 섬진강의 풍광에 취하는 과정이다. 발아래로 섬진강이 흐르고 그 너머로 백운산 정상(상봉)에서 억불봉으로 이어지는 능선이 파노라마처럼 펼쳐졌다. 직선거리로 10㎞ 남짓한 거리인데도 손에 잡힐 듯 가까워 보였다. 맑은 날씨도 한몫했을 것이었다.

신촌재에서 구재봉 정상까지는 왕복 1시간 반이면 충분하다. 하나 실제로는 더 걸릴지도 모를 일이었다. 풍광에 취해 시간의 흐름을 잊을 테니 말이다. 길손도 여기서 한참 동안 '뷰멍'에서 헤어나지 못했다. 어쨌든 시간과 여건이 된다면 발품을 팔아도 후회하지 않을 일이었다.

이제 되돌아서야 했다. 사실 패러글라이딩 활공장 쪽으로 더 진행하려 해도 2021년 2월에 발생한 산불로 길이 통제되고 있었다. 덕분에 되돌아서는데 고민을 하지 않아도 되었다.

구재봉 오르는 길에서 드디어 섬진강과 눈인사를 나눈다.
섬진강을 특징짓는 하얀 모래톱이 선명하다.
발아래로 먼정마을이 강 너머로 오른쪽 배우사 상봉에서 왼쪽 억불봉까지 능선이 한 뼘 길이로 펼쳐져 있다.

신촌재로 내려서 먹점마을을 향했다. 길은 완만한 아스팔트 임도를 따라 계속 내려갔다. 때론 내리막의 지루함도 피로를 불러온다. 둘레길은 이런 순례자의 마음을 잘 읽었다. 커다란 바위가 있는 서어나무 쉼터가 잠시 앉을 것을 권했다.

먹점마을은 매화의 시배지답게 매화밭 천지였다. 계절이 다른 탓에 어깨가 절로 들썩이는 흥겨움을 맛보지 못함이 아쉬웠다.

마을 갈림길에서 잠시 주춤하는데 저 아래 뒤쪽에서 어머님이 날 보고 저리 가라, 저리 가라, 손짓하고 있었다. 다른 길로 빠질까 봐 애가 탄 모양이었다.

김우정(81세) 어머님은 스물한 살에 이 마을로 시집을 왔다. 삼 남매를 두었는데 다들 먹점마을과 인근 마을에서 산다고 했다. 마실 삼아 매실 농원을 하는 아들네에 다녀오는 길이라 했다. 마을이 너무 이쁘다고 했더니 이제 매실로 밥 빌어먹기는 틀렸다며 다소 엇박자 나는 대답을 했다.

어머님의 첫 이름은 차남이었다. 그러다가 또남을 거쳐 우남으로 불리며 살아왔다고 했다. 그러니 자신의 이름 속에 정작 자아는 없었다. 남아선호사상이 빚어낸 웃픈 현실이었다.

'우정'은 며느리가 개명해 준 이름이라고 했다. 며느리는 시어머니가 남들 앞에서 당당하게 이름을 말하지 못하는 점을 안타깝게 여겼다. 어머님은 이름뿐만 아니라 자신의 정체성을 찾아준 며느리를 자랑스러워했다. 이름 하나로 고부간의 갈등쯤은 섬진강 물을 따라 멀리 흘러가 버렸을 것이었다.

먹점재를 향해 임도를 따라 올라갔다. 길은 짧아도 가풀막져 숨이 찼다. 먹점재에 오르니 오른쪽으로 활공장 가는 길이 나 있었다. 차 한 대가 올라갔다. 길은 계속해서 임도로 이어졌다. 미동마을 쪽으로 섬진강이 다시 열렸다. (사)숲길에서 인정한 이른바 '뷰포인트'였다. 구재봉 능선에서 내려다본 섬진강은 하동으로 흘러나갔는데 여기서는 평사리 들판과 그 앞 공원으로 흘러드는 장면을 연출하고 있었다. 섬진강은 어디에서 어떻게 흘러도 그림이 되었다.

미동마을을 지나는데 활공장 쪽으로 민둥산이 눈에 들어왔다. 처음에는 수종을 바꾸는 과정인 줄로 알았다. 인간의 취향대로 산림마저 저리 심하게 손대나 싶어 마뜩잖은 생각마저 들었다.

　알고 보니 산불이 휩쓸고 간 흔적이었다. 원상을 회복하려면 얼마만 한 시간이 흘러야 할지 아득했는데 민둥산의 덕을 보는 이도 있었다. 전망은 오히려 훤히 트였고 활공하는 데는 장애물이 사라진 셈이었다. 아이러니했다.

　산불이 할퀸 산자락을 벗어나 소나무, 참나무가 어우러진 숲길로 들어섰다. 산불로 무거워진 마음이 치유를 받는 순간이었다. 하지만 숲길은 짧았다. 숲이 끝나는 지점에 구재봉 능선에서 내려오는 둘레길과 합류하는 이정목이 서 있었다.

　임도를 내려서니 평사리 들판이 완전체로 모습을 드러냈다. 형제봉이 그 뒤에서 들판을 옹위하듯 우뚝 서 있었다. 능선 위에 한 가닥 거미줄처럼 늘어진 구름다리가 아스라했다.

길은 대축마을로 거침없이 이어졌다. 주변은 매실과 밤, 감의 복합재배지였다. 지나온 길 위에서 보았던 것과는 비교도 되지 않을 굵은 감들이 가지마다 주렁주렁 매달려 있었다. 악양 대봉감과 만나는 순간이었다.

대축마을 초입에 소나무 한 그루가 위풍도 당당하게 바위 위에 서 있었다. 높이가 12.6m, 둘레가 3.2m에 달하는 600년 거목이다.

형태로만 본다면 바위에서 태어난 것이 아니라 섬진강과 악양들의 풍광에 반해 작정하고 바위 위에 거처를 정한 느낌이었다. 한마디로 풍류라는 운명을 선택한 나무로 보였다. 이를 알아본 시인 묵객들이 나무 아래 자주 모였다는 데서 문암송(文巖松)이라는 이름을 얻었다고 한다.

소나무는 식물학적 가치와 경관, 주민들이 문암송계를 조직하여 나무를 보호한 문화적 가치를 인정받아 2008년 천연기념물로 지정되었다.

문암송 옆의 서어나무도 범상치 않았다. 수령도, 수형도 문암송과 크게 다를 바 없어 보였다. 바위 위에 터를 잡은 모습도 엇비슷했다. 그런데도 한 줄 설명은 고사하고 이름조차 언급되어 있지 않았다.

으뜸만 기억하는 세상은 여기서도 예외는 아닌 모양이었다. 줄기의 흰 자국은 소외와 서러움이 응어리진 눈물과도 같아 보였다. 배려가 아쉬운 부분이었다.

문암송을 지나 대축마을로 내려서는 길은 대봉감 천지였다. 둘레길은 아예 드넓은 감밭 사잇길로 연결되어 있었다. 걷는 게 아니라 감 세상을 유람하는 기분이었다.

대축마을은 대봉감의 시배지다. 11월 4일부터 사흘간 '선홍빛 대봉감 가을을 품다'라는 캐치프레이즈 아래 악양 대봉감축제가 예정되어있었다.

민박집에서 저녁밥을 주인 내외와 함께 먹었다. 부부는 감 농원을 겸업하고 있었다. 그런데도 대봉감이나 축제에 대해 특별히 언급하지는 않았다. 굳이 말하지 않아도 잘 알지 않느냐는 듯했다. 대봉감에 대한 자부심이 그대로 읽히는 대목이었다.

　삼화실-대축 구간은 버디재와 신촌재, 먹점재를 연이어 넘는다. 거리 또한 긴 편이다. 다소 힘든 구간이지만 신촌재 오르는 길에서 내려다보이는 우계저수지와 적량들의 풍경이 피로를 달래주고 구재봉 오르는 길에서 조망되는 섬진강의 풍광 앞에서는 피로가 싹 가신다. 매실의 시배지를 지나고 대봉감의 시배지에서 구간 여정이 마무리된다.

　삼화실-서당마을(3.3㎞)-신촌마을(3.3㎞)-신촌재(2.7㎞)-먹점마을(1.9㎞)-먹점재(1.0㎞)-미점마을(1.8㎞)-대축마을(2.7㎞)로 연결되는 16.7㎞ 코스와 신촌재에서 먹점마을로 내려서지 않고 구재봉 능선으로 바로 올라 미점마을 숲 입구에서 원 둘레길과 합류하는 15.7㎞ 코스가 있다. 소요 시간은 7시간 정도.

　어제 걸은 삼화실-서당 구간은 제외하고 서당마을에서 시작했다. 17.6㎞를 걸었고 32,100보의 발품을 팔았다.

　문암송 옆 서어나무에 이름표라도 걸어줄 것을 하동군에 건의했다. 수용 여부는 군청의 몫이라서 따로 확인하지는 않았다.

문암송과 서어나무

217

소설 속의 주인공이 무대 밖으로 걸어 나온
환상의 들판, 무덤이들

8시, 민박집을 나섰다. 주인아주머니가 사진을 한 컷 남기고 싶다 했다. 문득 현관에 걸려 있던 사진첩이 생각났다. 그 안에는 이곳을 거친 이들의 다양한 모습이 담겨 있었다. 나도 모르게 사진발이 잘 받도록 없는 웃음을 지어냈다. 미망이 따로 없었다.

대축마을 들꽃민박 앞에서

대축마을 앞 축지교를 통해 악양천을 건넜다. 무딤이들에 발을 딛는 순간이다. 무딤이들은 평사리 들판의 다른 이름이다. 만석지기 서넛은 넉넉히 낼 만한 들판을 사람들은 그렇게 불렀다.

무딤이들은 진안 데미샘에서 발원한 섬진강 500리 물길이 만들어 낸 여러 들판 중에서도 가장 너른 들로 83만 평(273만㎡)에 달한다. 이 들이 사람을 부르고 마을을 이루며 문화를 만들어냈다.

무딤이들이 처음부터 약속된 풍요의 땅은 아니었다. 지리산과 백운산 협곡을 헤쳐 흐르던 섬진강과 지리산 거사봉 등지에서 성미 급하게 흘러내린 악양천은 수시로 범람했다. 물은 그대로 들판으로 밀려 들어왔고 들판은 황무지로 변하곤 했다. 그렇게 '물이 넘나든다'는 데서 무딤이가 유래했다. 언뜻 듣기에는 예쁜 이름이지만 그 이면에는 농부의 눈물과 절망, 한이 담겨 있었다.

제방과 관개시설이 갖추어지면서 물길은 더이상 들판을 넘나들지 않게 되었다. 홍수 못지않게 자주 발생하던 가뭄도 회남재 너머 청학동 계곡에 묵계댐을 만들고 터널을 통해 물을 공급받음으로써 해결이 되었다. 풍요를 약속한 이상향을 꿈꾸며 간난을 견뎌낸 민초의 삶을 그린 대하소설 『토지』의 무대는 그렇게 완성될 수 있었다.

둘레길은 축지교를 건너면서 두 갈래로 나뉜다. 들판을 가로지르며 부부송과 동정호를 지나는 길과 악양천 둑길을 타고 곧바로 형제봉 윗재로 향하는 길이다.

길은 당연히 들판을 지나는 쪽이 길다. 그런데도 사람 대다수는 부부송의 유혹에 기꺼이 빠져들며 들판 쪽을 선택한다. 어느 쪽을 택하건 길은 입석마을 위에서 다시 만나게 되어있다.

들판 한가운데로 들어섰다. 황금빛 물결이 사방으로 가없이 퍼져나갔다. 난데없이 환상의 세계로 풍당 빠져든 느낌이었다. 어지러웠다.

비틀거리는 걸음으로 부부송 앞에 섰다. 서희와 길상이 나무로 더 잘 알려진 소나무 두 그루다. 소설 속의 주인공이 무대 밖으로 걸어 나와 우리네와 대화하고 있는 셈이었다.

샛노란 벼와 푸른 소나무가 비현실적으로 조화로웠다. 이 풍경을 뭐라 표현할 수 있을지 글은 감당해내지 못했다.

　무덤이들에 벼만 자라는 것은 아니었다. 매실, 감, 배, 대추, 밤 같은 유실수나 묘목이 나름의 영역을 차지하고 있었다. 황금 들녘이 군데군데 푸른 건 그 때문이었다. 부부송도 애초에는 땅 주인이 감나무밭에 그늘막이 차원에서 심은 것이라고 했다.

　한 사내가 메뚜기를 잡고 있었다. 플라스틱 생수병에 메뚜기가 반쯤 들어차 있었다. 사내의 바지는 아침 이슬에 거의 젖어있었다.

　아침나절에 메뚜기를 잡는 이유가 있다고 했다. 날개가 이슬에 젖어있어 잘 날지를 못해 잡기가 수월하다는 것이었다. 그러고 보니 잡는 게 아니라 벼 줄기에 붙어있는 메뚜기를 주워 담는 거나 다름없어 보였다. 어릴 적 많이 했던 놀이인데도 그저 한낮의 더위를 피해 저러려니 여겼다. 무심하면 깨닫지 못하는 법이다.

동정호로 발길을 옮겼다. 악양천이 범람하며 형성된 습지형 호수다. 중국 후난성 웨양(악양)의 동정호와 흡사하다 해서 동정호라 칭해졌다고 한다. 이곳 지명인 악양도 같은 이유로 웨양에서 비롯된 이름이다. 동정호는 부부송과 함께 무덤이들로 관광객을 불러들이는 효자 노릇을 톡톡히 하고 있었다.

동정호를 지나 1003번 지방도로 올라섰다. 둘레길은 여기서 오른쪽으로 도로를 타고 대촌마을로 이어진다. 도로를 건너 직진하면 최 참판댁으로 가는 길이다. 여러 차례 들렀던 곳이지만 최 참판댁을 들르기로 했다.

주차장에 대형 버스가 여러 대 주차되어 있었다. 수학 여행을 온 듯한 초등학생들이 떼를 지어 버스에서 내렸다. 다들 마스크를 쓰고 있었지만 한 남자 어린이의 마스크는 입을 떠나 손목에 걸려 있었다. 말간 가을 햇살이 쏟아지는 산천에서조차 익숙함과 생경함이 뒤틀려 보였다. 코로나 19는 그렇게 우리의 의식의 세계까지 흔들어놓고 있었다.

상평마을 위쪽에 자리한 드라마 〈토지〉 세트장을 건성건성 둘러보았다. 야무네 안방에 들어앉은 복덩이 바위는 다시 보아도 신비로웠다. 복덩이 바위에 소원을 빌어보라는 안내 표지판에 기대어 슬그머니 두 손을 모았다. 남 볼세라 얼른 자리를 떴다.

박경리문학관으로 발을 옮겼다. 박경리 선생의 삶과 문학을 되새기고 기억하고자 건립된 문학관은 25년의 창작 기간을 거쳐 완성된 『토지』의 모든 것을 담아낸 공간이다. 문학관에 선생이 평소 사용했던 책상과 안경, 돋보기, 펜, 그리고 너덜너덜해진 국어대사전 등 유품이 전시되어있었다. 유품 위에는 선생의 자서 중 일부 내용이 소개되어있었다.

『토지』에 쏟아부은 선생의 혼과 열정이 두툼한 돋보기와 너덜너덜해진 국어 대사전에 그대로 배어있다.

'글을 쓰지 않는 내 삶의 터전은 없었다.
목숨이 있는 이상 나는 또 글을 쓰지 않을 수 없었고,
보름 만에 퇴원한 그 날부터 가슴에
붕대를 감은 채 『토지』 원고를 썼던 것이다.'

이번에는 남들을 신경 쓰지 않고 공손히 손을 모았다.

최 참판댁 행랑채 앞마당에서 무덤이들과 섬진강이 훤히 내려다보였다. 황금 들판을 바라보는 최 참판은 먹지 않아도 배가 불렀을 터였다. 하지만 대지주와 소작인의 마음이 어찌 같을 수 있겠는가. 드넓은 들판에 한 뼘 땅도 없는 서러움과 한이 저들의 마음 깊숙이에 켜켜이 쌓였을 것이었다.

상평마을회관에서 오른쪽으로 꺾어 들면 중간에서 둘레길로 연결된다. 둘레길을 한 뼘조차도 고수하고자 하는 초심을 따라 1003번 지방도로 왔던 길을 되돌아 내려갔다.

대촌마을을 지나는데 길옆 감나무 아래에서 어머님이 체로 들깨를 치고 있었다. 화개가 고향인 이정례(76세) 어머님은 대촌마을 출신 동갑내기 남편을 만나 이곳에 정착했다. 초기에는 주로 차를 재배하다가 대봉감이 보급되면서 지금은 감이 주력 작물이 되었다고 했다.

이정례 어머님. 평생 밭일로 녹아내린 몸이 체에 담길 만큼 한 움큼이 되었다.

일하는 데 방해되는 건 아니냐고 하니 그게 무슨 말이냐며 손사래를 쳤다. 그것만으로는 부족하다 여겼는지 자리를 털고 일어나서 고개까지 숙이시는 게 아닌가.

길을 걸으면서 여러 어머님을 만났다. 그분들이 한결같이 하는 말이 있었다. 말을 걸어줘서 고맙다는 것이었다. 한 집 걸러 한 집이 비어가는 작금의 시골에서 심심함, 외로움은 넘어서기 힘든 파도와도 같았다.

길은 감나무밭 농로와 임도를 따라갔다. 144번 벅수 앞에서 축지교에서 갈렸던 둘레길과 합류한 뒤 섭바위골 서어나무 쉼터까지 계속 이어졌다. 돌아보니 무덤이들을 벗어나면서 이곳 쉼터에 도착하기까지 계속 아스팔트 도로를 걸었다. 쉼터는 그렇게 딱 필요한 지점에 있었다.

이제부터는 서어나무 숲길이다. 둘레길을 걸으면서 여기 만큼 광범위한 서어나무 군락지를 만난 적은 없었다. 윗재까지는 제2의 '웅석봉 하부 헬기장'을 오르는 과정이었지만 햇살에 반짝이며 바람에 살랑이는 서어나무 잎새 덕분에 힘들다는 느낌은 들지 않았다.

윗재(631m)에 올라섰다. 둘레길은 고개를 내려서면 되었다. 하지만 앞 구간에서부터 이미 구름다리와 형제봉 능선에 마음을 앗긴 터라 발길이 절로 형제봉을 향했다.

신선대 구름다리까지는 1.1㎞. 거리는 짧아도 바윗길과 철계단이 반복되어 오르기의 강도는 다소 높았다. 절로 보폭과 속도가 줄었다.

연리목이 나무끼리만의 사랑인 것은 아니었다. 여러 모습으로 살아가는 소나무가 눈에 띄었다. 바위를 뚫거나 타고 넘고 아예 그 위에 터를 잡은 것도 있었다.

바위와 밀치고 싸우다 결국은 화해하고 살아가는 소나무의 질긴 생명력 앞에서 생명에의 외경심이 우러나왔다. 살아있는 모든 것은 삶이 다하는 순간까지는 기어이 살아내야 하는 존재였다.

　길이 137m의 신선대 구름다리는 900m 고도에 설치되어 있었다. 구름
다리에 서니 악양 전체가 한눈에 들어왔다. 무덤이들 너머로 삼신지맥 능
선 위의 분지봉, 구재봉, 칠성봉이 차례로 섬진강에 닿았다. 강을 건너지
못한 능선은 강바닥을 기어서 강 너머 백운산으로 솟아올랐다.

　구름다리에서 형제봉까지는 정상을 향한 과정이지만 길은 오히려 좀
순해졌다. 거리와 소요 시간은 윗재-구름다리 구간과 엇비슷했다. 철쭉
군락지를 지났다. 매년 5월 '형제봉철쭉제'란 이름으로 철쭉제가 열린다
고 했다. 꽃피는 5월, 연분홍 실로 수놓은 꽃 자수처럼 능선과 산자락을
뒤덮은 철쭉이 눈에 어렸다.

　형제봉에 연이어 도착했다. 형제봉은 이름대로 봉우리가 두 개다. 200

여m 거리를 두고 우뚝 솟은 봉우리(각각 1,108m, 1,112m)가 우애 깊은 형제를 닮았다고 해서 형제봉이라 부른다 했다.

정상 표지석에는 둘 다 성제봉으로 표기되어 있었다. '성제'는 형제를 뜻하는 경상 지역의 지방말이다. 하동, 특히 악양 사람들은 성제봉이란 명칭에 대한 애착이 강하다고 했다. 정상 표지석을 성제봉이라 표기한 이유이기도 했다.

그런데 한자로 표기된 聖帝峯(성제봉)이 뜬금없었다. 지방말 '성제'에 해당하는 한자어가 있을 리 만무하니 연관성은 무시한 채 뜻이 그럴듯해 보이는 걸 끌어다 쓰지 않았나 싶었다. 그냥 한글로 표기하면 될 일이었다.

구름다리에서 내려다본 악양면 전경

성제봉의 명칭이야 어떻든지 간에 저 멀리 지리산 주능선이 파노라마처럼 펼쳐졌다. 조각의 흰 구름이 능선을 걸어가고 있었다. 주능선을 종주하던 기억들이 소환되었다. 눈이 절로 감기며 회상에 잠겨 들었다.

윗재로 되돌아왔다. 둘레길은 형제봉 북서면 허리를 감고 돌며 내려갔다. 단순 내리막은 아니었다. 오르내림이 반복되면서 돌길을 지나고 일부 구간에서는 너덜겅도 지났다.

어느 시점에선가, 문득 이 길이 맞나 하는 생각이 들었다. 그러고 보니한참을 걸은듯한데도 벅수를 마주한 기억이 나질 않았다.

그렇다고 딱히 해찰하지도 않았다. 형제봉을 오르내리며 눈이 워낙 호

길에서 길을 찾다 지리산 둘레길

강한 데다 하산길에 눈길을 끌 만한 풍광이 있는 것도 아니었기 때문이다. 게다가 외길이었지, 아마. 그런데도 벅수가 나타나질 않으니 어째 좀 당황스러워졌다.

일단 벅수 최대 설치 거리인 500여m를 더 걸어보기로 했다. 마음 따라 발길 또한 무거워지는데 짜잔, 벅수가 나타났다. 숨겨진 보물을 찾은 듯 와락 반가웠다. 외길을 걷다 보니 마음이 풀어진 탓일 터였다.

멧돼지 목욕탕을 두어 군데 지났다. 물이 졸졸 흐르는 골에서 잠시 배낭을 내려놓고 얼굴을 씻었다. 산길을 벗어났다 싶을 무렵, 결승점을 통과하는 선수를 맞이하듯 신의대가 터널을 만들어 맞이해주었다.

형제봉(성제봉)에서 바라본 지리산 주능선.
노고단, 반야봉(중앙 뾰족한 봉우리)을 거쳐 천왕봉까지 이어지는 주능선이 뚜렷하다.
천왕봉은 오른쪽 앞 봉우리에 가린 채 고개만 빼꼼 내밀었다(맨 왼쪽 봉우리는 왕시루봉).

　민가가 나타났다. 마당 앞에 약수터가 있었다. 올챙이 배가 되도록 물을 들이켰다. 길손에게 마당길을 내어 준 것만도 고마운데 약수까지 무한제공하는 주인장의 마음이 약수에 녹아 있었다.

　길은 그대로 구간 종착점인 원부춘마을회관에 닿았다. 하지만 다음 구간의 종착점인 가탄(화개)으로 나가야 했다. 거기에 숙소를 예약해두었기 때문이다. 둘레길 하동센터에서 얻은 자료에는 원부춘마을에 펜션은 즐비해도 일반 민박은 없었다.

　5시 반, 하루 한 차례 있다는 차편은 진작 끊겼다. 어림잡아보니 도로를 쭉 따라가면 가탄까지는 한 시간 반이면 걸어갈 수 있는 거리였다. 걸

　　　　　　　　　　　길에서 길을 찾다 지리산 둘레길

을 것인가, 택시를 탈 것인가. 속은 텅 비었는데 식당이 죄다 문을 닫으면 어찌하나 하는 원초적 욕구가 밀려왔다. 아주 잠깐 고민하다 택시를 호출했다.

회관 앞 펜션에서 음식 냄새가 솔솔 풍겨왔다. 꼬르륵 소리가 천둥 치듯 배 밖으로 흘러나왔다. 그렇게 밥 짓는 숙소를 앞에 두고 밥 없는 숙소를 향하여 원부춘을 떠났다.

　섬진강 물길이 부려 놓은 83만 평의 무딤이들과 그 안에서 살아가는 민초들의 이야기를 그려 낸 소설 『토지』 속으로 들어가는 길이다. 그런 다음 현실의 무대로 다시 나와 형제봉 능선 위의 631m 고개를 넘는다.

　대축마을-무딤이들 동정호(2.1㎞)-입석마을(2.2㎞)-윗재(2.3㎞)-원부춘마을(3.6㎞)로 연결되는 10.2㎞ 코스와 대축마을 앞 축지교에서 악양천을 따라 입석마을로 바로 가는 8.5㎞ 짧은 코스가 있다. 앞 코스의 경우 5시간 정도 소요된다. 형제봉까지 포함해서 18.7㎞를 걸었고 33,700보의 발품을 팔았다.

　신선대 구름다리 주변에서 내려다보이는 무딤이들과 섬진강 주변의 풍광이 참으로 감탄스럽다. 형제봉(성제봉)까지는 왕복 4.0㎞. 여건이 허락한다면 발품 팔고 땀 좀 흘려도 후회 없을 일이다.

무딤이들

고행의 고갯길을 넘어
화개동천으로

7시경 민박집을 나와 화개면 버스터미널 근처 식당에서 재첩국을 먹었다. 시간이 이른 탓에 선택의 여지가 없는 단품 메뉴였다. 편의점에 들러 삼각김밥 한 개와 치즈 김밥 한 줄, 초코파이 2개, 그리고 500㎖ 생수 2병을 산 다음 택시를 타고 원부춘으로 이동했다.

택시는 나를 원부춘마을회관 앞에 내려놓고 왔던 길을 되돌아갔다. 고요 속에 잠긴 마을을 바라보고 있노라니 둘레길을 돌고 있는 나 자신이 마치 부유하는 섬과 같다는 난데없는 기분에 사로잡혔다. 서둘러 배낭을 둘러멨다.

길은 형제봉에서 흘러내린 계곡을 거슬러 오르면서 시작되었다. 계곡을 따라 양옆으로 펜션이 줄지어 들어서 있었다. 어제 이 많은 펜션을 외면하면서까지 굳이 민박을 찾아 화개로 나간 데는 나름의 이유가 있었다. 하루 이틀의 휴식 차원이라면 몰라도 전 구간 순례에 나선 입장이라면 뭔가 마음가짐이 좀 달라야 하지 않나 하는 생각을 했다.

먼저, 골방이나 헛간, 심지어는 외양간을 방으로 개조해서 생계를 꾸리는 주민들의 삶을, 불편이나 부담을 감수하며 마당과 밭 가운데로 길을 내어준 그분들의 마음을 헤아리는 것이 최소한의 도리가 아닌가 싶었다. 드러내 표현하기는 차마 민망하다만 민박집에 대한 일종의 부채의식 같은 게 마음속에 자리하고 있었던 것이다.

더해서, 조금은 검박한 순례를 하고 싶었다. 민박을 구하지 못하면 인근 모텔을 이용하리라 마음먹었다. 이런 이유로 둘레길에 들어설 때부터 펜션은 숙소 대상에서 아예 배제했다. 펜션을 운영하는 이들에게는 매우 미안한 마음이다.

길에서 길을 찾다 지리산 둘레길

이 계곡에 펜션이 들어서는 이유는 형제봉을 뒷배로 백운산 능선이 시원하게 조망되기 때문이었다. 위로 갈수록 전망은 좋아지게 마련이어서 물길을 거스르는 물고기처럼 집들도 전망을 찾아 위로 올라갔다. 길가 전봇대마다 부지를 구하려는 '땅, 땅, 땅' 전단지가 이중 삼중으로 붙어 있었다.

2㎞쯤 올랐을까, 수정암에 도착했다. 암자 어느 위치에서건 섬진강 너머로 백운산이 한눈에 들어왔다. 그중에서도 압권은 관음전이었다. 부처의 경지에 도달했으면서도 중생을 구제하기 위해 부처의 자리에 앉지 않은 존재가 보살이라 했거늘 관음보살은 눈앞의 풍광에 취해 그런 건 아닌가 싶을 정도였다.

뷰 앞에서는 예수님도 예외가 아닌 모양이었다. 관음전 길 건너 바로 옆에 '나는 부활이요 생명이니' 현수막을 내건 기도원이 자리하고 있었다.

수정암 관음전에서 바라다보이는 백운산이 흐릿하다.

부처님과 예수님의 넘치는 풍광 사랑에 주눅이 든 것일까, 위쪽의 전원 주택에는 매매 전단이 나붙었다. 사람은 간데없고 문은 잠겨있었다. 아무렴, 사람이 어찌 뷰만 먹고 살 수 있으리오.

처음부터 시작된 아스팔트 도로는 형제봉임도 삼거리(패러글라이딩 활공장 가는 길)까지 쭉 이어졌다. 한두 번 걷는 게 아니다 보니 이제는 이쯤이야 싶다가도 만만찮은 경사도 앞에서 결국은 걸음을 멈추고 숨을 골랐다.

때는 가을 아침, 기온은 낮았고 청량한 숲의 기운이 몸을 감싸고 폐부로 스며들었다. 계곡의 물소리는 끊어질 듯 이어졌다. 군데군데 눈에 띄는 묵정밭에서는 고단했던 옛 주민의 삶이 현실인 양 읽혔다. 힘들다고 주저앉거나 둘레길이 왜 이러냐고 투덜거려서는 안 될 일이었다.

임도 삼거리 바로 위 쉼터에 올라섰다. 지리산 둘레길 전 구간 중에서 가장 높은 지점이 아닌가 싶었다. 어디선가 고도가 806m라는 것을 본 기억도 있었지, 아마.

앞이 탁 트였다. 하지만 기대했던 만큼 지리산 주능선은 잘 조망되지 않았다. 진짜 조망터는 숲 속에 있었다.

쉼터를 내려서니 조릿대 숲길로 이어졌다. 평탄하게 이어지는 200여 미터의 숲길은 지리산 주능선을 조망할 수 있는 숨은 전망대 길이었다. 조릿대도 좋다만 시선을 왼쪽으로 돌리는 해찰을 게을리하지 말 일이었다.

조릿대는 길 양옆으로 하늘호수 찻집까지 지속 이어졌다. 내려가는 이에게는 수고했다, 오르는 이에게는 힘내라, 격려하는 형국이었다. 그 사이를 걷다 보니 마치 조릿대를 사열하는 기분마저 들었다.

급경사 내리막 계단길. 실제 경사도를 사진이 담아내지 못했다. 광활한 차밭과 십리벚꽃길에 들어선다는 기대 어린 마음과 느림의 미학이 필요한 순간이다.

경사도가 심상찮았다. 반복되는 돌계단은 불편했고 무릎 등에는 부담이 되어 돌아왔다. 무릎 보호대와 스틱을 챙겨야 할 일이었다.

가탄에서 출발할 경우, 지리산 둘레길 전 구간 중 가장 가풀막진 오르막길을 경험하게 될듯싶었다. 이런 이유로 처음 둘레길을 열 때도 이 구간 때문에 의견이 분분했다고 한다. 그래도 어차피 넘어야 할 길이라면 가탄 쪽에서 출발하라 권하고 싶다. 등산의 기본 원칙 중 급하게 올라서 완만하게 하산하라는 말도 있잖은가.

하늘호수 찻집에 도착했다. 급경사 내리막이 어느 정도 마무리되는 순간이었다. 찻집 입구와 앞뜰에 차밭이 조성되어 있었다. 녹차 한잔을 주문했다.

주인이 직접 만들었다는 '자유 방임형' 흔들의자에 앉아 차를 홀짝거렸다. 멀리 삼도봉에서 흘러내려 황장산, 촛대봉으로 이어지는 능선이 흔들의자의 리듬에 맞춰 춤을 추었다. 황장산 능선은 다음 구간에서 넘게 되어있는 작은재로 이어지며 화개 근처에서 섬진강으로 스며들 것이었다.

찻집이 차밭으로 둘러싸여 있다.

중촌마을을 지나 도심마을 삼거리에 닿았다. 길은 여기에서 정금차밭 방면으로 향하는 둘레길과 차 시배지 가는 길로 나뉜다. 차 시배지는 우리나라 최초로 녹차를 재배한 쌍계사 주변을 일컫는다.

콘크리트 포장 임도를 따라 밤나무가 지천인 숲길을 간단히 넘으니 정금차밭과 정자가 나타났다. 정금차밭은 하고 많은 하동의 차밭 가운데서도 가장 그림 같은 풍경을 연출하는 곳이다. 경사가 심한 언덕배기에 계단식으로 일궈져서 자기만의 독특한 아름다움을 지녔다.

차밭 꼭대기에 자리 잡은 정금정에 오르면 드넓은 차밭을 한눈에 조망할 수 있다고 했다. 하지만 정자 오르는 일은 포기했다. 너도나도 정자로 올라간 탓에 이 한 몸 밀어 넣을 공간이 있을 것 같지 않았기 때문이다. 대체 어디에서 저리도 많은 사람이 갑자기 나타났다 싶었다. 정자 아래 차밭에 서서 차밭을 조망하는 정자 위의 사람들을 구경하다 발길을 돌렸다.

아래로 내려다보이는 정금마을의 유래가 흥미로웠다. 정금의 원래 이름은 가야금을 탄다는 '탄금(彈琴)'으로 마을 주변의 지형이 옥녀가 가야금을 타는 지형으로 되어있다는 데서 유래했다고 한다. 주민들은 마을 뒷산을 옥녀봉으로 불렀다.

그 후 고운 최치원이 머물며 거문고를 연주하였다 해서 정금(停琴)으로 되었다가 옥보고가 칠불사 운상원에서 거문고를 타면 정금마을의 우물에서 연주 소리가 들렸다고 해서 정금(井琴)으로 바뀌었다고 한다. 정금이란 이름도 아름다운데 유래 또한 그림처럼 환상적이었다.

그런데 옥보고는 최치원보다 최소 100년 이상 앞선 시대의 인물이다. 앞뒤가 맞지 않았다. 명백한 오류로 여러 이야기를 억지로 욱여넣다 보니 스텝이 꼬인 모양새가 되어버렸다.

사실 옥보고와 관련된 정금마을의 유래는 뜬구름 잡기와도 같은 이야기처럼 들렸다. 井琴이란 명칭에 착안하여 누군가가 그럴듯하게 엮어낸 스토리텔링이 아닌가 싶었다. 그래도 옥보고를 차마 포기하기 어렵거든 연대순에 맞추어 停琴과 지명 변천 순서라도 바꾸면 어떨까 하는 생각마저 들었다.

정금차밭을 가로질러 언덕을 내려갔다. 둘레길은 정금마을을 들르지 않고 정금마을과 대비마을로 갈라지는 삼거리에서 대비마을 쪽으로 꺾어졌다.

대비마을은 가락국 허황후와 관련이 있는 마을이다. 김수로왕과 왕비 허황옥이 이곳에 머물며 칠불사로 출가한 일곱 왕자의 성불을 기려 절을 짓고 대비사(大妃寺)라 불렀다고 전해진다.

대비란 마을 이름은 여기에서 유래했다. 그런데 마을 이름의 한자 표기가 영 달랐다. 大妃가 아닌 大比(대비)였다. 아무런 의미도 담겨있지 않은 말이었다. 오기가 분명해 보였으나 까닭은 알지 못했다.

대비마을은 가파른 언덕배기에 터를 잡았다. 채 500여 미터가 되지 않는 거리인데도 숨이 찼다. 길옆 평상에 앉아 잠시 숨을 골랐다.

사립문이 달린 집 마루에서 아버님이 담배를 태우고 있었다. 뜰 안의 한 뼘 텃밭에서는 배추와 무가 몸을 불리고, 텃밭을 호위하듯 삥 둘러 늘어선 고추는 대나무 막대기에 의지한 채 가을 햇볕에 몸을 발갛게 익히고 있었다.

김옥섭 아버님(85세)은 여덟 살 무렵 일본에서 해방을 맞았다고 한다. 그 후 아버지를 따라 바로 귀국해서 40여 년 세월을 서울 등지를 떠돌다가 어찌어찌하다 보니 87년경 이곳 대비마을로 흘러들어왔다.

주로 밤 농사를 지었다고 했다. 그러다 녹차 재배지역이 확대되면서 주변에 농약 살포가 금지되어 밤 농사를 포기했다고. 지금은 이렇게 마루에 앉아 오가는 이들을 구경하며 시간을 보낸다고 했다. 과거를 회상하는 아버지의 얼굴에 삶에 대한 어떤 회한 같은 게 어른댔다. 쓸쓸해 보였다. 교회에 갔던 어머님이 집으로 들어섰다. 아버님 얼굴에 금세 화색이 돌았다. 어머님이 홍시 한 개와 물 한잔을 내어주셨다.

둘레길은 여기서 백혜마을로 이어졌다. 하지만 여기까지 와서 허황후의 전설이 어린 대비암을 그냥 지나칠 수는 없는 일. 대비암으로 발길을 돌렸다. 설상가상, 대비마을에 올라올 때마다 경사도는 더욱 심해졌다. 전설을 찾아가는 길이 낭만이 아니라 고행이었다. 대비암 초입에 견불동(見佛洞) 표지석이 서 있었다. 부처님을 뵈러 가니 고행을 곧 수행으로 받아들이기로 했다.

대비암은 옛 대비사와 직접적인 관련이 있다고 전해진다. 그런데 암자의 한자 표기는 또 달랐다. 이번에는 大妃가 아닌 大悲(대비)였다.

대비암 자리는 옛 대비사가 있던 곳이다. 기와 조각과 석축 흔적으로 절이 있었음을 추정할 뿐 밤나무밭과 차밭으로 변해버린 것을 1998년 서봉 스님이 절터를 매입하여 지금의 모습으로 복원하였다. 그리고는 대자대비 관세음보살의 기도 도량으로 개원하면서 대비암(大悲庵)으로 명명했다. 암자 앞에 서 있는 안내 표지판의 대비암 창건 유래에 관한 내용이다.

길에서 길을 찾다 지리산 둘레길

암자는 아담하고 포근했다. 앞마당에는 관세음보살 기도 도량답게 높이 7m의 관세음보살 입상이 자리를 잡았다. 그 옆에는 보호수로 지정된 수령 300년의 서어나무와 허황후가 쉬었다고 전해지는 너럭바위가 있어 허황후와의 연을 이어주고 있었다.

대비마을로 되돌아 내려와 백혜마을로 향했다. 밤나무밭 사잇길을 지났다. 밤나무밭 사이사이로 차밭이 파고들고 있었다. 차밭 때문에 밤 농사를 포기했다던 김옥섭 아버님의 말씀이 생각났다. 밤 농사의 끝이 보이는듯했다.

길은 그늘 없는 콘크리트 임도를 오르내렸다. 형제봉 고갯길에서 진이 빠지고 대비암 오르느라 지친 몸은 걸음걸이에서 티가 났다. 눈 아래로 펼쳐진 차밭과 화개천의 풍광이 아니라면 깨나 터덕거렸을 터였다.

백혜마을을 지나면서 길은 화개천을 향해 내리막으로 접어들었다. 길은 그대로 가탄마을로 이어졌다. 가탄의 옛 이름은 선경과 같은 아름다운 여울이라는 의미의 가여울이었다. 주민들은 지금도 가여울이라 부른다고 했다. 한자 표기는 당연히 가탄(佳灘)이어야 할 텐데 가탄(加灘)으로 표기하고 있었다. 이 또한 명백한 오기로 보였지만 이 또한 까닭을 알지 못했다.

반복되는 궁금함을 참지 못해 엊저녁 묵었던 멀구슬 민박집의 강태주 사장에게 도움을 청했다. 화개면에는 화개지역의 역사와 문화, 지명 등을 조사, 연구하는 면민 중심의 자발적 조직인 '화개문화연구회'가 활동하고 있었다. 강 사장은 거기 소속 회원이었다.

화개천 양옆으로 차밭과 마을이 들어섰다.
오른쪽 멀리 지리산이 아스라하다.

개략적인 설명과 함께 책을 한 권 내주었다. 450여 쪽에 달하는 『화개 지명 이야기』(김동곤 지음, 화개문화연구원 총서) 책자였다.

책에 따르면, 우리나라 지명은 크게 세 번의 변화 과정을 거쳤다고 한다. 첫째, 신라 경덕왕 때 '중국 명칭 따라 하기' 정책으로 모든 고유 지명이 한문 두 자로 바뀌었다. 두 번째, 조선조의 숭유억불 정책에 따라 불교식 지명을 다른 뜻의 한문으로 음차했다. 세 번째, 일제강점기에 우리 민족의 기상과 얼, 정서, 역사성이 스민 지명을 의도적으로 바꾸거나 왜곡시켰다.

책자를 대강 넘기다 보니 정금마을의 지명 변천 과정이나 대비마을과 가탄마을의 엉뚱한 한자 표기가 일정 부분 이해가 되었다. 책자 곳곳에 배어있는 회원들의 지역에 대한 애정과 자부심, 거기에서 우러나온 열정이 놀랍고 감동적이었다.

가탄마을회관을 지나 구간 종착점인 화개천 도로 옆 길가 슈퍼에 닿았다. 여기에서 이번 주 일정을 마무리했다. 화개천을 건너 천변과 십리벚꽃 길을 번갈아 가며 화개터미널까지 걸었다. 하천부지 공용주차장에 주차해놓은 차를 운전하고 집을 향했다.

성심원-운리 구간의 웅석봉 하부헬기장과 함께 지리산 둘레길에서 가장 높은 고갯길을 넘는다. 화개천 양옆의 산기슭을 따라 조성된 차밭과 십리벚꽃길의 풍광과 향기에 취하노라면 고갯길을 넘었던 수고로움도 간데없다.

원부춘마을-형제봉임도 쉼터(4.3km)-중촌마을(2.3km)-정금차밭(1.2km)-대비마을(1.5km)-백혜마을(1.0km)-가탄마을(1.1km)로 연결된다. 총 거리는 11.4km에 달하며 6시간 정도 소요된다.

본문에서 언급했다시피 가탄에서 원부춘 방향으로 고갯길을 넘는 과정은 힘들다. 그래도 일정에 문제가 없다면 이 방향을 권한다. 오랜 산행 경험에 근거해서다. 시점에서 가탄 종점까지 15.2km를 걸었고 28,600보의 발품이 들었다.

같은 길을 걸으면서 다른 길을 가는
선승과 소금장수

다시 화개로 돌아왔다. 원부춘-가탄(화개) 구간 일정을 마무리한 지 8일 만이다. 지난주엔 둘레길 일정을 잠시 내려놓아야 했다. 주 중에 피치 못할 사정이 연달아 생겼기 때문인데 도중에 둘레길을 들락날락한다는 게 영 만만치가 않았다. 아예 한 주를 몽땅 쉬었다.

기왕 쉬어가는 김에 이번 주 여정의 첫날을 화개에 머물기로 했다. 그러면서 소금장수가 넘나들었을 지리산 주능선 상의 벽소령과 화개천의 끝 마을 의신, 그리고 동국제일선원이자 가락국 김수로왕과 허황후의 전설이 어려있는 칠불사를 둘러보는 것으로 하루 일정을 짰다.

7시 반경, 지난 16일 아침을 해결했던 식당에서 또 재첩국을 먹었다. 그때처럼 마트에 들러 간식거리를 챙겼다.

차량을 운전하며 혼례길, 백년해로길로 불리는 십리벚꽃길을 지났다. 벚꽃이 화사하게 핀 봄날, 청춘남녀가 꽃 비를 맞으며 손잡고 걸어가는 모습이 눈에 어른거렸다.

꼭 청춘이 아니어도 좋을 것이었다. 어느 시인의 말처럼 청춘이란 인생의 어느 한 시기가 아니라 마음가짐에 있는 법. 스무 살 젊은이보다 때로는 예순 살 장년이 더 청춘일 수 있을 터였다. 내년 봄에 아내와 손잡고 이 길을 걸어가는 모습을 애써 상상해보았다.

월요일 아침이어선지 오가는 차량이 거의 없었다. 덕분에 둘레길을 걷는 기분으로 가는 듯 멈추는 듯 운전하며 화개천과 주변 차밭의 풍경을 감상할 수 있었다. 의신계곡과 범왕계곡 갈림길에서 오른쪽 신흥 1교를 건너 의신마을로 향했다.

의신마을 위로는 차량 출입이 제한되었다. 공원 관리에 따른 비상시나 위쪽 삼정마을 주민에게만 출입이 허용되고 있었다.

마을에 자리한 지리산 역사관 주차장에 차를 세웠다. 지리산 역사관은 이데올로기 대립으로 인한 민족 간의 갈등과 상처를 확인할 수 있는 빨치산 관련 자료를 전시하고 있다. 거기에 더해 지리산 일대에서 화전을 일구며 살아가던 화전민의 생활상과 설피, 나무 절구, 나무김칫독 등 지금은 접하기 어려운 도구들도 함께 전시되어있다. 한마디로 시민의 역사 인식을 높이고자 건립된 시설이다. 월요일이 정기 휴무일이라 문이 닫혀 있었다.

삼정마을까지는 2.7㎞. 주변에 눈길 주며 해찰하다 보면 한 시간쯤 소요될 거리였다. 콘크리트 포장길은 완만한 오르막으로 이어졌다. 기대만큼 주변에 딱히 발길을 돌릴만한 해찰 거리가 있는 것은 아니어서 마치 익숙한 동네 산책길에 나선 듯 천천히 앞을 보고 걸었다. 오가는 이 하나 없이 호젓했다. 그 많은 가을철 등산객은 다 어디로 간 것일까.

삼정마을 초입에 닿았다. 왼쪽 빗점골로 향하는 입구가 굳게 닫혀 있었다. 그 앞에는 출입금지를 알리는 여러 현수막이 나붙어 있었다. 반달곰 활동지역임을 알리는 현수막부터 의신마을 상수원 보호구역까지 사유는 다양했다.

출입금지를 '지금입출'로 읽는 양심의 문맹인이 넘쳐나는 세상이다.

출입자에 대한 집중단속과 처벌을 알리는 경고문 또한 당연한 듯 붙어 있었다.

빗점골은 빨치산 남부군 총사령관 이현상의 아지트이자 최후 격전지(사살지)로 알려진 곳이다. 삼정마을 주민에 따르면 예전에는 이에 대한 안내판 등이 설치되어 있었으나 지금은 모두 철거해서 흔적조차 찾기 어렵다고 했다. 하지만 출입금지 안내판이 무색하게도 인터넷상에는 빗점골을 드나든 다양한 경험담이 흘러다닌다. 어떤 이는 본인은 물론이고 가족사진까지 버젓이 올려놓았다. 무용담이라기엔 철없다 싶고, 상업적 목적이라기엔 지나친 일이었다. 헛되다 싶으면서도 그런 멘탈이 순간이나마 부러웠고 그런 내가 부끄럽고 슬펐다.

삼정(三政)마을은 벽소령의 실질적인 산행 기점이 되는 곳이다. 민가 두어 채가 들어선 초미니 마을로 이곳에 묘를 쓰면 정승 세 명이 나올만한 길지라는 데서 마을 이름이 유래했다고 한다.

삼정마을을 지나 벽소령 탐방로 입구로 들어섰다. 벽소령까지는 4.1㎞. 두 시간이 채 걸리지 않을 거리다. 천천히 발길을 내디뎠다. 몇 걸음 옮겼나 싶은데 오른쪽으로 설산 습지 안내판이 눈에 들어왔다. 설산은 석가모니 수행처인 히말라야 설산을 의미한다. 불교를 숭상하던 고려조에 이 근방의 사찰과 사찰 살림을 돕던 주민들이 모여들면서 형성된 마을을 부처님의 수행을 본받자는 의미에서 설산이라 이름 지었다고 한다. 후일 이들이 살다 떠난 농토에 토사와 낙엽이 쌓이고 물이 고이면서 습지로의 천이가 이루어졌다.

쉼터가 있는 코재까지는 1.0㎞. 다소 경사가 있는 오르막길이었다. 한 번 멈춰 서서 숨을 골라야 하나 싶을 무렵 코재에 올라섰다.

쉼터 주변에 '심장 돌연사, 안전쉼터, 앗, 잠깐' 등 안전과 관련된 안내문

길에서 길을 찾다 지리산 둘레길

이 앞과 뒤, 옆으로 어지럽게 붙어 있어 다소 과장된 느낌마저 들었다. 어차피 설치할 안내문이라면 출발 지점에 있어야 하는 게 낫지 않나 싶었다.

어쨌거나 힘들었던 자에 대한 보상 차원인지 벽소령 1.3㎞를 남겨 둔 지점까지 세상 편한 평지 오솔길이 이어졌다. 아마도 이곳 코재는 콧노래를 부르며 가는 길이란 의미였는지도 모를 일이었다.

코재에서 100여 미터쯤 갔을까, 낙석 주의를 알리는 기계음이 들려왔다. 소리가 큰 데다 음색이 하도 날카로워서 신경이 긁히는 기분이었다. 주변에 '낙석주의' 현수막도 붙어 있었다.

등산이나 운전을 하다 보면 종종 유사한 사례를 접하곤 한다. 그럴 때면 드는 생각이 있다. 낙석은 통행자의 의식이나 의지로 어찌할 수 없는 자연 현상인데 이를 어찌 대비하란 말인가. 마치 관리자의 관리 책임을 주의 의무라는 이름으로 이용자에게 떠넘긴 것은 아닌가 싶었다. 덜컥 내게 넘어온 주의 의무를 이행하기 위해 해당 지점을 후다닥 지나갔다.

숲 속으로 가을 햇살이 강하게 스며들고 있었다. 그런데도 미련을 버리지 못한 여름이 계절의 바통을 넘기지 못한 채 엉거주춤 버티고 서 있었다. 언뜻 보면 봄날을 연상케 하는 연노랑 단풍나무 잎새 위로 빨강 물이 슬슬 배어나고 있었다. 이제 그만 자리를 비켜 달라는 채근과도 같아 보였다.

벽소령을 1.3㎞ 남겨 둔 지점에서 길은 갑자기 급경사 길로 변했다. 게다가 돌길로 이어졌다. 콧노래가 자연스레 턱숨으로 변했다.

숨은 차고 걸음은 불편해도 기분만은 상쾌했다. 가을 햇살이 스며드는 숲길은 호젓했고 모처럼 만난 다리 건너에서는 빨갛게 물든 단풍나무가 어서 오라 손짓하고 있었다.

　골짜기 어디선가 모터 소리가 들려왔다. 대피소로 물을 끌어올리는 소리였다. 이제 다 올라왔으니 힘내라는 응원과도 같았다. 벽소령대피소에 도착했다.

　벽소령(碧霄嶺)은 겹겹이 쌓인 산 위로 떠오르는 달빛이 희다 못해 푸른 빛을 띤다는 데서 유래했다. 방금 올라온 지리산 남쪽 화개와 북부권의 함양 마천을 연결하는 고개로, 화개재와 함께 주능선 상에 자리한 가장 낮은 고개 중 하나(높이 1,350m)이다. 보부상이 지고 온 소금을 비롯한 남해의 물산이 이 고개를 통해 소금쟁이 능선을 타고 지리산 북부 지역으로 넘어갔다.

　가뭄 탓인지 능선 위의 단풍이 제 색깔을 내지 못하고 있었다. 물기 마른 참나무 잎새는 억지로 비틀리고 저 너머 덕평봉에도 가을의 기운은 희미했다. 10월 하순치고는 이례적인 풍경이었다.

　대피소 주변엔 사람 그림자 하나 없었다. 혼자서 대피소 이곳저곳을 기웃거리는 모습이 좀 의아했는지 직원이 밖으로 나왔다.
　잠시 이야기를 나누던 중 불현듯 소금장수가 떠올랐다. 벽소령이라서 그랬는지도 모른다. 별다른 생각 없이 옛 소금장수의 길을 복원할 계획 같은 것은 없느냐 했더니, 그리하면 지리산이 남아나겠느냐며 대뜸 언성을 높이는 것이 아닌가.
　순간 내가 무슨 말실수라도 했나 싶어 당황스러워서 그저 옛길에 대한 호기심 차원에서 꺼낸 말이라고 얼버무렸다. 지리산의 경관과 자연 생태계의 보전을 주된 가치로 하는 공단 직원의 심정을 이해하지 못할 바는 아니었으나 그래도 그렇지 그게 그렇게까지 날 선 반응을 보일 일인가 하는 생각이 들면서 부아가 확 치밀어올랐다.

내가 언성을 높이며 말싸움이 벌어졌다. 안에서 다른 직원이 뛰어나와 말렸다. 의례적인 화해의 말을 주고받긴 했으나 한번 어색해진 분위기는 그대로여서 서로 먼 산만 바라보았다.

마음이 진정되고 나니 민망해졌다. 수십 년 산행의 내공이 고작 이 정도였나 싶었다. 호연지기는 고사하고 최소한의 포용과 이해심을 쌓지 못한 자신을 거듭 탓했다.

문제의 소금쟁이 능선은 벽소령에서 음정으로 내려가는 공식 탐방로 오른쪽에 자리한 능선이다. 빗점골과 마찬가지로 출입이 금지되어있다. 그런데 이 능선을 드나든 후기는 빗점골과는 비교가 되지 않을 정도로 차고 넘친다. 안타까운 일이 아닐 수 없다.

벽소령을 내려섰다. 올라간 길을 그대로 되돌아 내려왔다. 삼정마을을 거쳐 의신마을에 닿았다. 사람을 여전히 한 명도 만나지 못했다.

벽소령에서 바라본 덕평봉. 주능선 상의 천왕봉 방향으로 2.4㎞ 지점에 있으며 1시간 정도 소요된다.

의신마을은 청학동으로 지목된 마을 중 한 곳이다. 청학동은 이상향, 별천지를 뜻한다. 지리산권을 대표하는 청학동은 의신마을을 비롯하여 세석평전 부근과 현재 청학동이란 지명을 사용하고 있는 청암면 청학동 마을 등이 있다.

의신마을은 화개천의 최상류에 자리를 잡아 경관이 수려하고 청청한 먹거리가 많이 나는 곳이다. 고로쇠, 산나물, 야생차가 주민들의 주된 소득원으로 고로쇠는 전국에서 가장 많은 양이 생산된다고 알려져 있다.

마을 고샅을 돌아다녔다. 마을회관에는 제법 많은 어르신이 모여 떠들썩했고 마을 전체적으로 옛 풍경과 정취가 배어있었다. 느낌만으로도 현지인 비중이 높다는 걸 능히 짐작할 수 있었다.

정감미 넘치는 동네 슈퍼 '점빵'. 지리산 시인과 화가로 알려진 김기수, 추일주 부부가 운영한다. 산골의 삶은 넉넉지 않다. 부부는 점빵 외에도 약초, 밭일로 뛰어다니는 '닥치고 농사꾼'이다.

정병춘 아버님(82세)에 따르면 집성촌이 한 이유일 거라고 했다. 선대에서 이상향을 찾아 일족을 이끌고 집단으로 들어온 성씨가 여럿 되는데 이들이 대를 이어 눌러살면서 마을 고유의 풍습과 문화가 지금까지 유지될 수 있었다고 했다. 현재 경주 정씨가 다수를 차지하고 있고 자신도 본관이 경주라고 했다.

정 아버님은 헝겊을 꼬아 벌통을 묶을 노끈을 만들고 있었다. 헝겊은 방치된 현수막을 걷어다 적당한 길이로 자른 것이었다. 30여 년째 양봉을 주업으로 한다는 아버님은 40대 때 잠시 출향한 외에는 태어나서 지금까지 의신에서 살았다고 했다.

국민학교(초등학교)를 네 번이나 옮겼다고 묻지도 않은 말을 했다. 원래는 현 지리산 역사관에 있던 의신국민학교를 다녔다고 한다. 그러다 한국전쟁 이후 빨치산 때문에 마을이 소개되면서 저 아래 왕성국민학교로, 다시 쌍계사 내 부설 학교로, 그러다 다시 화개국민학교로 옮겼다는 것이었다.

호기심이 발동해서 빨치산을 만난 적이 있느냐고 물었더니 의외의 답이 돌아왔다.

"빨치산이 마을에 내려오면 함께 생활하다시피 했지. 주민들에게 별 피해를 주지도 않았고. 다만 양곡은 좀 거둬 갔어. 그래서 그런지 주민들은 빨치산에 대한 두려움이나 적개심 같은 게 별로 없었지. 어린 나도 그랬고."

아버님이 손수 생산한 꿀 한 컵과 대봉감 한 개를 내어놓으셨다. 감도 달고 꿀도 달고 그 안에 담긴 아버님의 마음에서도 단 내음이 그대로 전해졌다.

의신마을을 떠나 내려오는 길에 쇠점터 농장 입구에 잠시 차를 세웠다. 쇠점터는 쇠를 다루던 마을 터를 의미하는 말로 정재건, 계영자 부부가 거주하는 곳이다.

둘 다 서울대를 졸업한 세칭 일류 부부는 70년대 초 백일 된 딸을 품에 안고 홀연히 지리산 품 안으로 스며들었다. 평생을 이곳에 머물며 야생의 삶을 영위하던 부부와 우연히 연이 닿아 그간 몇 번 뵐 기회가 있었다. 예고 없이 방문한 결과는 허탕이었다. 아쉬운 발길을 돌렸다.

차가 있으니 참 편했다. 신흥 1교를 지나 오른쪽 칠불사 방향으로 핸들을 꺾었다. 펜션이 줄지어 들어선 범왕계곡을 따라 달리다 보니 길은 다시 범왕마을 앞에서 갈라졌다.

범왕(梵王)이란 이름은 김수로왕이 출가한 일곱 왕자를 보기 위해 머문 곳이라는 데서 유래했다고 전한다. 하지만 현재 한자어 표기는 凡旺(범왕)으로 되어있다. 둘레길 원부춘-가탄 구간 대비마을의 대비(大比)와 같은 연유로 이해하면 될 일이었다.

왼쪽은 화개재로 연결되는 목통골이고 오른쪽으로는 칠불사를 향하는 범왕계곡이 계속 이어졌다. 오른쪽으로 핸들을 꺾었다. 차는 칠불사 경내까지 그대로 닿았다.

칠불사는 지리산 주능선 토끼봉 아래 800m 지점에 자리를 잡았다. 전설에 따르면, 가락국 김수로왕의 일곱 왕자가 이곳 운상원에 들어와 수도한 후 성불하였다고 해서 칠불사(七佛寺)로 불리게 되었다고 한다.

칠불사는 동국제일선원으로 불리는 참선 도량이다. 벽송사의 창건주 벽송선사를 비롯하여 중흥조 서산, 부휴선사와 한국 다도의 대명사로 불리는 초의선사가 이곳에서 수행했다.

스님들은 벽송사에서 이곳 칠불사까지 어느 길을 오고 갔을까. 아마도 벽소령을 넘나들던 소금장수의 길을 밟았을 것이다. 같은 길을 걸으면서도 가는 길이 달랐을 스님과 소금장수를 떠올리며 길 위에 선 나는 지금 어떤 길을 가고 있는지를 자문했다.

칠불사는 칠불, 선도량 못지않게 아자방으로 더욱 유명세를 탔다. 아자방은 방의 공간 배치 구조가 亞 자와 같다고 해서 붙여진 이름이다. 승려들의 선방으로 기능하고 있다. 그런데 아자방이 정작 세상의 이목을 끈 것은 선방의 구조보다 난방 구조였다. 난방을 위해 온돌을 이중으로 구축하였는데 그로 인해 한 번 불을 넣으면 상하 온돌과 벽면까지 100일 동안이나 따뜻하다 했기 때문이다.

아자방은 신라 효공왕(897~912) 때 담공선사가 처음 축조하였다고 전한다. 그 후 1830년 화재로, 한국전쟁을 전후한 시기의 참화로 소실과 복원을 반복하였으나 온돌만은 천년의 세월이 흐르는 동안에도 원형을 유지했다.

아쉽게도 아자방은 현재 복원 공사가 진행 중이어서 내부를 살펴볼 수 없었다. 발길을 영지로 돌렸다.

영지(影池)는 말 그대로 그림자 연못이다. 허황후가 출가 수도 중인 일곱 왕자의 모습을 그림자로나마 보기 위해 만든 연못이라 해서 붙여진 이름으로 전한다. 수행은 무엇이고 모성은 또 무엇인가. 상상하는 것만으로도 애틋했다.

지난 15일에 묵었던 가탄마을 멀구슬 민박에 짐을 풀고는 인근 식당에 나와 김치찌개에 막걸리 한 병을 곁들였다. 왠지 좀 아쉬운 듯해서 한 병을 더 주문했다. 입이 노력하면 깡마른 I형 몸매도 넉넉한 D형으로 변할 수 있다는 사실에 안도했다.

 화개천은 의신계곡과 범왕계곡이 합류해 형성된다. 의신계곡의 사실상
끝 마을이자 벽소령 등산코스의 들머리 역할을 하는 의신마을을 둘러보
고 벽소령에 오른다. 그런 다음 화개천의 다른 지류인 범왕계곡 끝 지점
에 자리한 칠불사를 둘러본다. 지리산 둘레길과 직접적인 관련은 없다.

 벽소령 등산로는 의신마을-삼정마을(2.7㎞)-코재(1.0㎞)-벽소령(3.1
㎞)으로 연결되는 편도 6.8㎞ 구간이다. 왕복 6시간 정도 소요된다.

 의신마을에서 칠불사는 약 10㎞ 정도 떨어져 있어 걸어서는 사실상 이
동이 불가하다. 필자 또한 차량이 있어 둘러볼 수 있었다. 대략 19㎞를 걸
었고 33,000보의 발품을 팔았다. 남은 둘레길 여정 중 지리산 주능선에
다시 오를 기회가 없으리라는 아쉬움 때문인지 벽소령을 쉬이 내려서지
못하고 주능선과 음정 방향을 왔다리 갔다리 했다.

둘레길도 4주째로 접어들었다. 5시경 집을 나서 하동을 향해 가는데 이번 주로 순례 여정이 마무리될지도 모른다는 생각이 들었다. 순간 아니 벌써, 하는 아쉬움과 왠지 모를 허전함 비슷한 감정이 밀려들었다. 그간 너무 앞만 보고 걸은 것은 아니었던가! 어쩌면 오늘의 해찰은 이런 감정 이 투영된 결과일지도 모를 일이었다.

길에서 길을 찾다 지리산 둘레길

사하촌에 부처님은
아니 계시고

느지막이 일어나 마을 주변을 어슬렁거렸다. 아침 해 그림자가 드리워진 마을은 고요 속에 잠겼고 그 앞으로 화개천이 숨죽여 흘렀다.

민박집 대문 옆에 초병처럼 서 있는 멀구슬나무에 가을이 노랗게 내려앉고 있었다. 가까이서 올려다보니 담황색 열매가 주렁주렁 열려있었다. 이틀을 묵었는데도 미처 보지 못한 열매였다. 잎과 색이 엇비슷한 데다 건성으로 보아 넘긴 탓이었다. 멀구

슬나무도 낯설었는데 열매는 더욱 생소했다. 신기해서 한참을 바라보고 있노라니 민박집 강태주 주인장이 다가왔다.

이곳 화개가 고향인 강 사장은 국립공원공단에서 35년을 근무하다 퇴직했다. 재직 시절 완도(다도해상국립공원)에서 근무한 적이 있는데 주변에 멀구슬나무가 자생하고 있더란다. 그때 씨앗을 가져다 대문 옆에 심은 게 저렇게 자랐다고 했다.

하고 많은 나무 중에 하필이면 이름도 생소한 멀구슬나무였을까.

"옛 진주농림고를 나왔어요. 당시 교목이 멀구슬나무였고요. 객지에서 멀구슬나무를 대하다 보니 모교 생각이 나면서 나무에 확 마음이 끌리더라고요."

그의 말이 이어졌다.

길에서 길을 찾다 지리산 둘레길

"공단에서 퇴직한 후 소일거리 삼아서 빈방 일부를 개조해서 민박을 열었어요. 상호를 뭐로 할까 생각하다 대문 옆에서 잘 자란 나무 이름을 따오게 되었지요."

이로 인한 에피소드도 있을 법했다.

"손님으로 학교 동문이 종종 들어요. 이 근처 숙소를 검색하다가 멀구슬나무 상호에 끌려 예약을 했다고 하더라고요. 여행차 지나던 생면부지의 동문이 나무를 보고 불쑥 들르기도 하고요. 그럴 땐 상호를 참 잘 지었다는 생각이 듭니다."

그렇게 멀구슬나무는 민박집의 상징이자 효자가 되었다.

'길가 슈퍼'에서 화개천 가탄교로 내려섰다. 멀리 계곡 사이로 지리산이 아스라했다. 촛대봉이 코만 겨우 내밀며 지리산 능선임을 말해주고 있었다.

가탄교에서 바라본 화개천. 멀리 지리산이 코만 보인다.

화개천을 건너고 십리벚꽃길을 가로질러 법하마을로 올라섰다. 발아래로 화개 교육의 요람 화개초교와 화개중학교가 자리를 잡고 있었다. 화개천 건너 가탄과 백혜마을이 한눈에 들어왔다. 해 그림자가 걷히며 마을이 가을 햇살에 뽀얗게 빛났다. 이름만큼이나 아름답고 예쁜 풍경이었다.

법하(法下)마을은 부처님의 법 아래에 있는 마을, 사하촌(寺下村)에서 따왔다고 한다.

그런데 마을의 모습이 부처님이 바라는 불국토와는 거리가 멀어 보였다. 폐가가 여기저기 널려 있었고 거주하는 집들 또한 기울고 허물어진 데가 많았다. 마을 전체적으로 방치된 채 퇴락해가는 모습이 역력했다.

어느 폐가에 들어섰다. 마루에는 반쯤 남은 비료부대가 놓여있고 커다란 가마솥은 뚜껑이 열려있었다. 채 주워 담지 못한 밤이 토마루에 널린 채 주인의 손길을 애타게 기다리고 있었다. 흐르던 시간이 어느 순간 탁 멈춰버린 모양새였다.

얄궂게도 마당 곳곳에서 피마자가 익어가고 있었다. 그렇게 계절은 인간사에 무심한 채 제 궤적을 따라 순환하고 있었다.

법하마을은 십리벚꽃길 뒤켠에 자리를 잡았다. 마치 대도심의 대형빌딩에 가려진 후미진 뒷골목과 같은 형국이었다. 그런 때문인지 화개천을 따라가며 눈에 들어오는 여타 마을과 달리 주목을 끌지 못했다. 보이지 않으면 존재 이유가 사라지고 잊히는 세상사의 실상이 법하마을에서 그대로 재현된 느낌이었다.

법하마을 끝쯤에서 벅수는 왼쪽 고갯길을 가리키는데 직진 방향으로 전통차 1호집을 알리는 푯말이 눈길을 끌었다. 사람 발길 쉬이 닿지 않을 곳이니 찻집보다는 제조하는 곳인듯했다. 안에서는 아무런 기척이 느껴지지 않았다.

조심스레 눈으로만 둘러보고 나오다 입구에 걸린 현판을 다시 한 번 올려다보았다. 수능천석(水能穿石). 차 달인의 경지에 오르고야 말겠노라는 주인장의 자신을 향한 다짐으로 보였다.

법하마을을 벗어나면 작은재까지는 숲길이다. 편백과 신의대, 참나무, 소나무가 앞서거니 뒤서거니 숲을 이루고 있었다. 그런데 돌계단, 나무계단이 번갈아 나타나고 경사 또한 상당해서 작은재란 이름이 좀 무색했다.

길은 산문 입구의 일주문에 들어서듯 외길로 이어졌다. 화개의 풍광과 세속의 화려함에 자칫 흐트러졌을 마음을 하나로 모으라는 뜻인지도 몰랐다. 고요 그 자체인 숲길에서 간혹 들려오는 박새의 포르릉 날갯짓 소리가 나 외에 다른 존재가 있음을 일깨워주었다.

작은재에 올라섰다. 작은재는 경남 하동과 전남 구례의 경계가 되는 곳이다. 지난달 30일, 등구재를 통해 전라에서 경상으로 넘어간 발길이 오늘 이렇게 경상에서 전라로 넘어간다. 날수로는 18일째였다.

작은재를 내려서 걷는데 잡목이 제멋대로 자란 경작지 터가 나왔다. 돌을 쌓아 올린 둑의 모양새가 논이었음을 짐작게 했다. 쌀이 귀한 산촌에서는 한 톨 쌀이라도 얻을 수만 있다면 논을 만들고 벼를 심었다. 그 뒤로는 하늘에 달린 일이었다.

평탄한 숲길을 지나 내리막에 접어들 무렵 시야가 널리 트였다. 왼쪽으

길에서 길을 찾다 지리산 둘레길

로 섬진강 푸른 물줄기가 꿈틀대듯 흐르고 오른쪽에서 흘러내리는 연곡천이 합류해 몸을 풀고 있었다. 풍광의 기본 요건이 갖춰진 셈이었다.

수려한 풍광은 사람을 불러들였다. 연곡천 너머 산기슭에 수많은 펜션이 저마다의 모습으로 들어서서 마을을 이루고 있었다. 없던 마을이 생긴 것이었다. 사람들은 여기에 은어라는 예쁜 이름을 지어주었다. 은어마을은 현재 공식 행정지명으로 등록되어있다.

펜션으로 새로이 조성된 은어마을. 왼쪽으로 섬진강 푸른 물이 숨바꼭질하듯 보인다.

내려설 기촌마을은 정작 눈에 잘 들어오지 않았다. 산자락에 가린 탓일 테지만 저 너머 은어마을에 가려졌다는 게 적합한 표현일 것이었다. 눈은 늘 화려함을 좇았다.

기촌마을로 내려서는 길은 밤나무밭 한가운데를 지났다. 길을 내준 주인의 배려가 고마웠다. 수확이 끝난 밤나무 아래에서 머위가 푸릇푸릇

자라고 있었다. 하늘엔 밤, 땅에는 머위의 이모작 농법인 셈이었다.

기촌마을 앞으로 연곡천이 흘렀다. 오른쪽으로 연곡천을 거슬러 지리산 품 안으로 파고들면 지리산 최고의 단풍명소로 불리는 피아골의 속살과 천년 고찰 연곡사를 둘러볼 수 있다. 피아골 가을 단풍은 한반도 8경 중 하나로 꼽는다.

삼홍소(三紅沼)는 피아골 단풍의 상징적인 못이다. 단풍이 붉고(山紅), 단풍이 비치는 물도 붉고(水紅), 산홍과 수홍으로 사람까지 붉게 보인다(人紅) 해서 삼홍이란 이름이 붙여졌다. 어제 벽소령을 다녀온 것으로 피아골에 대한 미련을 밀어냈다.

둘레길은 기촌마을 앞 추동교를 통해 연곡천을 건넌 다음 곧바로 가풀막진 콘크리트 임도로 이어졌다. 포장도로가 끝나는 지점까지는 걸어온 길을 뒤돌아보는 과정이 반복되었다. 풍광이 아닌 가파른 숨 고르느라 발이 절로 멈춰선 때문이었다.

얼마쯤 올랐을까, 길가에 산수유나무 두어 그루가 서 있었다. 갈잎으로 물든 잎새 사이사이로 붉은 산수유 열매가 얼굴을 들이밀고 있었다. 가만 생각해보니 이번 둘레길을 걸으면서 산수유 열매와는 첫 대면이 아닌가 싶었다. 산수유의 고장 구례에 들어섰음이라.

중년의 부부가 비탈길을 내려오고 있었다. 송정에서 오는 둘레길 순례자였다. 콘크리트 내리막길이 어지간히 불편했나 보다. 인사에 앞서 얼마나 더 내려가야 하는지부터 물었다. 다 내려왔노라 희망의 회로를 돌려주었다.

추동마을을 지났다. 서너 가구로 구성된 초미니마을이었다. 가옥 두

채가 누가 더 허름한지 키재기를 하고 있었다. 그중 한 집의 대문이 열려 있었다.

집안 풍경이 눈에 들어왔다. 마당 여기저기에 맨드라미가 콘크리트 바닥의 틈새에 뿌리를 내리고 있었다. 그리고는 마치 제 타임을 확인이라도 받으려는 듯 장닭의 벼슬과도 같은 붉은 꽃을 피워 올렸다. 지붕에는 잡초가 무성하고 한쪽에 놓인 빗자루를 비웃듯 낙엽이 이리저리 마당을 대신 쓸고 있었다.

토마루에는 슬리퍼와 운동화가 한 켤레씩 놓여있고, 처마 아래 빨랫줄엔 옷가지 두어 개와 수건이 널려 있었다. 사람이 살고 있다는 증표이리라.

인간극장에 출연했던 최삼엽 어머님 집

알고 보니 이 집의 주인공 최삼엽(87세) 어머님은 2011년 KBS 1TV 프로그램 〈인간극장〉에 '지리산 두 할머니의 약속'으로 전파를 탔다. 함께 출연했던 손위 동서 이상엽 어머님은 작고하셨다고 한다. 차마 들어서지 못한 채 문밖에 서서 외롭지 마시라고, 건강 잘 챙기시라고 두 손을 모았다.

추동마을을 지나면서 길은 본격적으로 숲 속을 파고들었다. 오르막은 이어져도 흙을 밟는 숲길은 아늑하고 평안했다. 길은 외길, 그저 길을 따라 걸으며 술래잡기하듯 한 번씩 모습을 드러내는 섬진강을 감상하면 될 일이었다. 길은 그렇게 목아재까지 이어졌다.

목아재에 닿았다. 북쪽 지리산 방면으로 전망이 시원스레 열렸다. 삼도봉에서 화개재를 거쳐 토끼봉과 명선봉, 덕평봉으로 이어지는 지리산 주능선이 까마득하면서도 선명했다.

사실 목아재 조망의 압권은 지리산 주능선보다는 불무장등 능선에 있었다. 삼도봉에서 흘러내린 능선이 불무장등-통꼭봉-황장산-촛대봉으로 이어지면서 코앞까지 다가서는 느낌이 들기 때문이다. 촛대봉을 지난 능선은 좀 전에 지나온 작은재를 거쳐 화개 앞에서 섬진강으로 스며들었다.

불무장등 능선 아래로 피아골이 실금처럼 지리산을 파고들었다. 피아골 주변은 화개천의 복사판과도 같았다. 골짜기 양옆으로 마을과 펜션, 식당 등이 줄을 지어 들어서서 사람을 빨아들였다. 천 년 거찰 연곡사가 골 위쪽에 자리를 잡고서 피아골의 격을 높여 주었다.

애초 이곳 목아재에서 당재까지 8.1㎞ 둘레길 지선이 개설되어있었다. 그러다 2019년 공식적으로 폐쇄되었다. 당재는 저 아래 통꼭봉과 황장산 사이의 농평마을 위쪽에 있는 고개를 일컫는다.

(사)숲길에 따르면, 목아재-당재 지선은 애초 당재를 넘어 목통골-화개

길에서 길을 찾다 지리산 둘레길

로 이어지는 순환 코스를 염두에 두고 개설했다고 한다. 그런데 사유지 통행 문제로 우선 목아재-당재 간 회귀 구간으로 운영해왔으나 수목이 없는 장거리 포장도로와 급격한 경사로 이용자가 피로감을 호소하고 민원이 반복되어서 결국 이 구간마저도 폐쇄하게 되었다고 한다.

개인적으로는 아쉬웠다. 아까운 생각마저 들었다. 목아재-당재-화개 구간이 열리면 지리산의 명품 계곡인 피아골과 목통골을 연계해서 걸으며 연곡사와 칠불암, 쌍계사를 둘러볼 기회가 주어지기 때문이었다.

지리산 둘레길은 생명과 평화, 화합을 위한 길이다. 둘레길을 걷는다는 것은 산천 자연과 주민과 순례자가 서로를 존중하고 이해하며 연대하고 화합하는 과정이다. 아쉽고 아까워하는 마음, 무언가를 더 얻고 이루려는 욕망은 내려놓으면 될 일이었다. 폐쇄된 목아재-당재 구간에서 다시 한 번 이를 배운다.

목아재에서 김밥을 먹었다. 주변 경관을 둘러보며 한참을 딘전거린 후에야 송정을 향해 출발했다.

길은 돌계단을 오른 뒤부터는 여느 숲길과 다르지 않았다. 봉애산 허리를 감고 돌다 왕시루봉에서 흘러내린 능선을 타고 약간의 오르내림을 반복하며 점차 고도를 낮추었다.

시계가 트이며 섬진강 줄기가 눈에 들어왔다. 남도대교가 아스라했다. 육안으로는 제대로 구분이 되지 않아 휴대전화로 촬영한 사진을 확대해야 보일 정도였다.

능선에서 내려다보이는 섬진강. 멀리 남도대교가 아스라하다.

좀 지루하다 싶을 무렵 숲길이 끝나며 임도로 연결되었다. 임도 저 아래쪽에 펜션으로 보이는 가구 여러 채가 들어서 있었다. 펜션 사이로 한 수내가 흘렀다. 어딜 가나 펜션과 맑은 개울은 한 몸이었다.

임도가 끝나는 기슭에서 주민들이 돌배를 수확하고 있었다. 다들 잡초 사이를 헤집으며 줍는데 성미 급한 아저씨는 나무를 흔들어댔다. 돌배가 아주머니 머리에도 떨어지고 어떤 놈은 지 알아서 자루로 쏙 들어갔다.

길에서 길을 찾다 지리산 둘레길

　한수내를 건넜다. 그렇게 둘레길 가탄→송정 구간 종점에 닿았다. 일반
민박집을 찾아 섬진강변 19번 국도가 지나는 송정마을 입구까지 1.0㎞
정도 가량을 걸어 내려갔다. 다행히도 식당을 겸하는 민박이 있었다.

　숙소에 짐을 풀고 좀 이른 저녁을 먹었다. 그런데 아침밥은 불가하다고
했다. 난감해하는 내 표정을 읽었는지 아주머니가 홍시 2개를 내어주었
다. 아침 대용식인 셈이었다.

　오랜만에 손님이 든 탓인지 TV가 제대로 작동을 하지 못했다. 주인아
저씨를 비롯하여 식당에서 밥을 먹던 주민 세 사람이 차례로 방을 오갔
다. TV는 끝내 먹통이었다. 긴긴밤을 떠올리며 나는 어쩔 줄 몰라 했다.

　경남 하동(화개면)과 전남 구례(토지면)를 이어주는 작은재를 넘는다.

　추동마을을 오르는 포장도로 구간이 꽤 가파르다. 하지만 대부분 숲길이고 시야가 열리는 곳에서는 어김없이 섬진강 물줄기를 조망할 수 있다. 다소 힘들어도 기분 좋게 걸음이 옮겨지는 구간이다.

　가탄마을-법하마을(0.7㎞)-작은재(1.2㎞)-기촌마을(1.9㎞)-목아재(3.4㎞)-송정마을(3.4㎞)로 연결된다. 총 거리는 10.6㎞로 6시간 정도 소요된다. 시점에서 종점까지 14.6㎞를 걷는데 26,600보를 내디뎠다.

　목아재에 서서 폐쇄된 당재 구간을 바라보노라니 우리네 인생길이 문득 둘레길과 다를 바 없다는 생각이 들었다. 화려했던 오늘도 내일이면 옛날이 되고 흔적조차 없이 사라진다. 나설 때의 희망이나 의지 속에 종국은 이미 스며들고 때론 벼락 치듯 들이닥친다. 나는 지금 당장 멈추거나 사라져도 후회 없을 걸음을 딛고 있는가.

추동마을 오르는 길에서 뒤돌아본 기촌마을 풍경

목숨 바쳐 지킨 나라,
살을 베어 살린 부모

섬진강에서 피어오른 물안개가 한수내와 송정마을을 뒤덮고 있다.

7시 반경, 민박집을 나섰다. 주변에 짙은 안개가 내려앉아 있었다. 한수내를 거슬러 송정-오미 구간 시작점으로 가는 길이 꿈속 어딘가를 걷는 듯 몽롱했다.

시작부터 된비알이었다. 길은 두어 번 작은 골을 건너며 오르내림을 반복했다. 비 내리는 여름이면 골골 물소리로 귀가 좀 따가울 성싶었다. 왼쪽 아래로 섬진강이 얼핏 내려다보였다. 안개로 뒤덮인 섬진강은 주변 산과 한몸인 듯 경계가 모호했다. 물줄기를 따라 물 대신 안개가 흘렀다.

30여 분을 지나 의승재에 올랐다. 고개 아래로 내려서니 울창한 편백숲이 나타났다. 아침 햇살이 뚫지 못한 숲은 고요 적적했다. 섬진강의 안개마저 스민다면 담이 약한 사람은 심장이 쫄깃해져 들어서기 난망할 것

길에서 길을 찾다 지리산 둘레길

이었다. 거기에다 느닷없이 까마귀 울음소리마저 들려온다면 아예 숨이 꼴딱 넘어갈 수도 있겠다 싶었다.

둘레길은 편백숲 아래 지점에서 왼쪽 송정계곡에서 올라오는 석주관 갈림길과 만났다. 석주관까지는 편도 0.9㎞. 둘레길을 벗어나 석주관 쪽으로 발길을 돌렸다.

골짜기에 허름한 가옥이 몇 채 들어앉아 있었다. 첫 번째 집주인은 스님이었다. 얼굴이 달덩이처럼 복스럽고 눈빛은 토끼의 말간 눈을 닮았다. 집 주변이 하도 정갈해서 나처럼 까칠하고 깡마른 모습이려니 지레짐작했는데 전혀 딴판이었다. 게다가 목소리는 왜 또 그리도 청아하고 잔잔한지.

출가 20년째라는 도신 스님은 이곳에서 생활한 지 갓 2년째 되어간다고 했다. 그래서 그런지 아직 절 이름도 없었다. 보일 듯 말듯 처마 아래 내걸린 연등 서너 개가 사찰임을 짐작하게 해주었다.

실상은 몰라도 겉모습만은 무소유를 실천한 듯 검박한 암자

　석주관 칠의사묘는 조선 선조 30년(1597) 정유재란 때 석주관성에서 왜적과 맞서 싸우다 순절한 의병장 일곱 분과 훗날 남원성에서 전사한 당시 구례 현감을 모신 묘(사적 161호)이다. 석주관은 경상도 하동(화개면)과 전라도 구례(토지면)를 잇는 섬진강을 사이에 두고 내륙으로 통하는 전략적 요충지였다.

　칠의사묘는 초라하다는 느낌이 들 정도로 소박했다. 마치 야산 공동묘지에 있는 내 아버지의 묘를 대하는 느낌이었다. 도로 옆 낮은 언덕에 자리를 잡아서 두어 개 계단을 오르면 바로 닿을 수도 있었다. 덕분에 언제건 들러 가벼운 마음으로 술 한잔 올리고는 묘 옆에 앉아 이런저런 이야기를 나누어도 될듯싶었다. 그러다 보면 눈에 띄는 잡초 하나쯤 뽑기도 하겠지.

　　　　　　　　　　　　　　　　길에서 길을 찾다 지리산 둘레길

칠의사와 구례 현감 묘. 꾸밈이 없고 소박해서 오히려 정감이 가고 애틋한 마음이 솟는다.

성역화란 명분으로 거대한 봉분을 만들고 여러 부속물을 설치해서 괜한 위압감을 주던 여느 위인들의 묘소와는 대조적이었다. 수십만 평 묘역의 끝쯤에 묘가 자리를 잡은 탓에 멀리 입구에서 눈으로만 바라보다 사진 한 장 남기고 떠나곤 하던 풍경과도 달랐다.

여느 사당과 달리 칠의사당은 개방되어있었다. 노인 일자리 사업차 어르신 둘이서 살피고 있어서 가능한 일인지도 모른다. 한 의병장 위패 앞에 참례 예물이 놓여있었다. 얼마 전에 후손이 다녀갔다고 했다. 그 마음을 생각하며 묘에서 그랬던 것처럼 다시 한 번 손을 모으고 머리를 숙였다.

석주관성과 칠의사 단까지 꼼꼼히 둘러보았다. 이런 나를 일자리 어르신의 눈길이 계속 따라다녔다. 남들은 그저 눈으로만 휘리릭 둘러보고 사진 몇 번 찍고 떠나던데, 하는듯했다.

다시 계곡을 거슬러 갈림길로 올라섰다. 오르다 보니 송정-오미 구간의 시종점을 19번 도로변으로 옮기면 어떨까 하는 생각이 들었다. 역사의 현장 석주관을 필수코스로 해서 송정계곡을 오르는 길도 의승재를 넘는 현 코스 못지않게 의미 있고 걷는 재미 또한 쏠쏠하기 때문이었다.

임도를 지나 오랜만에 감밭을 만났다. 군데군데 농작물에 손대지 말라는 안내판이 나붙었다. 아침 대용으로 감 두 개를 먹었건만 왠지 부족하고 뭔가 허전했다. 그래서 감밭이나 만나면 한두 개쯤 주워 먹을 기회 있겠거니 내심 기대했는데 안내판 앞에서 그만 주눅이 들었다. 감 보기를 돌 보듯 하기로 했다.

좌측으로 섬진강과 구례 읍내를 비롯하여 들판이 펼쳐지고 우측 산자락에는 밭이 계단을 이루고 있었다. 둘레길은 전형적인 산간 마을의 풍경 속을 드나들며 이어졌다.

거침없이 들판으로 내려서던 길은 구례 노인요양원 입구 차도와 만나는 지점에서 우측으로 꺾어지며 다시 섬진강으로부터 멀어졌다. 요양원을 끼고 뒤로 돌아 오르는 길이 벌떡 일어서 있었다. 마음만은 세월아 네월아 쉬엄쉬엄 가려는데 관성에 익숙해진 발길은 절로 떼어졌다. 마음과 발길이 어긋나며 200여 미터의 짧은 비탈길에서 굵게 헐떡여야 했다.

언덕에 올라서니 섬진강과 토지면 구만리 들판이 시원하게 눈에 들어왔다. 섬진강 바로 건너 사성암에서 누군가는 이쪽을 바라보며 왕시루봉과 그 뒤로 이어지는 지리산을 마음속에 그리고 있는지도 모를 일이었다.

사물도 때로는 풍경에 취하는 것일까. 언덕 위 쉼터 가림막 기둥이 섬진강 쪽으로 기울어져 있었다. 언뜻 보기에는 세월의 무게이거나 부실공사 탓으로 여길 만도 했다. 하지만 기둥은 견고했다.

씨름판 구경꾼의 왼손과 오른손을 뒤바꿔 그려놓은 화가 김홍도의 '씨름'이 연상되었다. 천재 화가의 의도된 바였다. 이를 통해 화가는 손바닥만 한 그림 조각에도 일부러 익살과 해학을 심어놓음으로써 감상의 재미를 더하지 않았던가.

한가운데 나무 뒤로 보이는 봉우리가 사성암이 자리한 오산이다.

쉼터 또한 그럴 것이었다. 휴식 기능에 더해 해학과 여유로움을 느끼게 끔 하려는 설계자의 넉넉함이 배어있었다. 배시시 웃음이 나왔다.

길은 쭉 임도로 이어졌다. 길 오른편 산자락에 화려한 전원형 주택단지 가 조성되어 있었다. 그 연장선인지, 또 하나의 마을이 들어서는 것인지 인근 자락에도 널따란 택지 조성작업이 한창이었다. 초심 유지하며 부디 오래들 눌러살기를 기원했다.

좀 지나니 길옆에 '솔까끔마을' 표지석이 서 있었다. 솔숲? 솔동산? 호 기심이 생겨 들어가려다 또 다른 푯말 앞에서 발길이 탁 멈췄다. 사유지 이니 들어오지 말라 했다.

사람 사는 곳인데 사람 보고 들어오지 말란다. 왕시루봉 끝자락을 잘 라내 마을을 만들고는 자기들끼리만 살겠다는 말인가. 산천 자원을 독점 하며 사람과 연대하지 않는 삶이 과연 전원생활이자 귀촌이라 할 수 있을까 싶었다. 내 돈으로 샀으니 마을 진입로도 내 것이라는 데서는 아찔함마저 느껴졌다. 표지석을 차버리고 싶었다만 신발이 상할까 봐 그냥 지나쳤다.

상한 마음을 문수저수지의 파란 물이 씻어주었다. 제방을 질러가나 싶었는데 저 아래쪽으로 돌아가란다. 여기도 돌아가라네.

길옆 자투리 밭에 수확을 막 끝낸 고구마 줄기가 어지럽게 널려 있었다. 길을 따라 심어진 수수가 탱탱하게 영근 알갱이와 가을 햇살의 무게를 감당하지 못하고 90도로 고개를 숙였다. 논에는 여전히 벼가 황금처럼 빛나고 있었다.

저수지 아래 내죽마을을 지나 하죽마을로 향했다. 하죽마을과 내죽마을이란 이름은 대나무가 울창한 주변의 환경과 관련이 있다 했다. 도로 따라 늘어선 집 앞으로 개울이 흐르고 있었다. 마을을 보호하는 해자와도 같아 보였다.

문수저수지와 그 아래 내죽, 하죽마을

내 살던 고향 마을도 집 사이사이로 개울이 흘렀다. 다른 점이 있다면 길의 상태였다. 여기는 매끈한 아스팔트 포장길이고 우리 동네는 고샅 모든 길이 흙길이었다. 비 오면 질척거리는 통에 너나없이 신발을 들고 다녔었다.

어머님이 몇 발 앞에서 유모차에 의지하며 걷고 있었다. 동네 경로당에 서 점심을 해결하고 가는 길이라 했다. 자연스레 어머님을 따라 집으로 들어섰다.

화개가 고향인 정기순(83세) 어머님은 열여섯 나이에 스물한 살 남편 과 결혼했단다. 어머님이 환갑 무렵 아버님은 술과 담배로 세상을 등졌다 고. 지금은 혼자 살며 대처의 자녀들이 돌아가며 들른다 했다.

까막눈이라고 했다. 화개초등학교가 집 바로 위에 있었는데도 학교에 나갈 형편이 되지 못했다고 한다. 글을 배우지 못한 게 지금까지도 한스 럽고 부끄럽다면서 이런 말은 아무에게나 하지 않는다고 했다. 길손에게 속마음을 드러낸 어머님이 고맙고도 애틋했다. 되돌아서는데 대봉감 한 개를 손에 쥐여주셨다.

1시경, 금환락지의 형국으로 우리나라 3대 명당 중의 한 곳으로 꼽힌다 는 오미마을에 닿았다. 일정을 마무리하기에는 시간이 일렀다. 느리게 걸 으며 부지런히 해찰하자는 마음은 그새 또 어디로 갔단 말인가. 발길이 절로 떼어졌다. 그렇게 한 구간을 더 걷기로 했다.

둘레길은 60번 벽수가 서 있는 마을 정자(오미정) 앞에서 오미-난동 구 간과 오미-방광 구간으로 갈라졌다. 상대적으로 짧은 구간인 오미-방광 구간을 선택했다.

이 고장의 자랑 운조루와 곡전재를 그냥 지나쳤다. 오미-난동 구간을 걸을 때 다시 둘러보면 될 일이었다.

우선 점심을 해결해야 했다. 한옥 민박촌 주변에서 식당을 기웃거렸다. 그런데 이게 웬일, 2인 이상 받는다며 사절이다. 예상치 못한 낭패였다.

지나는 누군가가 큰길로 내려서면 기사식당 비슷한 곳이 있다고 알려주었다. 오미저수지 둑길과 배틀재를 지나 19번 국도로 내려서는 발길이 터덜거렸다.

주유소 부지 안에 식당이 있었다. 쭈뼛거리며 들어섰더니 주인아저씨가 어서 오라고 살갑게 맞이했다. 여긴 혼밥도 무조건이었다. 시래기국밥을 뚝딱 먹어치웠다. 밥이 내게 물었다. 밥값은 했는가?

둘레길은 주유소를 지나 용두마을 입구 사거리에서 오른쪽 하사마을로 꺾어졌다. 뜰 안에 조성된 연못처럼 하사마을과 마을 앞의 저수지가 한 몸으로 어우러져 있었다. 저수지 옆에 배추밭이 있었다. 물 걱정이 없는 배추가 농부의 웅크린 몸만큼이나 몸집을 불렸다.

하사마을은 원래 사도리(沙圖里)였다. 일제강점기 때 윗마을과 구분해 각각 하사와 상사마을로 이름이 바뀌었다.

사도란 글자 그대로 '모래 그림'이다. 전설에 따르면 신라 말 고승 도선 국사가 이곳을 지나다가 도사(智異山 異人, 지리산 이인)가 모래벌판에 우리나라 산천을 그리는 것을 보고는 풍수의 원리를 깨우쳤다고 한다. 사도리가 우리나라 풍수의 발상지란 말이었다.

마을 입구 길옆에 샘이 있었다. 작은등샘이라 했다. 음용이 가능하다는 수질 성적표가 떡하니 붙어 있어서 마시려다 보니 개구리가 세상 편한 몸짓으로 유영하고 있었다. 조금 전에 식당에서 마셨는데 뭘, 하며 외면했다.

마을 앞 들판의 추수하는 모습을 바라보며 도로를 따라 걷다 보면 둘레길은 상사마을 초입에서 오른쪽으로 꺾어지며 산을 향한다. 꺾지 않고 그대로 200여 미터를 직진하면 당몰샘과 쌍산재가 자리한 상사마을에 닿는다.

당몰샘도 작은등샘처럼 수질 성적표가 붙어 있었다. 상사마을은 전국에서 손꼽히는 장수마을로 알려져 있다. 마을 사람들은 그 비결을 당몰샘에서 찾았다. 다른 곳 약수에 비해 유독 미네랄 성분이 풍부하고 맑아서 그렇다는 것이었다. 작은등샘에서의 아쉬움을 당몰샘에서 풀었다.

당몰샘. 최고의 맛이라는 현판만으로는 부족했던지 뒤쪽 담장에 천 년 마을에 감로수와 같은 신령한 물이라는 편액도 새겨넣었다.

쌍산재를 둘러보는 데는 목돈이 필요했다. 관람료가 무려 1만 원이었다. 관람 후 나온 이에 따르면 차 한 잔을 준다 했다. 들자 하니 안내문과 달리 후손들이 실제 거주하지도 않는다던데… 이런 이유로 (사)숲길 책자에 쌍산재가 소개되지 않았나 하는 엉뚱한 생각마저 일었다. 그냥 되돌아 나왔다.

사도리는 효행의 마을이다. 이규익, 오형진, 도평군(조선조 정종의 아들)의 효행비각이 차례로 들어서서 극진한 효성을 기리고 있었다. 그중 이규익은 병석의 아버지를 위해 자신의 손가락을 잘라 피를 흘려 넣어 사흘을 더 살게 했다고 한다. 여느 효행기에 흔히 등장하는 내용이지만 그래도 거기서 멈추면 좋았을 것을 뒤로 이어지는 내용은 너무 나갔다. 6년 시묘살이를 하는 동안 꿩이 묘막에 날아들고 호랑이가 곁에서 함께 지내주었다고 한다. 뭐든 과하면 탈이 난다.

당몰샘에서 뒤돌아 나와 상사마을 초입 도로에서 겨우 200여 미터를 올라오고서는 딴 길로 샜다. 언덕을 질러 30여 분 산속을 헤매다 되짚어 내려왔다. 갈림길에 벅수는 물론이고 널따란 구간 안내판까지 버젓이 서 있는데도 무심코 지나친 것이었다.

하지만 세상살이에 헛 발품은 없는 법. 허탈하게 뒤돌아 내려오는데 이게 웬 호사인가. 언덕에서 내려다보이는 구례들과 아스라이 이어지는 섬진강 물줄기가 장관을 연출했다. 발품과 풍광을 퉁친 셈이었다.

제대로 둘레길로 들어서자 헤맴에 대한 보상 차원인 듯 벅수가 자주 나타났다. 지주를 구하지 못한 마삭줄이 여기저기 바닥을 기고 있었다. 차나무와 신의대가 앞서거니 뒤서거니 나타나며 길손을 반겼다. 그러다 나타난 신의대 숲길 앞에서 나도 모르게, 우와!

작은 골을 연이어 건넜다. 작은 웅덩이 옆 소나무에 바가지가 걸려 있었다. 성의를 봐서라도 그냥 지나치면 안 될 일이었다. 두 번을 떠서 마셨다. 이런 기분 좋은 숲길이 1㎞ 이상 이어지다 콘크리트 임도로 연결되었다.

뱀이 도로를 가로질러 누워 있었다. 나름 일자형을 취한 걸 보면 길을 내어주지 않겠다는 태도로 보였다. 뱀이 텃세를 부린다는 말을 들어본 적 없거늘, 이 녀석은 요지부동이었다. 할 수 없이 도로 곁으로 멀찍이 비켜 갔다.

우수수 피어난 억새가 산발한 할머니의 흰 머리카락처럼 흩날리고 초목의 갈잎은 그대로 갈색으로 굳었다. 농작물에 손대지 말아 달라는 현수막의 내용은 더욱 애절해졌다. 'Please…. only with your heart' 산과 들에서 가을은 그렇게 소리 없이 깊어갔다.

　길은 마산면 소재지로 내려서는 지점에서 우측으로 방향을 틀면서 콘크리트 포장길을 벗어나 임도 이전과 유사한 숲길이 짧게 이어지다 황전 마을로 내려섰다. 마을 아래 마산천을 따라 놓인 덱 로드가 발의 피로를 덜어 주었다.

　화엄사 집단 시설지구에 닿았다. 아주머니가 계곡 근처의 나무 아래에서 한가로이 무언가를 줍고 있었다. 음식 특화 거리에 발길은 뜸했고 주차장은 휑하니 비어있었다. 평일의 늦은 오후임을 감안하더라도 10월 하순의 풍경치곤 한적하다 못해 고적한 느낌마저 들었다.

　위락지구를 그대로 벗어났다. 길은 월등파크호텔 옆을 돌아 곧바로 소나무 숲길로 접어들었다. 어지간히 걸은 탓일까, 오르막에 지레 맥이 풀리며 한숨이 나왔다. 배낭을 내려놓고 애써 여유로움을 가장했다.

암만 험한 길이라도 일단 들어서면 넘어서게 마련이었다. 둘레길을 걸으면서 체득한 일종의 자산이라면 자산이었다. 당촌마을 뒷길로 내려설 때까지 숲길이 이어지다 임도로 연결되었다.

길옆에 우사가 있었다. 소들을 향해 안녕하며 손짓하니 송아지 한 마리가 길손에게 다가오며 왕방울만 한 두 눈을 끔벅거렸다. '그래, 나도 안녕' 쯤으로 받아들였다.

축사 앞의 파수꾼 견공은 짖기는커녕 멀뚱멀뚱 이 모습을 지켜만 보고 있었다. 유사한 상황을 하도 많이 겪다 보니 무심해졌음이라.

평탄한 임도를 따라 천천히 걸었다. 주변의 산과 들에 슬슬 저녁 어스름이 내려앉고 있었다. 해 그림자가 옆으로 길게 늘어졌다.

대나무 숲길이 나타났다. 짧아서 아쉬웠다. 수한마을이 바로 아래다.

마을 내려서는 길옆에 화이트보드가 비치되어있었다. 보드 위쪽에 '아름다운 추억은 가슴에 담고, 발자국의 흔적은 여기에 놓고 가세요'라 쓰여 있었다. 너도나도 흔적을 남긴 바람에 내 발자국이 들어갈 공간은 남아 있지 않았다.

마을 입구에 약수터가 있었다. 수질 검사표는 붙어 있지 않았다. 책임지지 않는다가 아닌 자신 있다는 의미로 받아들였다. 한 바가지를 떠서 마셨다.

둘레길은 수한마을 한복판을 가로질렀다. 돌담길이 정겨웠다. 그러고 보니 고샅마다 돌담 일색이었다. 마을의 전통과 문화의 콘셉트인 모양이었다.

수한마을 돌담길. 시골의 돌담길에 들어서면 숨바꼭질하며 골목길을 뛰어다니던 유년 시절의 기억이 금방 소환된다.

보호수로 지정된 500년 수령의 느티나무 정자를 지나 마을을 벗어났다. 저 앞 길가에서 누군가가 약콩을 까부르고 있었다. 동화 속 공주와 왕자가 살 법한 약수터 바로 앞집주인 박춘선(70세) 어머니였다.

박 어머니는 이곳 태생으로 결혼 후 대처로 나가 살다 부군이 퇴직한 후 다시 들어왔는데 14년째 되어간다고 했다. 비어있던 집을 뼈대만 남기고 지금의 모습으로 꾸몄다고 한다. 집이 환상적이라 했더니 전적으로 남편 작품이라며 왕자의 사랑을 듬뿍 받는 공주의 표정을 지어 보였다.

이제 일은 뒷전, 마을 자랑이 이어졌다. 물한, 수월리, 수한에 이르는 마을 이름의 변천사를 시작으로 마을의 전통과 문화에 관한 이야기가 누에고치에서 실 나오듯 흘러나왔다. 계속 듣고 있다가는 이대로 날을 샐 기세였다. 서산을 넘는 해를 핑계 삼아 일어섰다.

5시 반경, 방광리 오거리 도로 옆 시골 밥상 민박집에 짐을 풀었다. 구간 종점인 방광마을까지 1.0㎞를 남겨 둔 지점이다. 저녁은 물론이고 아침밥까지 가능하다고 했다. 내일 아침을 먹고 나서 인근에 있는 매천사를 둘러보기도 수월할 것이었다. 행운이 겹친 셈이었다.

　송정-오미, 오미-방광 두 구간 내내 왕시루봉을 비롯한 지리산 자락을 걸으면서 토지면과 구례읍 들판을 조망한다. 숨바꼭질하듯 나타났다 사라지곤 하는 섬진강을 바라보는 재미도 쏠쏠하다.

　칠의사의 혼이 어려 있는 석주관과 풍수 및 효행의 마을 사도리는 꼭 둘러볼 곳이건만 공교롭게도 두 곳 모두 둘레길에선 살짝 비켜나 있다. 가능하다면 석주관만이라도 발길이 닿기를 권한다.

　송정-오미 구간은 송정마을-송정계곡(1.8㎞)-원송계곡(1.4㎞)-구례노인요양원(2.7㎞)-오미마을(4.5㎞)로 연결된다. 총 거리는 10.4㎞로 5시간이면 넉넉하다.

　오미-방광 구간은 오미마을-용두갈림길(1.1㎞)-상사마을(1.6㎞)-화엄사 집단시설지구(5.0㎞)-수한마을(3.2㎞)-방광마을(1.4㎞)로 연결된다. 총 거리는 12.3㎞로 5시간 정도 소요된다. 두 구간을 합산하여 28.6㎞를 걸었고 47,900보의 발품이 들었다.

설치 예술가의 여유로움이 느껴지는
기울어진 쉼터

시골 아낙의 어깨 위에 얹힌
삶의 무게

방광저수지

 아침 8시, 숙소를 나와 매천사를 향했다. 매천사는 방광리 오거리에서 구례 방향으로 600여 미터 지점에 자리를 잡았다. 도로를 따라 걷다 방광저수지 뚝방으로 올라섰다. 수면이 다림질한 것처럼 고요했다. 쪽빛의 명징한 호수에 몸을 담근 지초봉과 주변의 산들이 계절을 거슬러 여름의 색조로 되돌아갔다.

 방광저수지 아래 월곡마을에 있는 매천사는 조선말 우국지사인 매천 황현의 위패를 모신 사당이다. 매천 선생은 말년에 월곡마을에서 후학을 가르치며 세월을 보내다 1910년 일제에 의해 국권이 피탈되자 절명시 4편을 남기고 음독 순절했다. 매천사는 선생의 후손과 지방 유림이 선생

길에서 길을 찾다 지리산 둘레길

을 추모하기 위해 건립했다.

당연한 듯 출입문이 굳게 잠겨있었다. 혹시나 했던 기대는 예상을 넘어서지 못했다. 사당은 어찌하여 꼭 잠겨있어야 하는가. 하나 마나 한 독백을 씨불이다 발길을 돌렸다.

방광리 오거리로 되돌아와 민박집을 지나노라니 아주머니로부터 받았던 밥상머리 교육이 생각났다. 혼자서 아침밥을 먹는데 아주머니가 심심했던지 옆 식탁의 의자를 비뚜름히 돌려놓고 앉더니만 인생 교육을 하는 것이었다.

자식이나 아내에게 절대로 집과 땅과 돈을 통째로 넘기지 말라 했다. 넘길 때는 잠시 고맙다는 말을 듣겠지만 결국에는 후회한다고 했다. 지인에게 돈을 빌려주거나 보증을 서도 안된다고 했다. 살면서 귀에 딱지가 앉을 만큼 들어온 말인데도 가만히 들어주었다. 어조가 진지하고 진솔했기 때문이다.

밥상을 물릴 때쯤 해서야 웃으면서 내가 그렇게 시원찮아 보이냐고 물었다.

"에, 사람이 좀 야무지게 안 보이요!"

나를 보는 아주머니의 눈길에 애잔함마저 담겨 있었다. 길손의 비쩍 마른 몸매와 입성마저 검소하다 못해 허름하여 빈티가 흐르는 모습에서 이미 다 넘어갔구나 하는 생각을 한 것인지도 몰랐다.

그래도 웬 오지랖인가 하는 생각은 들지 않았다. 남의 삶에 무심한 현세태에 비추어 보면 참으로 가슴 따뜻한 일로 받아들여졌기 때문이었다. 말씀 고맙노라 마음으로 대답했다.

　용전마을과 방광마을의 중간 지점 농로 옆에 우람한 느티나무 한 그루
가 서 있었다. 오가는 이들과 들판에서 일하는 농부들의 쉼터로 제격이
었다. 나무에는 가을이 붉게 내려앉았으나 벼는 아직도였다. 10월 끝자락
의 구례 들녘은 이제 막 비어가고 있었다.

　방광마을에 닿았다. 전해오는 이야기로는 마을에 판관이 살았다 하여
판관마을로 불리다가 '팡꽹이'로 변형된 후 한자식 표기에 따라 방광으
로 바뀌었다고 한다. 유래를 떠나 어감이 어째 좀 민망했다.

　요즘은 마을 앞 골짜기 이름을 따서 참새미마을로도 많이 불리고 있었
다. 참새미는 참샘의 지방말이다. 참새미도, 참샘도 다 예쁘고 정겨웠다.
아예 공식 지명으로 바꾸면 어떠할까 싶었다.

　마을회관 정자 앞에 느티나무 고목이 있었다. 500년 수령의 보호수였
다. 그런데 정작 눈길을 끈 것은 보호수 옆에 덩그러니 1m 높이의 밑동
만 남은 나무였다. 차마 나무라 부르기 애처로워 보이는 몸통에서 한 줄
기 가지를 내어 잎을 틔우고는 계절의 변화에 발맞추어 갈색으로 옷까지
갈아입었다. 질긴 생명력이 경이로웠다. 이를 관리하는 주민들의 마음이
참으로 따뜻하고 애틋하게 느껴졌다.

밑동을 제거하지 않고 남겨 둔 모습에서 주민들의
느티나무에 대한 애정이 그대로 느껴진다.

　방광-산동 시·종점 소원바위 앞에 섰다. 도로 아래 천은천이 흐르는
골짜기를 참새미골이라 했다. 주변에는 야영장과 물놀이장을 갖춘 아담
한 유원지가 조성되어 있었다.

　참새미골을 건너 언덕을 넘으면서 숲길로 접어들었다. 여기부터 당동
마을까지 이어지는 길은 지리산 둘레길의 진수라 해도 과언이 아니었다.
산수유나무를 비롯하여 신의대, 플라타너스, 편백, 감나무 과수원이 차
례로 나타나고 왼쪽으로는 광의면 벌판이 시원하게 열렸다.

　바람도 걸릴 만큼 빽빽이 들어선 신의대와 노란 감이 주렁주렁 매달린
감나무 가지가 앞을 턱 막아설 때는 유쾌함을 넘어 황홀하기까지 했다.
과수원 한복판에 길을 내준 주인의 배려가 고맙고 넉넉한 그 마음이 부
러웠다.

  천은천 저 아래 하대마을에 사는 한순자(75세) 어머님과 공천차(82세) 아버님이 감을 수확하고 있었다. 미니 과수원이었다. 사다리를 오르내리는 아버님의 모습이 왠지 조심스러워 보여 조금이라도 도와드릴 요량으로 밭으로 내려섰더니 오늘 예정한 양은 이미 다 땄다고 했다.

  두 분이 즉석에서 꼭지를 다듬고 선별작업에 들어갔다. 딱히 도움될 일이 없어 옆에 쪼그리고 앉아서 그냥 구경만 했다.

  아버님의 모자에 이름이 새겨져 있었다. 그런데 공천차가 아닌 공천자였다. 여동생 모자를 빌려 썼느냐고 물어보니 잘못 새긴 거라 했다. 어머님과 내가 소리 내어 웃었다. 계면쩍은 미소를 지으며 머리를 긁적이는 아버님의 모습이 문득 귀엽다는 생각이 들었다.

　　　　　　　　　　　　　길에서 길을 찾다 지리산 둘레길

욕심을 내려놓은 부부는 그때그때 딱 필요한 만큼만 수확을 한다.

올해는 감이 적게 열려 일이 좀 수월하다고 어머님이 웃으면서 말씀하
셨다. 적게 열려 좋단다. 그 한 마디에 시골 아낙의 어깨 위에 평생 얹혔
을 삶의 무게감이 고스란히 담겨 있었다. 일어서니 감을 한 소쿠리 담아
주셨다. 아이고, 이 많은 양을 어찌하라고. 두어 개면 족하다 해도 그 정
도로는 어림없다는 듯 완강했다. 유쾌한 흥정이 벌어졌다. 일부를 배낭에
넣고 두 개를 손에 들고서야 자리를 뜰 수 있었다.

길은 계속 숲길로 이어지며 석조 비로자나불 입상 앞을 지났다. 석불
은 눈, 코, 입 주변이 닳아 없어졌다. 전해지기로는 코를 만지면 아들을
얻는다고 해서 그리되었다고 한다. 남아선호는 고사하고 국가의 존망을
좌우할 만큼 출생률이 떨어진 현 상황에서 보면 격세지감이 아닐 수 없
는 이야기였다.

당동마을 윗길로 내려섰다. 광의면 들판이 한눈에 들어왔다. 위대한 작품은 풍광에서 나오는 것일까. 화가, 도예가, 조각가 등 예술인이 당동마을 위쪽으로 집을 짓고 모여들면서 또 하나의 마을을 이뤘다. 이름하여 예술인마을이다.

당동마을은 남악제를 지내던 지리산 남악사당(南岳祠堂)이 있던 마을이라 해서 '당몰'이라 불리다 지금의 당동으로 바뀌었다고 한다. 남악사터는 둘레길이 지나는 당동마을 윗 지점에 있었다.

지리산 산신제에 기원을 둔 남악제는 신라 때는 천왕봉에서, 고려조부터 조선조 초기까지는 노고단에서 지내다가 1456년부터 현재의 남악사터가 있는 곳에서 지냈다. 일제강점기에 민족의 얼과 전통이 깊게 배인 남악제를 일제가 가만 놓아둘 리 없었다. 1908년 일제의 강압으로 사당이 헐리고 제단도 폐쇄되었다.

세월이 흘러 1969년 구례군에서 화엄사 일주문 앞쪽에 남악사를 새로 건립하였다. 그리고는 '천 년의 역사 속으로 떠나는 여행'이라는 주제로 매년 4월 중순 곡우를 전후로 군민의 날 행사와 함께 제를 지내며 천 년의 전통을 이어가고 있었다.

예술인마을을 벗어난 길은 왼쪽으로 난동마을을 끼고 위쪽 지초봉 방향으로 나아갔다. 마을 끝 지점에 난동-오미 구간 갈림길을 알리는 137번 벅수가 서 있었다.

난동마을까지 기분 좋게 걸었으면 이젠 땀 좀 흘려도 될 일이었다. 구리재를 오르는 콘크리트 포장 임도로 접어들었다. 외따로 떨어진 민가를 막 지났나 싶을 무렵 길 한복판에 바위와 다름없어 보이는 돌덩이 세 개가 일렬로 놓여있었다. 보기에는 들어오지 말라는 뜻으로 읽혔다.

가다 보면 장애물은 여러 형태로 나타났다. 뱀을 만나 한판 기 싸움을 벌이기도 하고 길 위로 늘어진 감나무 가지 앞에서는 오히려 유쾌해졌다.

한데 외길에 놓인 큼지막한 돌덩이는 느낌이 좀 달랐다. 당황을 넘어 당혹스러웠다. 어찌하나 주변을 둘러보다 뒤집힌 채 길섶에 쓰러져 있는 작은 안내판을 발견했다. 차량 출입을 제한한다는 내용이었다. 위반 차량이 자주 있다 보니 우격다짐 식 조치를 해놓은 모양이었다.

차량 통행금지. 오른쪽은 누군가가 분풀이로 뽑아 내팽개친 안내판.

통과해서 뒤돌아보니 돌덩이가 더욱 크게 느껴졌다. 긴급 시 출동해서 옆으로 돌을 굴리느라 낑낑거릴 어느 출동대원의 모습이 연상되었다. 별 게 아닌 듯 행동하는 얌체들 때문에 애먼 사람 여럿이 당황스럽고 힘들구나 싶었다.

햇볕은 점점 강해졌다. 도로 폭이 넓은 탓인지 길옆 나무가 그늘막 역할을 제대로 하지 못했다. 지금껏 여러 고개를 올랐건만 고갯마루에 올라설 때까지 일관되게 햇볕에 노출된 경우는 처음이 아닌가 생각되었다.

그나마 다행인 건 위로 오를수록 가파름이 순해진다는 점이었다. 거기에 길벗도 하나 있었다. 그림자가 앞서 나를 이끌었다. 허상이 실상을 이끄는 꼴이었다.

6~70대로 보이는 아주머니 셋이 임도 위에 누워있었다. 가까이 다가섰는데도 기척이 없었다. 햇볕에 데워진 콘크리트 임도가 따뜻해서 아예 잠이 든 모양이었다.

모자로 얼굴을 가리고 있어 처음에는 나잇대는 고사하고 여성인지, 남성인지조차 구분하지 못했다. 옆을 지날 무렵에서야 기척에 놀랐는지 벌떡 몸을 일으키는 통에 내가 더 놀랐다.

길에서 길을 찾다 지리산 둘레길

공공 근로 일자리 사업에 나선 이들이었다. 농담 삼아 이렇게 농땡이 쳐도 되느냐 했더니 약속이나 한 듯 셋 모두 손사래를 치며 말했다.

"아녀요, 금방 누웠다요."

나도 웃고 저들도 웃었다.

구리재에 올라섰다. 고개를 오르내리는 길이 구렁이가 꿈틀꿈틀 움직이는 모양처럼 구불구불하다 해서 구리재로 불린다고 했다. 위치로 보아 구례재에 이야기의 옷이 입혀진 게 아닌가 여겨졌다.

감을 먹으며 쉬고 있는데 사내 하나가 올라왔다. 나보다 나이가 두어 살쯤 위로 보이는 둘레길 순례자였다. 감을 한 개 건넸더니 냉큼 받아서 먹어치웠다. 어지간히 땀을 흘린 모양이었다. 하도 맛있게 먹길래 한 개를 더 주었다.

구리재 오르는 길에서 내려다본 광의면 들판

사내는 걷기의 달인이었다. 서해랑길, 남파랑길, 해파랑길을 다 걸었고 지리산 둘레길도 초창기에 이미 걸었다고 했다. 갈 길이 급한지, 원래 스타일이 그런지 금방 일어섰다. 얼떨결에 따라 일어섰다.

내리막길은 여유로웠다. 임도를 따라 걷다 쉼터 정자를 지나 숲길로 접어들었다. 거기까지는 좋았는데 구례수목원 앞에서 왼쪽 골짜기로 빠지지 못하고 수목원 앞을 질러 나아갔다. 둘레길을 벗어난 것이다.

달인의 이야기에 취해 벅수를 전혀 신경 쓰지 않은 탓이었다. 달인은 나보다 더 당황한 눈치였다. 마치 달인의 권위에 금이라도 간듯한 모습이었다.

달인의 말수가 사라졌다. 우린 그렇게 그냥 내려갔다. 벗어난 길은 탑동마을 안으로 연결되었다. 이 바람에 엉뚱하게도 탑동마을 고샅을 둘러보게 되었으니 전화위복이라고나 할까.

1시경, 탑동마을에 닿았다. 남도민박 최규숙 주인이 예서 묵지 말고 주천까지 가라 했다. 자기도 민박을 운영하는 처지이지만 묵으라고 권하기엔 시간이 너무 이르다고 했다. 그러면서 감까지 두 개를 건네는 것이었다. 이런 분이 귀인이고 진정한 고수였다. 길을 나섰다. 감은 사양했다. 배낭에는 내일까지 먹고도 남을 양이 들어있으니깐. 그새 달인은 말도 없이 휭 가버렸다. 비록 찰나와도 같은 연이었지만 헛되다 생각되었다.

탑동마을 앞 지리산온천랜드로 가는 도로변 식당에서 도가니탕을 먹었다. 17,000원이었다. 둘레길을 도는 동안 한 끼 식사로는 가장 호사롭고 비싼 값을 치렀다.

서시천을 건넜다. 지리산 만복대 등지에서 발원한 서시천은 이곳 산동을 거쳐 구례읍을 지나자마자 곧바로 섬진강으로 합수한다. 내일 걷게 될 난동-오미 구간의 대부분은 서시천을 따라 걷는 길이다.

효동마을을 지나 서시천을 따라 걸었다. 수락천이 합류하는 지점 위 원효교를 건너 면 소재지로 들어섰다. 그렇게 구간 종착점인 산동면사무소에 닿았다.

산동면사무소는 휴일과 다름없다 싶을 만큼 한가했다. 주변을 어슬렁거리며 남은 시간을 어찌할지 생각해보았다. 두 구간이 남았으니 모레쯤이면 둘레길 전 구간 순례가 마무리될 것이었다. 그때의 편의를 위해 화개에 있는 차를 구례읍으로 옮겨 놓기로 했다.

군내 버스를 타고 구례읍으로 이동했다. 그런 다음 화개로 가려는데 두 시간 뒤에야 차편이 있었다. 마냥 기다릴 수 없어 다른 방법이 없나 하고 물으니 잠시 후 화개 근처를 지나는 농어촌버스가 있다 했다. 그걸 타고 가서 적당한 곳에서 내려 걷든지 말든지 알아서 하라 했다. 탔다.

버스 맨 뒷자리에 앉았다. 앞자리의 아버님에게 화개 가는 방법을 물었다. 대번에 차를 완전히 잘못 탔다는 대답이 돌아왔다.

이야기를 들었는지 어머님 둘이서 대화에 끼어들었다. 그리고는 나를 제쳐둔 채 자기들끼리 논쟁을 벌였다. 그런데 오가는 대화 내용을 통 알아들을 수가 없었다. 마치 성령의 은혜를 입어 방언이라도 터진 듯한 어느 교회 부흥회장과도 같았다. 와중에 아버님은 '잘못 탔어.' 추임새를 넣었다.

뒤쪽의 소란함을 참다못한 기사가 대체 어딜 가는데 그러냐고 큰소리로 물었다. 나도 큰소리로 화개터미널을 외쳤다.

"가만히 있다 내리라는 곳에서 내리쇼이."

이 한 마디로 차 안이 조용해졌다.

기사는 남도대교 건너편에 나를 내려주었다. 화개까지는 채 10분이 걸리지 않는 거리였다. 다들 이 근처 지리의 전문가들일진대 설명하고 이해시키는 스킬의 차이에서 비롯된 일이었다.

그렇게 차를 구례로 옮겨왔다. 읍내 모텔에 짐을 풀었다.

길에서 길을 찾다 지리산 둘레길

 전 구간에 이어 여전히 지리산 자락에 터를 잡은 마을과 마을을 지나
며 광의면 들판을 조망하는 구간이다. 참새미골을 지나 당동마을에 이
르기까지 이어지는 2.8㎞ 숲길에서는 지리산 둘레길에서 만나는 거의 모
든 수종이 앞서거니 뒤서거니 하며 나타난다. 구리재 오르는 구간이 다
소 팍팍하나 무리가 갈 정도는 아니다.

 방광마을-당동마을(2.8㎞)-난동마을(1.4㎞)-구리재(3.7㎞)-탑동마을
(3.7㎞)-산동면사무소(1.4㎞)로 이어지는 13.0㎞의 길이다. 대략 5~6시
간 정도 소요된다. 방광리 오거리부터 종점까지 17.5㎞를 걷는데 27,300
보의 발품을 들였다.

한순자 어머님과 공천차 아버님의 감 수확 모습

명당은 터가 아닌
배려와 상생의 정신에 있는 것

구례 오일장이 서는 날이다. 아침밥도 해결할 겸 시장 구경에 나섰다. 날씨가 꽤 쌀쌀했다. 노점상 어머님들이 두툼한 겨울 외투와 털모자로 무장하고 있었다. 군데군데에서 페인트통과 드럼통을 개조해서 만든 난로 위로 장작 불꽃이 벌겋게 넘실대고 있었다.

7시가 갓 넘은 시각인데도 시장통엔 활기가 넘쳤다. 어머님들은 좌판에 벌여놓은 물건은 내버려둔 채 난로 앞에 옹기종기 모여앉아 이야기꽃을 피우고 있었다. 모두 밝은 표정이었다. 물건을 팔러 나온 건지, 사람 만나 이야기하는 재미로 나온 건지 모를 모습이었다.

식당으로 들어섰다. 찬은 알아서 가져다 먹는, 일종의 셀프서비스였다. 백반을 주문하고는 찬 몇 가지만 대충 담아왔다. 그러자 주인아주머니가 적게도 담았다며 혼잣말을 하더니 병어 한 마리를 구워서 슬쩍 얹어놓고 돌아섰다. 그 손길에는 '그거 먹고 오늘 하루 어찌 견딜래?'하는 따뜻한 힐난이 담겨 있었다.

밥을 먹고 있노라니 아주머니가 미역국을 담은 솥과 여러 사람 분량의 식사 도구를 챙겨서 출입문 밖에 내어놓는 것이었다. 내다보니 여기저기서 어머님들이 모여들어 각자 한 그릇씩 미역국에 밥을 말아서 제자리로 돌아갔다. 익숙한 듯했다.

저리하고 대체 얼마를 받나 궁금해서 물어보니 주인아주머니가 눈을 동그랗게 뜨며 무슨 돈을 받느냐고 반문했다. 아침에 빈속이나 다지라며 그냥 베푸는 거라 했다. 한 그릇의 미역국밥과 내 밥상의 병어구이에서 타인에 대한 체화된 배려를 가슴 절절하게 느꼈다.

천궁식당 주인아주머니의 따뜻한 마음이 담겨 있는 한 그릇 미역국밥을 장터 어머님들이 자율 배식하고 있다.

오미-난동 구간을 난동에서 출발하기로 했다. 이 구간은 서시천과 섬진강 천변을 걷는 길이다. 기왕이면 거스름보다는 물길 따라 함께 흐르자는 순리의 마음에서였다.

구례에서 난동으로 직접 가는 차편은 시간대가 맞지 않았다. 할 수 없이 근처를 지난다는 버스를 탔다. 버스는 지난 이틀간 걸었던 토지, 마산, 광의면 일대를 누비고 다니다가 천은사까지 들른 다음 광의면 소재지에 나를 내려놓았다.

난동마을 시작점까지는 약 2.5㎞ 정도의 거리였다. 근처라는 말이 좀 아리송했다. 그래 봤자 어차피 급할 것도 없는 하루, 세월아 네월아 딴전 부리며 걷더라도 한 시간이야 더 걸리겠나 싶었다.

어제 방광-산동 구간을 걸으며 내려다보았던 들판을 가로질러 걸었다.

길에서 길을 찾다 지리산 둘레길

어느 농가의 닭장이 길 바로 옆에 놓여 있었다. 채 반 평도 되지 않을 뜬 장 형태의 작은 닭장에는 장닭과 암탉이 각각 두 마리씩 네 마리가 있었다. 한쪽 구석에는 알 4개를 낳아 두었다.

무슨 의도로 길가에 닭장을 둔 것인지 궁금했다. 미물에게도 견문을 통해 호연지기를 키우도록 배려한 것일까. 암수를 동수로 둔 까닭도 궁금했다. 이 또한 일부일처제의 배려인 것일까. 그런다고 닭대가리가 주인의 마음을 이해할 수 있을는지도 궁금했다. 그냥 지나쳐도 될 닭장을 앞에 두고 쓸데없는 궁금증에 발목이 잡혔다.

난동마을 입구에 들어섰다. 정자나무 쉼터에 한 사내가 앉아있었다. 흰 수염을 기르고 머리에 두건을 두른 외모에는 왠지 모를 도인의 풍모가 어려있었다.

'지리산 최 도사'로 불리던 최현 씨였다. 노인 일자리 공공근로 작업으로 쓰레기를 줍다가 잠시 쉬는 중이라고 했다. 그러고 보니 공공근로 조끼를 입고 있고 의자 한쪽에는 쓰레기 봉지와 집게가 놓여 있었다.

의신마을 등지에서 생활하던 그가 어인 연유로 하산하여 이곳에 머물고 있는지 궁금했다. 그것도 벌써 6년째라니.

하지만 궁금증을 해소하기에는 상황이 우호적이지 못했다. 막걸리의 달인인 그와 대화를 이어가기 위해서는 술 한잔이 필수적일진대 시간은 이제 막 10시를 넘어서고 있었다. 게다가 지금 그 앞에는 일이, 내 앞에는 길이 놓여 있었다. 아쉬움을 뒤로 하고 발길을 돌렸다.

난동마을은 마을 근처에 난이 많다 하여 난초골, 난죽골로 불리다가 일제 강점기 초기 행정구역 개편과 함께 난동으로 바뀌었다고 한다. 마을 안내 표지석의 내용이다. 일설에는 마을 뒤쪽에 난야사라는 절이 있었는데 난야사의 난을 따서 난야골로 불리다가 난동이 되었다고도 한다.

10시 반경, 우여곡절 끝에 난동-오미 구간 시작점에 도착했다.

숲길 관계자가 벅수를 손보고 있었다. 오미 방면을 가리키는 날개가 삭아 떨어진 상태였다. 새로 날개를 얻은 벅수가 환한 표정으로 날갯짓했다. 벅수 뒤의 감들이 빨간 미소로 화답했다.

길에서 길을 찾다 지리산 둘레길

마을 골목을 따라 내려오는데 노인 일자리 공공 근로에 나선 어머님 둘이서 감나무 아래에 앉아 쉬고 있었다. 최 도사와는 다른 일행인 모양이었다.

최점순(86세) 어머니는 열아홉 살 때 아래 온동마을에서 시집을 왔다고 했다. 시어머니가 점찍어놓고 중매에 나선 통에 시집살이를 모르고 살았단다. 지금껏 고향에서 아들 내외와 함께 살고 있으니 이 정도면 복 받은 거 아니냐고 했다.

최 어머님은 가는 귀를 먹은듯했다. 하지만 대화를 이어가는 데는 전혀 어려움이 없었다. 곁에서 구해덕 어머님이 척척 통역을 해주었기 때문이다. 감정까지도 살려 가며 전달하는 모습에서는 둘 사이의 길고 깊은 호흡을 확인할 수 있었다. 딱 봐도 단짝이었다. 노년의 삶에 이런 단짝 한 사람 있다면 그 자체만으로 행운이요 행복일 것이었다.

자리를 털고 일어서는데 구해덕 어머님이 뒤따라 일어섰다. 그러더니 길옆 감나무에서 단감 두 개를 따 주는 게 아닌가. 당황해하는 나를 보며 하는 말씀, "이거, 우리 거여."

난동마을을 빠져나와 온동마을에 들어섰다. 온동(溫洞)은 마을 뒤쪽 골농계(谷籠溪, 곡롱계)라는 골에서 온수가 솟아났다고 해서 온수골로 불렸다고 한다. 마을 표지석에는 온동이라는 공식 지명 대신 온수동이라는 이름을 사용하고 있었다.

전설에 따르면, 이 물이 피부병에 좋다는 소문이 나면서 전국의 피부병 환자들이 몰려들자 마을 사람들이 고심 끝에 솥뚜껑으로 물구멍을 막아 버리면서 더이상 물을 사용하지 못하게 되었다고 한다. 그 물길이 이웃 산동으로 넘어간 것일까, 산수유마을 산동에는 온천 집단위락시설이 들어서서 연중 붐비는 곳이 되었다.

문득 어제 지난 당동마을도 생각났다. 난동, 온동, 당동이라. 이건 뭐 딩동댕도 아니고. 딱딱하고 별 의미 없어 보이는 현재의 명칭을 버리고 정겹고도 익숙하며 지명의 유래를 제대로 반영한 난초골, 온수동, 당몰 등 옛 이름으로 돌아가는 게 훨씬 나을 성싶었다.

바닥을 드러낸 온동저수지를 지나 차도로 내려서 오른쪽 구만제 방향으로 몇 걸음 걷다 도로를 건넜다. 그런 다음 우리밀체험교육관 밑으로 내려서 구만저수지 수문 아래 서시천을 건넜다.

길은 숲길로 연결되었다. 하지만 100여 미터의 숲길은 짧아도 너무 짧았다. 이런 길손의 아쉬움을 읽은 것일까, 세심정을 세워 그간 탁해진 마음을 씻도록 하는 배려를 잊지 않았다.

세심정을 나서 다시 서시천을 건넜다. 이제부터는 서시천을 따라 줄창 걷는 과정이다. 말끔히 포장된 길 위에서 발길은 외려 터덕거리는 모순을 서시천 둑길에서 길게 경험했다.

길은 광의면 소재지로 이어졌다. 세 시간 전쯤 버스에서 내렸던 지점이다. 어딜 돌고 돌아 원점으로 되돌아왔나 하는 생각에 나도 모르게 한숨이 나왔다. 천은사계곡에서 흘러내린 천은천이 면사무소 앞에서 서시천과 합류했다. 광용교 위에 서서 서시천과 천은천의 두물머리 풍경을 감상하면서 지난 발품을 애써 달랬다.

광용교를 통해 다시 한 번 서시천을 건넜다. 둑길은 지루하리만큼 계속이어졌다. 한여름엔 강렬한 햇볕, 콘크리트 복사열 대 강바람, 벚나무 그늘과의 한판 기 싸움이 될 터인데 후자가 전자를 감당하기는 버겁겠다는 생각이 들었다.

길에서 길을 찾다 지리산 둘레길

　이럴 때 수달 가족이라도 눈에 뜨인다면 지루함이 확 달아날 법도 하건만 야행의 습성을 어찌하오리. 간간이 수면을 노니는 흰뺨검둥오리와 왜가리로 위안을 얻을 일이었다.

　마침맞게 세월을 낚는 강태공이 있었다. 찌 근처에서 은어가 수박 향을 풍기며 놀고 있건만 망은 텅 비어있었다. 강태공을 흉내 내는지 잡은 물고기를 도로 놓아주고 있었다. 아니면 저 앞 왜가리와 먹이 싸움을 피하려는 것인지도 모를 일이었다.

　19번 국도가 지나는 서시2교 아래 징검다리에 앉아 편의점에서 구매한 김밥을 먹었다. 물 만 밥이 목에 메듯 흐르는 물 앞에서 괜히 목이 메는 기분이었다. 아마도 지루하단 마음의 반영일 것이었다.

왼쪽 멀리 동행하던 노고단이 슬슬 뒤쪽으로 밀려나는 느낌이 들 때쯤 구례읍 소재지에 다가섰다. 구만저수지에 물이 담기면서 흐름이 끊긴 데다 들판 이곳저곳에서 흘러든 물로 인해 서시천은 더욱 탁해졌다.

서시천은 진시황의 명으로 불로초를 찾아 나선 서불(서복)이 잠시 머문 데서 연유했다고 한다. 그런데 왜 서불천이 아니고 서시천일까. 슬갑 불(市) 자와 저자 시(市) 자를 혼동하여 그리되었다고 한다. 다른 이야기도 있다. 천에서 빨래하는 아낙네의 모습이 서시를 닮았다고 해서 서시천이 되었다는 것이다.

둘 다 천변에 설치된 안내판의 내용이다만 서불과 관련된 이야기는 너무 억지스럽다는 느낌을 지울 수 없었다. 실소마저 나왔다. 탁해진 서시천에서 빨래하는 여인의 모습도 이젠 상상하기 어려웠다. 그저 아, 옛날이여, 정도로 여기면 될 일이었다.

둘레길 구례센터를 200여 미터쯤 앞두고 길이 막혔다. 2년 전 여름에 발생한 홍수의 상흔은 아직도 남아 있었다. 당시 무너진 서시천 제방을 비롯하여 유역의 보수 공사가 진행 중인 때문이었다.

이 바람에 곧바로 나아가지 못하고 정장교를 건너 우회해야 했다. 천 건너편의 구례운동장과 읍내를 조망하며 반대편 둑길을 걸었다. 약 1.0㎞ 정도를 지나 원 둘레길과 만나는 서시교에 닿았다.

서시교 아래로 내려서니 공사 중 현수막이 다시 길을 막았다. 여긴 우회로가 없었다. 달리 선택지가 없는 상황이라서 고민도 당황스러움도 오히려 크지 않았다. 현수막 사이로 넘어갔다. 기억하기로는 둘레길에 들어선 뒤로 최초의 일탈인 셈이었다.

길은 의외로 상태가 양호했다. 혹시 모를 안전사고 예방 차원에서 출입을 제한한 듯했다. 그렇다고 행위가 정당화되지는 않는 법이라서 허튼 걸음 딛지 않고 조심조심 앞을 보고 걸었다.

서시천이 섬진강 물길과 합류했다. 10여 분쯤 지나서는 화엄사계곡에서 흘러내린 마산천도 섬진강에 몸을 풀었다. 섬진강은 더욱 넓어지고 물길은 순해졌다.

나도 모르게 자꾸 뒤를 돌아보았다. 한 발 뗄 때마다 구례읍이 저만치 멀어졌다. 섬진강을 가로질러 문척면과 구례읍을 잇는 문척교가 꿈길처럼 아스라하게 느껴졌다.

마산천을 건너 덱 로드로 내려섰다. 섬진강 둑길과 잠시 이별하는 순간이었다. 길은 대숲으로 이어지며 용호정으로 발길을 이끌었다. 세심정의 찰나와도 같은 숲길 뒤에 처음 맞이하는 비포장길인 셈이었다.

하지만 여기서도 숲길은 길게 이어지지 않았다. 용호정을 지나고 그 위쪽 쉼터 정자를 지나면서 길은 다시 섬진강 둑길로 연결되었다. 1.0㎞ 정도 둑길을 걷고서야 구례 순환 08번 벽수 앞에서 농로로 내려서며 둘레길은 섬진강 물길에서 완전히 벗어났다.

풍경도 반복되면 단조롭고 지루한 법이다. 취향이나 성향에 따라 다를 테지만 계절, 날씨에 따라서는 천변을 걷는 일이 산책이 아니라 때로는 고행일 수 있음을 이번 구간을 걸으면서 새삼 실감했다.

농로를 따라 원내마을을 지났다. 19번 국도를 건너 곡전재에 닿았다. 곡전재는 조선 후기 전통 목조 양식의 고택으로 당시 영호남 지역 부농의 일반적인 민가 모습이라고 했다. 2.5m가 넘는 호박돌 담장을 빙 둘러 쌓아서 마치 작은 성 같은 분위기를 연출하고 있었다.

곡전재 입구. 높다란 호박 담장을 뒤덮은 담쟁이 넝쿨이 가을빛으로 물들어있다.

소박한 자연미가 돋보이는 곡전재 내부 모습

담을 이렇게 금가락지 형태로 쌓은 이유는 곡전재의 터가 금환락지임을 나타내려는 의도에서였다. 한 마디로 우리나라 3대 길지 중 한 곳인 오미마을 가운데서도 명당 중의 명당이라는 이야기였다.

정원은 화려하지 않으면서도 아름답고 조화로웠다. 차 한 잔을 마시며 관람 동선을 따라 집안 전체를 천천히 한 바퀴 둘러보다 보면 차 향이 마음 안에 그대로 남아 있는 느낌마저 들었다.

운조루 유물전시관을 둘러보고 고택 운조루로 걸음을 옮겼다. 운조루 (雲鳥樓)는 구름 속의 새처럼 숨어 사는 집이란 뜻으로 중국의 전원시인 도연명의 귀거래사에서 따왔다. 조선 시대 양반 가옥의 전형적인 건축양식을 띠고 있으며 국가 민속문화재로 지정되어 있었다. 곡전재와 마찬가지로 금환락지의 터로 널리 알려졌다.

운조루의 상징인 타인능해 뒤주

아쉽게도 운조루는 안채 보수 공사가 진행 중이어서 어수선했다. 제대로 된 관람도 곤란했다. 하지만 운조루의 진정한 가치는 명당이나 국가 문화재에 있는 것이 아니라 상생과 배려의 정신에 있었다. 운조루 사람들은 빈궁기에 가난한 이웃이 주인 얼굴을 대하지 않고 쌀을 가져갈 수 있도록 눈에 잘 띄지 않는 사랑채와 안채 중간 지점에 쌀 두 가마니 반이 들어가는 통나무 뒤주를 놓아두었다. 그리고는 뒤주 아래쪽 마개에 타인능해(他人能解)라는 글자를 새겨 놓았다. 필요한 사람은 누구나 열 수 있다는 의미였다. 이처럼 이웃을 배려하는 타인능해의 정신이 있었기에 운조루는 지금까지 건재할 수 있었다.

운조루의 어르신 이길순 어머님(90세)이 마당 한쪽 마대에 널어놓은 나락을 손보고 있었다. 수확이 끝난 논에서 주운 이삭을 홀태로 훑은 거라 했다. 기껏해야 두어 되 정도의 양인데도 자기 혼자서는 보름은 먹겠다며 웃어 보이셨다. 타인능해의 정신 이면에는 이렇게 대대로 이어온 근검이 자리하고 있었다.

운조루 내부 모습. 운조루는 원래 사진 정면으로 보이는 큰 사랑채의 왼쪽 누마루를 일컫는 말이나 지금은 고택 전체를 아우르는 개념으로 사용되고 있다. 오른쪽 튀어나온 건물은 중간 사랑채이고 뒤쪽 안채는 현재 보수 중이다. 마당 오른쪽 앞에 이길순 어머님이 벼 이삭을 널어놓았다.

길에서 길을 찾다 지리산 둘레길

운조루를 나왔다. 구간 일정을 마무리하고 읍내로 나가려는데 구례행 차편이 없어 19번 국도로 내려와서 피아골 방면에서 나오는 버스를 기다렸다. 차편은 40분 뒤에야 있었다. 한 시간 반이면 걸어갈 거리였지만 지친 탓인지 의욕이 나질 않았다.

도로 건너편 정류장에서 어머님이 혼자 버스를 기다리고 있었다. 그런데 내가 승차할 때까지도 차를 타지 못했다. 나보다 먼저 와서 기다렸거늘 대체 어디를 가길래 저리도 하염없이 기다리는 것인가. 차편이 있기나 한 것인지 대책 없이 애가 탔다.

어제 묵었던 모텔에 다시 묵었다. 아침에 나서면서 청소하지 않아도 된다 했음에도 방이 말끔히 정리되어 있었다. 근래 리모델링을 한 덕분에 깨끗해서 하루 더 자기로 한 것인데 산뜻함이 배가되는 느낌이었다. 아무래도 오늘 밤은 꿀잠에 빠져들 듯했다.

　사실상 처음부터 끝까지 서시천과 섬진강 둑길을 따라 광의, 구례, 토지 들판을 걷는 길이다. 강을 벗 삼아 탁 트인 들녘을 걷는 기분은 상상만으로도 시원하다. 둘레길 전 구간 중 숲길과는 인연이 없는 구간이라서 뙤약볕이 내리쬐는 한여름과 삭풍 부는 한겨울은 부담일 수 있겠다.

　난동마을-구만리 우리밀체험장(3.8㎞)-광의면사무소(2.1㎞)-둘레길 구례센터(6.0㎞)-서시교(0.9㎞)-용호정(2.9㎞)-원내마을(2.3㎞)-곡전재(0.7㎞)-오미마을(0.2㎞)로 연결된다. 총 거리 18.9㎞로 7시간 정도 소요된다. 28.0㎞를 걸었고 37,700보의 발품을 들였다.

구례 오일장 길거리 풍경

　　　　　　　　　　　　　　　　　　　길에서 길을 찾다 지리산 둘레길

그대, 산수유 같은 단심(丹心)의
사랑을 꿈꾸거든

그간 노독이 꽤 쌓였나 보다. 느지막이 일어났다. 읍내 식당에서 아침을 해결하고는 산동을 향해 차를 운전했다.

19번 국도는 구례읍과 마산, 광의면 주변의 산과 들과 마을, 서시천을 헤집으며 나아갔다. 차창에 스치는 풍경 위로 지난 며칠간 발품 팔며 마음에 담았던 추억들이 파노라마처럼 포개졌다. 출발한 지 채 20분도 되지 않아 구간 시작점인 산동면사무소에 닿았다.

면사무소 앞 도로를 따라 두부 가게, 미용실, 식당, 이용원 등이 고만고만한 모습으로 들어서 있었다. 세월을 거슬러 어릴 적 고향 속으로 들어선 듯 정겨웠다.

색다른 가게가 눈에 띄었다. 산동면 지역사회보장협의체에서 운영한다는 '신 타인능해 나누고 가게'였다.

길에서 길을 찾다 지리산 둘레길

유영만 위원장(75세)은 사회보장 안전망이 아무리 촘촘하다 해도 사각지대는 늘 있다 했다. 면내에도 그런 가구가 다수 있어서 협의체 차원에서 이들을 위한 타인능해의 뒤주를 마련했다고 한다. 가게는 2021년 2월에 문을 열었다.

식용유, 세제, 라면, 쌀 등 생필품을 주로 제공하고 있으나 재원의 한계로 1인당 매월 3만 원 상당의 한도에서 이용토록 하고 있었다. 대상 가구 또한 필요한 이들 모두에게 혜택이 돌아가지 못했다. 할 수 없이 알음알음 비공식적으로 대상자를 선정해야 했다. 공개적으로 신청했다 탈락하는 경우 마음의 상처를 입을 수 있기 때문이었다. 유 이사장은 이 과정이 제일 마음에 걸린다고 했다.

재원은 주로 기부받은 물품과 현금으로 마련하는데 부족한 부분은 17명의 위원이 메꾸고 있다며 위원 한 명 한 명이 보물이라 했다. 운조루의 타인능해 정신은 과거에 머물지 않고 이렇게 산동에서 현실로 꽃을 피워내고 있었다.

내친김에 소재지를 둘러보았다. 면 단위에 어울리지 않는 규모의 하나로마트가 있었다. 그 옆 구멍가게는 이미 문을 닫았고 양곡상회는 근근이 가게를 꾸려가고 있었다.

이는 비단 산동의 풍경만은 아니었다. 시골 소재지마다 하나로마트가 어김없이 들어서 있었다. 지역의 발전과 주민의 복지를 위한다는 농협의 마트가 진정 지역과 상생하고 있는 것인지. 이미 사라졌거나 조만간 사라질 구멍가게 앞에서 매번 드는 의문이 타인능해 가게를 보고 나니 더욱 커졌다.

원촌교를 건너 오일장터를 향했다. 텅 빈 장터를 문선순(89세) 어머님이 유모차에 의지한 채 걷고 있었다. 허리가 두 번이나 골절되었는데도 어찌어찌 수술하고 운동 겸 소일거리 삼아 이렇게 주변을 거닌다고 했다. 내 어머니는 한 번 골절만으로도 수술조차 받지 못하고 요양병원에 장기 입원 중인데….

내 어머니의 모습이 어른거리는 문선순 어머님

도란도란 이야기를 나누며 걷다 보니 자연스레 호구조사가 이루어졌다. 내 어머니와 여러 닮은 데가 있었다. 서른아홉 살에 남편이 사망한 거나, 4년 전에 허리가 골절된 점이 그랬다. 한 살 차이로 나이도 비슷했다.

둘째 아들이 나와 동갑이었다. 아들이 생각나서였을까, 어머니 돌보는 일보다 내 삶을 먼저 챙기라고 거듭 당부하셨다. 우리네 어머니는 왜들 이렇게도 한결같이 자신보다 자식을 앞에 두는 것인지. 그 깊은 속을 온전히 헤아리지 못하는 걸 보면 나는 아직도 얼치기 부모인 셈이었다.

다리를 건너는데 천변 옆 의자에 다른 어머님이 홀로 앉아 있었다. 열여덟 나이에 후처로 들어와 8남매를 키웠다는 조금희(83세) 어머님은 남편 복도 없었는지 30대 중반에 사별했다고 한다. 세상을 어찌 살아냈는지 모른다며 지난 과정을 이야기하려면 말이 안 나온다 했다.

길에서 길을 찾다 지리산 둘레길

시간이 날 때마다 이곳에 앉아서 흐르는 물을 바라본다고 했다. 같은 마을에 큰딸이 살고 있어 위안이 된다고 하면서도 그런다 해서 허전함이 온전히 달래어지지는 않는 모양이었다.

물길을 바라보며 어머님은 무슨 생각을 하는 걸까. 마음속에 화석처럼 굳어버린 상처와 설움, 회한을 저 물길이 씻어가길 바라는 것인지도 몰랐다.

얼마 전부터 마을회관이 문을 열었다고 했다. 점심도 해결하고 사람을 만날 수 있어 좋다고 했다. 그러고 보니 점심때가 가까워지고 있었다. 유모차를 밀며 회관으로 가는 어머님의 뒷모습을 한참 동안 바라보았다. 들려준 이야기는 차마 다 옮기지 못한다.

면사무소 앞으로 되돌아와 원촌 초등학교를 지났다. 앞 도로변 담벼락에 말뚝박기, 고무줄놀이 벽화가 옛 추억을 불러일으켰다. 추억에 이끌려 나도 모르게 학교로 들어섰다. 어린이 그림자 하나 없는 학교 운동장을 그냥 한 바퀴 돌고 나왔다.

둘레길은 19번 국도와 만나는 원촌교차로 앞에서 국도 바로 아랫길로 이어졌다. 50여 m쯤 가다 보니 오른쪽으로 수락폭포 가는 길이 나왔다.

두 갈래 길 앞에 서면 나는 늘 결정 장애자가 된다. 거리는 약 4㎞. 왕복 두 시간은 족히 걸리는 갈림길 앞에서 들를까 말까 고심하다 결국은 둘레길 첫날 구룡폭포의 기억을 끄집어냈다.

그래, 원래 소문난 잔치에 먹을 게 없는 거야. 더구나 지금 가물잖아. 역시 나는 의지보다는 여우의 신 포도에 기대는 인간이었다.

코스모스가 한들거리는 길을 따라 걸었다. 자신의 정체성을 착각이라도 한 것인지 꽃들이 해바라기처럼 해를 향해 고개를 돌리고 있었다. 길은 19번 도로 지하를 통과해서 현천마을로 이어졌다.

　현천마을 앞에 종합안내도가 있었다. 마을 고샅고샅 들어선 35가구의 위치와 80여 명 주민의 이름이 죄다 표기되어 있었다. 하고많은 마을을 돌아다니는 동안 이런 사례는 처음이었다. 덕분에 초짜 우체부나 택배 기사도 눈 감고도 집을 찾을 수 있을듯했다.
　뒤로 견두산이 마을을 감싸고 그 아래로 흘러내린 개울이 마을 한가운데를 지나 마을 바로 아래에 못을 이루고 있었다. 안내도에 따르면 정유재란을 전후하여 들어선 자연마을이라는데 마치 누군가의 기획 아래 조성된 정원 마을이란 착각이 들 만큼 조화로웠다.

현천마을 전경. 마을 뒤 옥녀봉(왼쪽)과 뒤편 멀리 견두산 능선이 마을을 감싸고 있다.

이 자체만으로도 한 폭의 그림인데 마을 안길의 돌담과 산수유나무가 잘도 어우러졌다. 노란 산수유꽃 흐드러지게 피는 봄날이면 마을 전체가 노란 꿈에 빠진 마냥 정신이 아득할 것만 같았다. 현천마을은 계척마을, 지리산온천랜드 맨 위 상위마을과 함께 구례를 대표하는 산수유 마을이다.

산수유는 빨갛다. 그냥 빨간 게 아니라 금방이라도 피가 뚝뚝 떨어져 내릴 듯 징허게도 붉다. 병아리 주둥이처럼 연노랑 꽃에서 어찌 저리 붉은 열매가 나올 수 있는 건지 경이로울 지경이었다.

산수유 꽃말은 영원한 사랑이다. 사람은 누구나 산수유 같은 단심(丹心)의 사랑을 꿈꾼다. 그대여, 그런 사랑 원하거든 어느 햇살 좋은 늦가을에 연인과 손잡고 산동-주천 구간 둘레길을 걷기 바란다.

연관마을에 닿았다. 네다섯 가구의 미니마을이었다. 둘레길이 지나는 초입의 가옥은 사람의 온기가 떠난 지 오래된 폐가였다. 제멋대로 자란 마당의 푸성귀가 사람을 대신하여 살려는 듯 토마루로 올라서고 있었다. 괜한 무상함에 젖어들며 쓸쓸해졌다.

길은 견두산 자락을 완만하게 오르내리며 이어졌다. 발아래 19번 국도 위로 차들이 제 속도로 달렸다. 멀리 지리산 서북능선은 제 자리에 멈춘 듯 느리게 움직였다.

계척마을로 내려섰다. 산수유나무가 터널을 이룬 돌담길을 따라 마을 한가운데로 들어서니 보호수로 지정된 350년 수령의 느티나무 당산목이 맞이해주었다. 안내판의 풍치목이란 용어가 이색적이었다. 마을의 풍광을 위해 심은 나무가 긴 세월 풍파를 견디며 당산목 기능까지 하게 된 듯했다.

당산목을 지나 마을 입구에 있는 산수유 시목 앞에 섰다. 수령이 천 년쯤 되었다는 이 나무는 산수유의 주산지인 중국 산둥성의 처녀가 이곳으로 시집을 오면서 고향의 풍경을 잊지 않기 위해 가져와 심었다고 한다. 산동(山洞)이란 지명도 중국 산둥에서 유래했다고 한다. 시목 앞 안내판의 설명이다. 나무는 천년의 세월이 무색하게도 기운차고 웅장했다. 봄이면 여전히 뭉게구름 피어오르듯 노란 꽃을 피워내고 루비보다 빨간 열매가 늦가을 햇살에 영롱하게 반짝였다. 청춘은 지금이었다.

산수유 시목

계척마을을 빠져나와 밤재를 향했다. 밤재 오르막에 들기 전 오른쪽에 체육공원이 조성되어 있었다.

시설은 전반적으로 이용자의 흔적을 찾아보기 어려웠다. 부속 화장실도 마찬가지였다. 어처구니없게도 남성 소변기가 여성 화장실에 설치되어 있었다. 이용자가 없다 보니 관리자의 관심도 저만치 멀어진 결과일 것이었다.

어인 연유로 이곳에 체육공원이 들어선 것인지는 알 수 없다만 전시행정, 생색내기 행정의 한 예로 보였다. 이용객도 없이 시설을 유지하고 관리하는 데 들어갈 인력과 예산이 내 돈처럼 아깝다는 생각이 들었다.

밤재를 오르는 숲길로 들어섰다. 초반의 오르막길은 짧았지만 굵게 힘들었다. 고개에 올라 숨을 고르며 잠시 걷다 보니 편백숲으로 연결되었다.

둘레길이 자랑하는 편백이 우람했다. 숲속 이리저리 다양한 산책로와 쉼터가 조성되어 있었다. 하지만 숲길은 생각 외로 짧았다. 계속되려니 여기며 걷다 보니 금세 숲을 벗어났다. 아쉬워 발길을 다시 돌렸다.

숲 속 계단을 좀 올라도 보고, 눈을 감고 다리쉼도 하며 잠시 더 숲에 머물렀다. 그런 다음 굼벵이 천장을 하듯 걸음을 늦추었다. 그러자 무심해서 보이지 않던 발밑의 난쟁이 꽃무릇이 눈에 들어왔다. 꽃무릇은 늦가을과 어울리지 않게 짙고 푸르렀다.

길은 순하게 이어지며 작은골과 동행했다. 여기서 흘러내린 물은 산동면 소재지 앞에서 서시천에 합류할 것이었다. 골을 건너 밤재를 넘는 옛길로 올라섰다.

　콘크리트 포장길을 잠깐 오르니 양봉농장이 나왔다. 농장 앞 앞뒤 없이 들어선 이정표가 어지러웠다. 밤재에 닿으려면 둘레길은 여기서 옛 국도를 따라 1.9㎞를 오르면 되었다. 농장 뒤로 직진해서 바로 올라도 되지만 공식 탐방로는 아니었다.

　정석대로 옛 국도를 밟았다. 거리는 좀 멀다만 어릴 적 향수 어린 자갈 깔린 '신작로'를 따라 걷다 보면 힘들다는 생각은 뒤로 달아났다. 발아래 산속을 드나드는 19번 국도와 서북능선의 풍경이 운치 있게 눈에 들어왔다.

　밤재(490m)에 올라섰다. 걸어온 길을 돌아보았다. 멀리 노고단이 정면으로 바라다보이며 잘 가라고 인사를 하는듯했다.

지리산 둘레길 구간의 시·종점이 따로 정해져 있는 것은 아니다만 개인
적으로는 이 고개를 넘어가면 긴 여정이 마무리될 예정이었다. 마침맞게
도 밤재에는 지리산 둘레길 '생명평화경'과 '지리산 둘레길을 열며' 안내
판이 있었다. 잠시 마음을 모으고 마음으로 읽었다.

밤재를 넘어서니 날씨의 느낌이 사뭇 달랐다. 겉옷을 걸쳐야 할 정도로
서늘했다. 옛길은 옛 모습의 원형을 간직한 채 순하게 청소년 수련 시설
인 지리산유스캠프까지 이어졌다.

밤재를 내려서는 옛길. 오후인데도 햇살이 닿지 않아 어둑한 느낌마저 들었다.

　둘레길은 19번 국도 지하를 숨바꼭질하듯 들고나기를 반복하며 캠프를 끼고 돌다가 다시 숲길로 연결되었다. 숲길은 고즈넉하고 차분하며 아늑했다. 개울도 나타나 자연의 물소리를 들려주었다.

　　　　　　　　　　　　　　　　　길에서 길을 찾다 지리산 둘레길

숲길이 끝나는 지점의 벅수가 '무너미'란 이름표를 달고 있었다. 무너미는 방금 걸은 숲길의 고개를 지칭하는 듯했다. 무너미는 낮은 고개를 의미하는 이 지역의 지방말이다. 고개의 이름 없이 그냥 무너미라 부르는 걸 보면 높이가 너무 낮아 고유한 이름을 부여하기가 차마 민망했나 싶기도 했다.

장안저수지를 끼고 내용궁과 외용궁마을을 차례로 지났다. 무너미를 넘을 무렵부터 들려오던 풍악 소리가 바로 코앞에서 들렸다. 소리에 이끌려 원천 초등학교로 들어섰다.

주천면민의 날 화합 한마당 잔치가 열렸다. 둘레길 첫날 지났던 노치, 회덕, 내송, 행정마을을 비롯하여 방금 지나온 내용궁, 외용궁마을 현수막이 운동장을 삥 둘러친 천막마다 내걸렸다.

주천 면민의 날 축제 한마당이 펼쳐진 원천초등학교 운동장

코로나 19로 지난 몇 년간 거리 두기를 미덕으로 떨어짐을 강요당했으니 이 얼마나 고대하던 만남이던가. 빈집도 많고 보이는 이 없었는데 대체 이 많은 사람이 어디에서 나왔나 싶었다. 덩실덩실 신명이 난 구순 어머님의 춤사위 위로 가을 오후의 말간 햇살이 내려앉고 있었다.

운동장을 나와 둘레길 주천센터에 닿았다. 그렇게 지리산 둘레길 전 구간 순례 여정이 마무리되었다.

　산동-주천 구간은 산수유 길이다. 노란 산수유꽃 물결치는 봄날 이 구간을 지나노라면 정신이 아득하여 발걸음을 제대로 떼기 어렵다. 산수유 무르익은 어느 늦가을날 연인과 손잡고 걷다 보면 빨간 열매가 마치 진한 사랑의 증표와도 같다는 감흥에 빠져든다.

　산동면사무소-현천마을(1.9㎞)-계척마을(1.8㎞)-밤재(5.2㎞)-지리산 유스캠프(2.7㎞)-둘레길 주천센터(4.3㎞)로 연결된다. 총 거리 15.9㎞로 7시간 정도가 소요된다. 19.0㎞를 걸었고 29,700보의 발품을 들였다.

　주천에서 택시를 타고 산동으로 되돌아갔다. 택시는 6시간 걸었던 거리를 밤재터널을 통해 10분 만에 이동했다. 운전해서 집으로 바로 가지 않고 정령치 아래 어느 이름 모를 모텔에서 하루를 더 묵었다. 딱히 이유는 없었다. 둘레길을 완전히 벗어난다 생각하니 그냥 아쉽고 허전했다. 술 한 잔 입에 대지 않고 그냥 잤다.

둘레길을 나서며

올 봄, 두어 번 지리산을 찾은 적이 있다. 우연히 남원시 인월, 산내면 주변의 둘레길 인근 마을을 지나게 되었는데 둘레길을 돌던 감흥이 되살아났다. 내친김에 기억을 더듬어 어머님 두 분을 찾아뵈었다. 다른 어머님 두 분, 아버님 한 분과는 전화로 인사를 나누었다. 다들 반색하며 어쩔 줄 몰라 했다. 잘들 견디고 있으셔서 고마웠다. 짧은 인연이 이토록 긴 여운을 드리웠구나 싶어 울컥했다.

어머님, 아버님은 하나같이 소멸을 향해 폭주하는 기관차에 올라탄 분들이었다. 머지않아 기억은 흐릿해지고 존재 또한 연기처럼 사라질 것이었다. 사람은 숨쉬기를 멈추는 순간 한 번 죽고 남은 이들이 기억하기를 멈추는 순간 또 한 번 죽는다고 한다. 기억됨으로써 다른 의미의 생명을 얻고 또 다른 존재로 이어지는 게 사람이다.

마을 또한 마찬가지다. 거기에 터 잡고 살아가는 사람들이 죽거나 떠나가면 그것으로 마을도 끝이란 말인가. 이어가지 못한다면 기억이라도 해야 한다. 기억한다는 것은 소멸의 위기에 내몰린 마을과 마을 사람들의 외로움, 서러움과 슬픔을 위로하고 보듬어주는 일이다.

길에서 길을 찾다 지리산 둘레길

집에 돌아오자마자 둘레길 여정의 사진을 한 장 한 장 들여다봤다. 메모장의 기록도 찬찬히 훑어보았다. 그러자 지난가을의 추억이 현실로 걸어 나와 자판을 두드리며 모니터를 채우기 시작했다. 이 책은 그렇게 저들을 기억하기 위해 내 마음의 일기처럼 써 내려간 글이다.

산과 들에 가을빛이 내려앉는 어느 때쯤 출간된 책자 한 권 손에 들고 둘레길에 다시 한 번 들어서고 싶다. 그때까지 산천 자연과 뭇 생명, 무엇보다도 어머님, 아버님 모두 평안하시라.

부기) 혹여 지리산 둘레길을 향한 간절함에도 건강 또는 막연한 두려움으로 주저하는 이가 있거든 이메일(kcso7550@naver.com)에 간단한 사연을 남겨 놓으시기 바란다. 뜻이 있는 곳에 길이 있고 함께 찾다 보면 길은 열리는 법이다.

길에서
길을 찾다

지리산
둘레길

펴낸날 2023년 9월 22일

지은이 김천수
펴낸이 주계수 | **편집책임** 이슬기 | **꾸민이** 이슬기

펴낸곳 밥북 | **출판등록** 제 2014-000085 호
주소 서울시 마포구 양화로 7길 47 상훈빌딩 2층
전화 02-6925-0370 | **팩스** 02-6925-0380
홈페이지 www.bobbook.co.kr | **이메일** bobbook@hanmail.net

© 김천수, 2023.
ISBN 979-11-5858-958-5 (03810)